G. HAUG
TODESSTOSS

Inhaltsangabe

Mord beim größten Ritterturnier der Welt! Auf Schloss Kaltenberg zwischen Augsburg und Landsberg ist vor den Augen von zehntausend entsetzten Zuschauern ein heimtückischer Mord geschehen. Und genauso zufällig anwesend wie mitten drin im Geschehen: Horst »Hotte« Meyer, der Kommissar aus Heilbronn, der eigentlich nur ein vergnügliches Wochenende mit seiner Familie bei dem Mittelalterspektakel erleben wollte.
Als dann noch die Spur ausgerechnet ins württembergische Unterland führt, ist »Hotte« wie elektrisiert. Wieder einmal glaubt keiner der Kollegen seinen Hypothesen, und die Lösung des Falls scheint im Sande zu verlaufen, bis er dann fast ein Jahr später beim mittelalterlichen Markttreiben in Heilbronn auf ihm merkwürdig bekannte Akteure mit noch merkwürdigerem Benehmen trifft.

Schwabenkrimis im Armin Gmeiner Verlag:
die mit dem besonderen Pfiff!

Gunter Haug hat nach einem guten Dutzend Büchern zur Landesgeschichte jetzt bereits seinen vierten Kriminalroman vorgelegt. Schon seine bisherigen Krimis »Tiefenrausch«, »Riffhaie« und »Sturmwarnung« sind bei den Rezensenten auf begeisterte Zustimmung gestoßen.
Haug ist Abteilungsleiter im Fernseh-Landesprogramm beim SWR. 1996 erhielt er den deutschen Preis für Denkmalschutz.

G. HAUG
TODES-STOSS

SCHWABENKRIMIS
IM GMEINER VERLAG

Die Deutsche Bibliothek – CIP-Einheitsaufnahme

Haug, Gunter:
Todesstoß : Kriminalroman /
Gunter Haug. - 1. Aufl. - Meßkirch : Gmeiner, 2001
(Reihe Schwabenkrimi)
ISBN 3-926633-46-8

Umschlagfoto mit freundlicher Genehmigung
der Maximilian Ritterspiele Horb e.V.

http://www.gmeiner-verlag.de
eMail: info@gmeiner-verlag.de

1. Auflage 2001
Lektorat: Isabell Michelberger, Meßkirch
Umschlaggestaltung: Frank Heine, Stuttgart
Gesetzt aus der 10/14 Punkt Stempel Garamond
Druck: Elsnerdruck GmbH, 10722 Berlin
Printed in Germany
ISBN 3-926633-46-8

Entgegen wie immer anders lautenden Gerüchten:
Ähnlichkeiten mit lebenden oder bereits verstorbenen
Personen sind auch diesmal wieder rein zufällig ...
Nur das mit dem Wein – das stimmt!

Kapitel I

Die Zuschauer des bis auf den letzten Platz besetzten Stadions beim Kaltenberger Ritterturnier hielten den Atem an. Sie starrten gebannt auf den furchterregenden schwarzen Ritter dort unten auf dem Kampfplatz, der in diesem Moment die Zügel seines Pferdes straff anzog und ihm in derselben Sekunde die Sporen in die Flanken hieb. Auf einen Schlag überstürzten sich dann die Ereignisse: das vor Schmerzen laut aufwiehernde Pferd machte einen Satz in die Höhe und schoss anschließend pfeilschnell nach vorne, während der Ritter einen markerschütternden Schlachtruf ausstieß, der den Besuchern wie ein kalter Messerstich durch die Herzen fuhr. Im gleichen Augenblick zischte eine meterhohe Flammenwand vor den beiden in die Höhe, doch anscheinend völlig unbeeindruckt von dem Geschehen um sich herum, gab der Ritter seinem in wilder Panik durchbrechenden Ross erneut die Sporen. Jetzt senkte der Teufelsreiter auch noch die mächtige Lanze zum Stoß und preschte in wildem Galopp direkt auf eine Strohpuppe zu. Nur einen Wimpernschlag später holte er aus und schleuderte die Lanze mit unbändiger Kraft mitten in die Brust der Puppe. Von der Wucht des Aufpralls aus dem Gleichgewicht geworfen, sank die von der Lanze durchbohrte Attrappe samt der beiden Knappen, die vergeblich versucht hatten, sie aufrecht zu halten, rücklings auf den Boden. Ein kurzer, erstickter Schrei war noch zu hören, danach herrschte für einen Augenblick Totenstille im weiten Rund der Arena.

Es war eine gespenstisch-unwirkliche Szene, die sich den Zehntausend darbot, die zum Ritterturnier auf Schloss Kaltenberg gekommen waren. War mit einem Schlag das finstere Mittelalter mit all seinen Grausamkeiten zurückgekehrt auf das einsame Schloss im bayrischen Niemandsland irgendwo zwischen Augsburg und Landsberg? Waren Jahrhunderte in unglaublichen Sekundenbruchteilen in sich einfach zusammengeschmolzen und hatten sich in einer Art Zeittunnel durch die Flammenwand zurückgefressen in die Vergangenheit? Fast schien es so – die Szenerie da unten jedenfalls ließ mit ihrem fast schon realistisch anmutenden Ambiente und Geschehen der Fantasie für einen Wimpernschlag lang ihren durchaus denkbaren Lauf. Im Staub des Turnierplatzes lag die Strohpuppe in grotesker Haltung, die mit der kerzengerade aus ihrer Brust wachsenden Lanze einen geradezu dramatischen Anblick bot. Mühsam kam der eine der Knappen wieder auf die Beine und schaute sich einen Moment lang unsicher schwankend im Stadion um, schüttelte sich, gerade so, als würde er die Dämonen der Vergangenheit, die einen entsetzlichen Augenblick lang von ihm Besitz ergriffen zu haben schienen, von sich abwerfen. Die Anspannung der Zuschauer löste sich gleichzeitig in einem donnernden Applaus, der die Tribünen erzittern ließ. Da erst schien der Mann langsam wieder zurückzufinden in die Realität des zweiten Juliwochenendes im Jahr 2000 beim größten Ritterturnier der Welt auf Schloss Kaltenberg in der Nähe des Ammersees.

Während der schwarze Ritter sein Pferd allmählich beruhigt hatte, huldvoll grüßend die Hand in die Menge reckte und in langsamem Trab besänftigend den Hals des Pferdes streichelte, gab der andere Knappe noch immer keine Regung von sich. Besorgt tat der Kollege einen Schritt auf den am Boden Liegenden zu und streckte den rechten Arm aus, um ihm aufzuhelfen. Doch mitten in der Bewegung stutzte er, seine Hand zuckte zurück und ein markerschütternder Schrei entrang sich seiner Kehle. Mit einem Schlag war alle Farbe aus seinem Gesicht gewichen und in panischem Entsetzen deutete er auf den leblos vor ihm liegenden Mann, an dessen linker Seite mittlerweile ein immer größer werdender roter Fleck zu erkennen war und aus dessen Brust ... nein, das durfte doch nicht wahr sein! Aus der Brust des Toten ragte, ganz genau im Bereich des Herzens, ein etwa zehn Zentimeter langer Holzpfeil in den Abendhimmel.

»Du meine Güte! Bloß jetzt nicht auch das noch!« Horst »Hotte« Meyer schüttelte fassungslos den Kopf und starrte angestrengt nach unten auf die immer noch unwirklich scheinende Szenerie. »Bitte lass es zur Schau gehören, lieber Gott, ich flehe dich an!« Doch insgeheim wusste er, dass sein Stoßgebet vergebens war und er – wieder einmal – mitten in seiner Freizeit von der traurigen Realität seines Berufes überholt worden war. Dort unten lag ein Toter, eindeutig, und zwar ein echter Toter. Und das war auch kein inszenierter Unfall, das war eine wirkliche Tragödie, die sich hier, vor den Augen des Heilbronner Kriminalkommissars abgespielt hatte, wenn es nicht noch viel mehr war, wie Horst in diesem Moment bereits dämmerte – Mord! Eiskalter, genau kalkulierter Mord!

Er wandte den Kopf und sah direkt in die Augen von Claudia, seiner Ehefrau, die ihre beiden Kinder fest umschlungen hielt und leise beruhigend auf sie einsprach. Gott sei Dank hatten es die beiden anscheinend bis jetzt noch nicht begriffen, was sich da unmittelbar vor ihnen zugetragen hatte und hoffentlich konnten sie es auch bewerkstelligen, dass das so blieb. Horst zuckte die Achseln, während Claudia, nach Fassung ringend, tief Luft holte und ihren Mann darauf zweifelnd anblickte: »Ich glaube das einfach nicht! Da ist man einmal mit dir unterwegs, in der Hoffnung auf zwei Tage ohne Mord und Totschlag, und dann das! Das kann doch einfach nicht wahr sein! Du scheinst das Unglück ja geradezu magisch anzuziehen!«

Horst schoss trotz der erschütternden Situation die Zornesröte ins Gesicht: »Jetzt mach aber mal einen Punkt! Ich bitte dich! Glaubst du vielleicht, ich habe den da unten abgemurkst?«

Beim Stichwort »abmurksen« hob Nina den Kopf: »Wieso denn Papa? Ist der wirklich tot, der Mann?«

»Da hast du es!« Ärgerlich schlug sich Horst mit der flachen Hand auf den Oberschenkel. »Jetzt hast du es also geschafft!« Er erhob sich und breitete die Arme aus. »Komm Nina, alles halb so schlimm!«

Doch das Mädchen schüttelte unwirsch den Kopf. »Jetzt sag schon Papa! Ist der Mann da unten tot?«

»Ja – mausetot sogar! Das sieht doch ein Blinder mit Krückstock!« Bevor sich Horst eine passende Antwort auf die Frage seiner fünfjährigen Tochter hatte zurechtlegen können, war sein Sohn Fabian vorgeprescht und hatte mit

Kennerblick die Szenerie kommentiert, die sich ihm praktisch direkt vor den Füßen darbot.

Der Kriminalkommissar warf den Kopf in den Nacken und schickte einen verzweifelten Blick zum Himmel. Doch auch von dort oben war – zumindest im Augenblick – keine Hilfe zu erwarten. Horst seufzte vernehmlich. »Tja Kinder – ich fürchte, das war's dann mit unserem Ausflug zu den Rittern und ihren Prinzessinnen! Wir sollten jetzt am besten zurück zum Bus gehen und uns dort mit den anderen treffen!« Damit deutete er zum Mittelgang hinüber, auf dem mittlerweile viele der Besucher stumm und mit ernster Miene dem Ausgang zustrebten.

»Warte noch Horst, Moment noch!« Claudia hatte sich ebenfalls erhoben und betrachtete nachdenklich die Menschenansammlung auf dem Turnierplatz, die sich um den toten Knappen herum inzwischen gebildet hatte.

»Was ist denn noch?« Horst wollte nur noch eins: nämlich das Stadion zusammen mit den Kindern so schnell wie möglich verlassen und damit die dunklen Gedanken niederkämpfen, die sich in seinem Kopf immer mehr auszubreiten drohten. »Komm, lass uns gehen! Das geht mich überhaupt nichts an – das ist eine Angelegenheit für die bayrische Kripo! Ich habe Urlaub – basta!«

»Von wegen!« Claudia schüttelte energisch den Kopf. »Wir sind – wieder einmal – mittendrin!«

»Sind wir nicht: Wir sind gerade mal vier von gut und gerne zehntausend Zuschauern, da muss man uns nicht mal als Zeugen da behalten. Schließlich gibt es bessere Sitzplätze, zum Beispiel die Loge, wo der Prinz drin sitzt!

Der hat alles viel besser als wir beobachten können und überhaupt ...«

»Horst!«, schnitt Claudia ihm das Wort ab. »Überleg doch mal! Immerhin sind aus unserer Busgesellschaft fünf Leute dabei, die aktiv da unten mitmachen! Die als Knappen oder als Ritter verkleidet hier in Kaltenberg herumlaufen: Wir haben sie doch vorher beim Festzug noch gesehen – alle fünf!«

Tatsächlich! Beim traditionellen Festzug, der aus den professionellen Akteuren beim Turnier und den mittelalterlich gewandeten Laiendarstellern gebildet wurde, waren auch eine Handvoll Heilbronner dabei gewesen! Männer, die sich voller Stolz ihre mittelalterliche Kleidung übergeworfen hatten und als kleiner Teil des großen Ganzen in der feierlichen Prozession vom Kaltenberger Eingangsportal über das gesamte Schlossgelände bis ins riesige Turnierstadion marschiert waren. Dies sei nur möglich, wenn man sich vorher in Kaltenberg beworben habe und wenn eine optische Prüfung der Gewandung erfolgreich absolviert worden sei, war den staunenden Mitreisenden noch erklärt worden.

Sich in diesem Alter, also Mitte 30 bis Mitte 40 in ein knappes Kleidchen zu zwängen und farbige Strumpfhosen anzuziehen, womöglich noch mit einem Hütchen auf dem Kopf – und das als angeblich längst erwachsener Mann, also wirklich! Während Horst den Anblick seiner Mitfahrer als eher peinlich eingestuft hatte, so sehr er solche mittelalterlichen Turniere zusammen mit den Kindern genoss, hatte Claudia begeistert in die Hände geklatscht und schelmisch gekichert, sie wisse jetzt endlich, was sie ihrem Göttergatten zu Weihnachten schenken könne! »Untersteh dich bloß!«, hatte Horst seiner besseren Hälfte warnend ins Gesicht gezischt. »Das ist ja die Peinlichkeit in Person! So wirst du mich in tausend Jahren nicht rumlaufen sehen, das verspreche ich dir!«

Und nun? Die Erkenntnis durchzuckte Horst in diesem Moment wie ein Stromstoß. Entgeistert starrte er in die Arena hinunter, wo es von aufgeregten Menschen nur so wimmelte. »Du meinst ... Du glaubst ... Das könnte einer von unserer Reisegruppe sein?«

Claudia wandte sich langsam um und fixierte ihren Mann nachdenklich. »Na ja! Ausgeschlossen ist es jedenfalls nicht! Wenn ich mich daran erinnere, was der Erich Neubauer da angehabt hat – und der Daub, der hat ja auch ganz ähnlich ausgesehen, blau und rot, genauso wie der da unten!« Abschätzend wiegte sie den Kopf. »Also – möglich wäre es schon!«

»Du meine Güte!« Horst schlug die Hände zusammen. »Das hätte mir ja gerade noch gefehlt zum Glück! Das ist doch unmöglich, so etwas!« Insgeheim aber hörte er schon eine leise innere Stimme, die ihm vorsichtig zuwisperte, dass die vage Vermutung in Wirklichkeit bereits als traurige Realität dort unten auf dem Sandboden lag – und auf seine innere Stimme hatte er sich bisher immer verlassen können ...

Er fuhr sich mit der Hand über die Stirn, wie um die düsteren Gedanken aus seinem Gehirn zu wischen, doch der Verdacht ließ sich nicht mehr abschütteln. »Also gut«, seufzte Horst resigniert. »Dann machen wir es so: du gehst mit den beiden zum Bus zurück und ich schaue da unten mal kurz nach dem Rechten, einverstanden!«

»Ich will mit, ich will das auch sehen, da unten!« Fabian hatte sich von der Hand seiner Mutter losgerissen – ganz offensichtlich war er wild entschlossen, seinem Vater vorauszueilen und sich die Sensation aus nächster Nähe anzusehen.

»Halt mal, halt mal!« Horst schaffte es gerade noch, den Achtjährigen am Ärmel des T-Shirts zu packen und zurückzuhalten. »Du bleibst schön brav bei deiner Mutter! Das ist nix für Kinder – und ich ...«, er unterbrach sich und schnaufte einmal tief durch, »ich könnte ehrlich gesagt auch darauf verzichten! So schön ist so ein Anblick nämlich nicht, das könnt ihr mir glauben!« Ohne eine Antwort abzuwarten, wandte er sich um und stieg über die mittlerweile fast völlig leeren Sitzreihen nach unten.

Die Menschentraube um den Verunglückten hatte inzwischen enorme Ausmaße angenommen. Dutzende von Wichtigtuern schrien lautstark ihre sensationellen Neuigkeiten in die Handys: Schließlich musste ja möglichst schnell mindestens die halbe Welt davon erfahren, dass sich in Kaltenberg ein schlimmer Unfall oder womöglich sogar noch mehr ereignet hatte und dass man selbst mittendrin gewesen war – unter Lebensgefahr sozusagen, oder zumindest so ähnlich.

»So, Schluss mit lustig, Freunde! Hier gibt es nix mehr zu sehen!« Ein breitschultriger Polizist hatte sich vor Horst und den anderen aufgebaut und versuchte mit ausgebreiteten Armen die sensationsgeile Menge zurückzudrängen.

Immer wieder drang das Geheul von Martinshörnern an Horsts Ohr: Zwei Rettungswagen und drei Einsatzfahrzeuge der Polizei waren in der Zwischenzeit – erstaunlich schnell, wie er beiläufig feststellte – direkt in das Stadion gerast. Mit aller Kraft bemühten sich die uniformierten Polizisten darum, die neugierigen Gaffer rund um den Verunglückten in Schach zu halten. »Ich hab gesagt, Schluss da, Freunderl! Du hast es wohl nicht mit dem Zuhören, was?«, blaffte einer der Polizisten Horst wütend ins Gesicht und legte ihm grob die Hand auf den Oberkörper. »Zurück bitte, und zwar dalli, dalli!«

»Immer mit der Ruhe!« Horst hob abwehrend die Hände. »Ist ja schon gut!« Irgendwie konnte er den Beamten und seinen Ärger schon verstehen, auch wenn der Mann eigentlich hätte sehen müssen, dass es nicht Horst war, der mit Brachialgewalt nach vorne drückte. In diesem Moment erhielt er von hinten aus der nachdrückenden Menge einen Hieb in den Rücken. Mit ausgestreckten Armen taumelte er vorwärts, direkt auf den Polizisten zu. Der zuckte für einen Sekundenbruchteil zusammen und reagierte anschließend so, wie wohl jeder Mensch reagiert, wenn er sich angegriffen fühlt, das musste sich Horst später zähneknirschend eingestehen, als er die Situation rekonstruierte. Ein knallharter rechter Haken traf das Kinn des Kommissars, dessen Kopf wie ein Punchingball nach hinten flog. Benommen sank er zur Seite.

»Hey! Was soll das denn? Du bist wohl besoffen oder was! Mach deinen Boxkampf mit den Bullen alleine zu Ende und lass mich aus dem Spiel!« Der neben ihm stehende Mann schubste Horst energisch von sich. Der versuchte verzweifelt, sich festzuhalten, und klammerte sich kraftlos an den anderen. Er schaffte es schließlich, auf den Beinen zu bleiben. »Schon gut! Entschuldigung, war nicht so gemeint!« Sein Kinn schmerzte und grelle Blitze schienen mit Lichtgeschwindigkeit durch sein Gehirn zu jagen.

»Noch irgendwelche Fragen?« Drohend baute sich der Polizist vor dem angezählten Kommissar auf.

Horst schüttelte gequält den Kopf, eine Bewegung, die er augenblicklich bereute. »Nein, nein, um Gottes willen! Es reicht!« Nur mühsam kamen die Worte aus seinem geschundenen Kiefer.

»Na also!« Der Uniformierte grinste zufrieden und sah triumphierend in die Runde. »Wer will noch mal, wer hat noch nicht?«

»Aber bitte, Kollege!« Horst nahm seine ganze Kraft zusammen, um einigermaßen verständlich formulieren zu können. Wahrscheinlich hatte ihm der Kerl mit seinem Dampfhammer den Kiefer gebrochen!

»Kollege? Was heißt hier Kollege?« Irritiert glotzte der Boxer auf sein Opfer.

»Ich bin doch selber Polizist! Von der Kripo, verstehen Sie!«

Doch der Muskelmann schien von der eher begriffsstutzigen Sorte. »Na, des versteh ich net! Ich kenn die Kripo-Kommissare nämlich alle – und da is kein solcher wia du dabei!« Vorsichtshalber ballte er wieder die Fäuste, um rechtzeitig jedweden Angriff abwehren zu können. Dann kam ihm – man konnte es an seinem Gesichtsausdruck förmlich beobachten – die zündende

Idee. »Oder hast einen Ausweis, Kollege?« Das Wort ›Kollege‹ spie er dem Kommissar aus Heilbronn förmlich ins Gesicht.

Auch das noch! Horst tastete die Taschen seiner Hose ab, doch er wusste die Antwort schon vorher. »Nein!« Seinen Dienstausweis hatte er zuhause gelassen, schließlich war das ja sein freies Wochenende. Und schon einmal war ihm auf einem Ausflug der Geldbeutel samt Dienstausweis gestohlen worden. Wenn er an die Scherereien dachte, die das damals bedeutet hatte! Nein, seitdem ließ er den Ausweis daheim, wenn er nicht dienstlich unterwegs war – was sich diesmal allerdings als nachteilig entpuppte.

»Na also!« Sein Gegenüber blies zufrieden den Oberkörper auf und verschränkte die Arme vor der Brust. »So – und jetzt machst, dass du Land gewinnst, denn sonst werd i ungemütlich und des is dann Widerstand gegen die Staatsgewalt, hast mi?«

Angesichts der Miene, die der Mensch zur Schau stellte, und eingedenk der Schmerzen, die ihn plagten, hielt es Horst für das Vernünftigste, klein beizugeben und kommentarlos den Rückmarsch anzutreten.

Am Bus der Reisegesellschaft aus Heilbronn wurde in kleinen Gruppen erregt diskutiert.

»Ach, da bist du ja! Hast du etwas ...« Claudia hielt inne und starrte Horst entgeistert an.

»Ja sag mal, wie siehst du denn aus? Bist du unter einen Bagger geraten oder was?«

Horst schüttelte müde den Kopf. Er konnte sich lebhaft vorstellen, welchen Anblick er abgeben musste! Sein Kinn, auf dem der Dampfhammer gelandet war, brannte wie Feuer. Ihm war übel, entsetzlich übel!

»Jetzt sag schon, was ist denn mit dir! Du meine Güte, wenn man diesen Mann auch nur mal fünf Minuten lang alleine lässt!« Claudia kam näher und streckte die Hand nach seinem Kinn aus. »Lass mal sehen!«

Instinktiv machte er einen Schritt nach hinten. »Sei bloß vorsichtig!«

»Logisch!« Mit den geübten Griffen einer Ärztin tastete sie den Kiefer ab. »Arzt ist schließlich Arzt, ob allgemein oder Kinderärztin«, resümierte der Patient angesichts der behutsamen Untersuchung.

»Wahrscheinlich gebrochen!«, stieß Horst gequält zwischen den zusammengebissenen Zähnen hervor. »Aua! Bist du denn wahnsinnig!« Claudia hatte für einen Moment den Druck verstärkt und die lautstarke Reaktion in Form des Schmerzensschreis folgte auf der Stelle. Irritiert sahen die ihnen am nächsten stehenden Mitglieder der Reisegesellschaft auf. »Pass doch auf!«, zischte Horst wütend. »Das tut saumäßig weh!«

»Das glaube ich dir!« Claudia nickte verständnisvoll. »Aber immerhin: gebrochen ist nichts! Da müsste ich mich schwer täuschen. Es sieht zwar schlimm aus und die Stelle hier wird eine ganze Weile blaugrün schimmern, aber ansonsten bist du noch einmal davon gekommen!« Sie stemmte die Hände in die Hüften und musterte ihren Ehemann. »So – und jetzt sag mal, wo du dir das wieder eingefangen hast!«

Bevor Horst mit seiner Erklärung beginnen konnte oder musste – je nach Standpunkt – kam Bewegung in die Gruppe, die vorne am Bus mit dem Fahrer zusammenstand. »Da kommt er!«, rief einer der Umstehenden und deutete mit ausgestrecktem Arm auf einen farbenfroh mittelalterlich gewandeten Mann, der sich in Begleitung zweier uniformierter Polizisten der Reisegesellschaft näherte. »Na Rudolf, weißt du etwas Konkretes?«

Der mit Rudolf Angesprochene zuckte ratlos die Achseln und runzelte ernst die Stirn. »Na ja, wie man's nimmt ...«

»Was heißt denn das nun wieder?« Ärgerlich klopfte einer der jüngeren Mitfahrer an die Karosserie des Busses. »Jetzt sag schon, was ist mit dem Erich!«

»Sie reden von Erich Neubauer?« Einer der Polizisten sah dem jungen Mann forschend ins Gesicht.

»Na klar, von wem denn sonst?«, schüttelte der ärgerlich den Kopf. Im selben Augenblick begriff er. »Der Erich! Sie kommen seinetwegen? Dann stimmt es also tatsächlich ...?«

Forschend suchte er in der Miene des Polizisten nach einer Bestätigung.

Der Beamte nickte und sah sich ernst unter den Ausflüglern um. »Ja, es stimmt! Der Herr Neubauer ist einem schrecklichen Unfall zum Opfer gefallen!« Er wies mit der Hand beiläufig zu dem Gewandeten hinüber. »Hier – der Herr Daub hat ihn gerade eben identifiziert – eindeutig!«

»Tot!« Wie auf das Zeichen eines Dirigenten entrang sich das furchtbare Wort einem guten Dutzend Kehlen. Viele der Mitreisenden hatten fassungslos die Hand vor den Mund geschlagen oder stierten entgeistert zu Boden.

»Unfall!« Horst schnaubte trotz seiner Schmerzen verwundert auf. »Wie kann das denn ein Unfall sein?!«

»Wie bitte?« Der zweite Polizist trat näher und musterte Horst mit strenger Miene. »Was haben Sie da gesagt?«

»Dass es ein merkwürdiger Unfall ist!« Horst schluckte trocken und fasste sich an das wie Feuer brennende Kinn. Das Sprechen fiel ihm immer schwerer. »Da steht jemand mitten in einem Stadion und plötzlich steckt ein Pfeil in seiner Brust! Komisch so was!«

Ärger flammte in den Augen des Polizisten auf. »Komisch! Das finde ich überhaupt nicht komisch! Was also wollen Sie in Wirklichkeit sagen?«, herrschte er den Kommissar an.

Der hob entschuldigend die Hände. »Nichts natürlich! Aber ...« Er unterbrach sich und warf Claudia einen auffordernden Blick zu. Sie verstand sofort. »Also, das ist nämlich so«, begann sie freundlich lächelnd. »Mein Mann hier ist nämlich ein Kollege von ihnen. Er ist Kommissar bei der Mordkommission in Heilbronn! So ist das!«

»Aha!« Die beiden nickten erstaunt. »Und offenbar hat er heute schon eine Begegnung mit einer Dampfwalze gehabt«, grinste der eine Horst unverschämt ins Gesicht.

»Von wegen! Das war eine bayrische Polizistenfaust!«, stieß der Kommissar mit gequältem Gesichtsausdruck hervor.

»Soso!«

»Also Leute! Wir haben wirklich andere Sorgen im Augenblick!« Bevor sich das Gespräch nun um die Effizienz einer bayrischen Polizeiattacke drehen konnte, wurden sie von Rudolf Daub unterbrochen, der vorhin in Begleitung der beiden Polizisten zum Bus gekommen war. »Der Erich ist tot, alles andere spielt doch jetzt keine Rolle, oder!«

»Ja, da haben Sie natürlich recht!«, pflichtete ihm der Beamte bei, auf dessen Uniformjacke der Name »Hinterer« zu lesen war. »Also«, er blickte sich wichtig unter den Umstehenden um, »hat jemand von Ihnen irgend etwas Sachdienliches auszusagen?«

Die Mitglieder der Reisegesellschaft blickten betreten zu Boden und blieben stumm.

»Gut!« Hinterer klatschte resümierend die Hände zusammen. »Oder auch nicht gut! Je nachdem! Tja, also dann ...« Er runzelte die Stirn und sah seinen Kollegen fragend an.

Der nickte ihm kurz zu und musterte Horst anschließend abwartend.

Horst räusperte sich, was er im selben Moment auch schon wieder heftig bereute, denn ein stechender Schmerz zuckte durch den misshandelten Kiefer. »Also gut, meine Herren! Fürs Erste war es das ja wohl tatsächlich. Und ich möchte nicht, dass der Eindruck entsteht, ich würde mich in die Arbeit meiner bayrischen Kollegen einmischen wollen ...«

Die beiden warfen sich vielsagende selbstbewusste Blikke zu. »Mir san mir in Bayern!« sollte das wohl heißen.

Er hatte verstanden – und dennoch ... »Ich lasse Ihnen meine Dienstadresse da und würde Sie lediglich bitten, dem Kollegen von der Kripo einen schönen Gruß auszurichten – und ob er mir bei Gelegenheit seinen Abschlussbericht zusenden kann, das wäre nett!« Horst schaute bewusst zur Seite: Er wollte in diesem Augenblick die Reaktion der Polizisten erst gar nicht wahrnehmen, denn er konnte sich lebhaft vorstellen, was sie tief in ihrem Inneren dachten. Aber andererseits: mochten sie doch denken, was sie wollten!

Kapitel II

Es war die traurigste Rückfahrt in einem Reisebus gewesen, an die sich die Familie Meyer jemals erinnern konnte. Da hatte man sich so sehr auf ein wunderschönes Wochenende beim Ritterturnier und am Ammersee gefreut, auf das süffige dunkle Bier des Bayernprinzen in Kaltenberg und die guten Weißwürste mit dem legendären süßen Senf, auf farbenprächtigstes Mittelalter, klirrende Schwertkämpfe und mitreißende Spektakel – und dann das!

Ausgerechnet der Mann, der alles organisiert hatte, der die anderen mit seiner Begeisterung angesteckt und wortreich zur Mitreise überredet hatte, ausgerechnet der war bei seiner geliebten Freizeitbeschäftigung ums Leben gekommen! Erich Neubauer, Kellermeister in einem der renommiertesten Heilbronner Weingüter, dem Prädikatsweingut Beitinger, war seit Jahren schon als glühender Fan des Mittelalters von vielen in seiner Umgebung belächelt worden. Doch das hatte ihm nicht das Geringste anhaben können: »Erich, der Einsame«, so hatte sich der ledige Mann selbst genannt und so durfte oder sollte ihn jeder in seiner Freizeit nennen, wenn er in mittelalterlicher Gewandung an den Wochenenden durch die zahlreichen Mittelaltermärkte oder Turniere flaniert war, die in den letzten Jahren ja wie Pilze aus dem Boden geschossen waren.

»Es ist ja schon ein merkwürdiges Völkchen, das sich in dieser Szene tummelt, oder?« Horst schreckte aus seinen Gedanken hoch, als Claudia sich über den Gang des Busses zu ihm hinüberbeugte und ihn mitfühlend betrachtete.

»Du siehst inzwischen ganz schön mitgenommen aus! Muss ganz schön weh tun!«

»Tut es auch«, brummelte er verdrossen und betastete vorsichtig das lädierte Kinn. »Eigentlich sollte man den Kerl wegen gefährlicher Körperverletzung hinter schwedische Gardinen bringen ...«

»Was glaubst du, was da los wäre, wenn die Zeitung davon Wind kriegen würde: Uniformierter Polizist schlägt Kommissar K.O.!«

»Bloß nicht! Mir langt's auch so schon!« Horst wiegte den Kopf, so gut das bei seinen Schmerzen eben möglich war. »Aber du hast schon Recht: Die Mittelalterszene hat sich unglaublich entwickelt! Von wegen, dass da nur ein paar Spinner mit ihren Schwertern unterwegs sind und kräftig einen drauf machen! Also – so hätte ich das nicht für möglich gehalten! Das ist ja ein knallhartes Geschäft inzwischen – und zwar ganz professionell! Das hat mit solchen versponnenen Typen wie dem einsamen Erich nicht mehr viel zu tun!«

»Horst! Der Mann ist tot!« Ein tadelnder Blick seiner Ehefrau streifte den Kommissar. Sie legte den Arm um die neben ihr am Fenster sitzende Nina, die bei diesem Stichwort gerade sichtbar zusammengezuckt war und zog sie an sich.

»Schon gut! War ja nicht so gemeint!« Er streifte Fabian mit einem forschenden Blick, doch der Junge schaute nach wie vor stumm aus dem Fenster und schien sich nicht für die Unterhaltung zu interessieren. »Ich weiß schon: de mortibus nihil – nichts Schlechtes über die Verstorbenen ...«

»... nisi bene! Außer Gutes!«, pflichtete Claudia ihm bei. »Aber im Ernst: Was mich schon erschreckt hat, das waren diese Typen, die da in kurzen Lederröckchen herumlaufen, mit Tätowierungen überall, den Kopf völlig kahlgeschoren und dann irgendwelche merkwürdigen Lieder grölend! Das sind doch Rechtsradikale!«

»Da wäre ich vorsichtig! Muss nicht unbedingt sein!« Vor Jahren hatte er schon einmal wegen ähnlicher Vorwürfe in der Szene ermittelt, die damals freilich noch klein und unbedeutend gewesen war. Der Verdacht, dass hier die ewig Gestrigen ihren germanischen Rassenkult unter dem Deckmäntelchen des romantischen Mittelalters betreiben würden, hatte sich seinerzeit nicht bestätigen lassen. »Allerdings: Die Grenzen sind fließend, das gebe ich zu. Und je mehr auch diese Musikgruppen mit ihrem Höllensound die Massen anziehen, desto mehr von diesem braunen Gesockse fühlt sich da natürlich magisch angezogen! Wie heißen die? ›Druidenfeuer‹ und ›Armins Rache‹ oder ›Menetekel‹ – also da kriegst du ja schon vom Namen eine Gänsehaut!«

»Und dann noch diese Irren mit ihren Schottenröcken! Hast du gesehen: Die flippen ja regelrecht aus, wenn so eine Gruppe mit zwei oder drei Dudelsäcken richtig loslegt! Die kriegen dann wirklich einen Veitstanz – da kannst du nur noch in Deckung gehen! Unglaublich!« Auf so etwas war Claudia nicht vorbereitet gewesen, als sie sich von Erich Neubauer eines Tages zur Fahrt auf das Ritterturnier hatten überreden lassen. Der hatte ihnen mit leuchtenden Augen geschildert, wie farbenprächtig es in Kaltenberg beim größten Ritterturnier der Welt immer zuging und dass gerade die Kinder doch ihren Spaß daran hätten, wenn Nina als Prinzessin verkleidet und Fabian als Ritter sozusagen Teil des Geschehens sein konnten. »Ein Tag im Mittelalter! Ich schwöre Ihnen, Sie werden selbst kaum noch wissen, in welchem Jahrhundert Sie sich gerade bewegen! Das ist wirklich absolute Spitze – und dann erst das Ritterturnier im Stadion, wenn die Reiter in gestrecktem Galopp aufeinander zustürmen. Das sind ja in Wirklichkeit französische Stuntmen, die reiten wie die Teufel: Allererste Sahne kann ich da nur sagen!« Irgendwann waren die Meyers dann mürbe geworden und Horst war es schließlich gewesen, der beim Abendessen den Vorschlag unterbreitet hatte, das Angebot von Neubauer anzunehmen. »Den möchte ich erleben, wenn er da selber als Knappe durch die Gegend hüpft! Und uns tut ein solches Wochenende zusammen ja auch mal gut!«

Die Kinder waren natürlich sofort Feuer und Flamme gewesen und hatten in ihren Zimmern nach den nötigen Utensilien gekramt, die man als Prinzessin und als Ritter natürlich auf jeden Fall benötigte. »Also: Billig wird das sicher nicht!«, hatte Claudia ihren Widerstand nur ganz allmählich aufgegeben. »Die Eintrittspreise sind ja nicht gerade von Pappe, und dann brauchen die beiden ja sicher noch ein richtiges Schwert und eine schöne Krone. Dazu die Busfahrt, das Hotel, das Essen – und das Bier«, fügte sie mit einem eindeutigen Blick auf Horsts Unterleib noch spöttisch hinzu. »Aber andererseits: Da hast du Recht, das würde mich schon mal interessieren, wie ein stinknormaler Mensch sich plötzlich in einen Kasper verwandelt und dann als mittelalterlicher Knappe durch die Gegend hüpft!« In der Tat schien es ihnen kaum vorstellbar, dass sich ausgerechnet der biedere, im Alltag eher unscheinbar wirkende Kellermeister Erich Neubauer, zu solch einem Anlass in eine völlig andere Person verwandeln würde.

»Und jetzt ist er tot!«

Claudia zuckte zusammen und runzelte skeptisch die Stirn. »Also, wie das passiert sein soll! Das ist mir wirklich unverständlich! Und der Daub, der sagt, es handle sich womöglich um einen Pfeil, der aus einer Armbrust abgeschossen worden sei? Das kann doch eigentlich gar nicht wahr sein!«

»Ach weißt du! Das habe ich in meinem Job nun aber wirklich gelernt: Dinge gibt's, die gibt's gar nicht!« Horst fuhr sich müde über die Stirn. »Ich glaube es zwar nicht, denn das ist schon ein wahnsinniger Zufall, dass der exakt da steht, wo sich ein Pfeil aus einer Armbrust hin verirrt, und dass der ihn dann auch noch mitten ins Herz trifft. Aber andererseits darf man wohl auch nicht hinter jedem Unglück irgendein Mordkomplott vermuten, das grenzt sonst irgendwann an Verfolgungswahn! Tatsache ist, dass da sicher jede Menge Armbrustschützen versammelt waren und da kann es natürlich schon sein, dass einer von ihnen versehentlich auf den Abzug gedrückt hat! Aber das jetzt noch festzustellen: Das ist keine dankbare Aufgabe für die Kollegen!« Wenn er an seinen höllisch schmerzenden Kiefer dachte, dann geschah es denen aber gerade recht, sich jetzt auf der Suche nach einer höchstwahrscheinlich überhaupt nicht vorhandenen Stecknadel durch einen riesigen Heuhaufen wühlen zu müssen!

»Schon merkwürdig, dass der Daub auch so ein Mittelalterfan ist! Das scheint bei Kellermeistern ja schon fast zur ansteckenden Krankheit geworden zu sein ...«

»Wer hat eine ansteckende Krankheit?« Rudolf Daub, der immer noch in seinem mittelalterlichen Knappenkostüm steckte, hatte sich von hinten der Sitzreihe der Meyers genähert und sah Claudia, der Kinderärztin, gespannt ins Gesicht.

»Ach, niemand! Nein, nein, Herr Daub! So war das nicht gemeint!«, wehrte diese verlegen ab. »Es ist nur so, ich meine ...«

»... Sie meint, es ist schon komisch, dass ausgerechnet zwei Kellermeister, die auch noch in Heilbronn wohnen, so eifrige Mittelalterfans sind – beziehungsweise waren«, sprang Horst für Claudia in die Bresche. »Das scheint ja fast wie ein Virus zu sein!«

»Kann man so sagen!« Rudolf der Mundschenk, wie sich der Besitzer des Weingutes Rebenhof in der Mittelalterszene zu nennen pflegte, nickte bedeutungsvoll. »Wissen Sie, den Erich und mich – uns hat es fast gleichzeitig erwischt! Er war zwar schon etwas länger dabei, und vor Jahren, bei irgendeiner Weinprobe, da hat er einen mittelalterlichen Spielmann engagiert gehabt! Und der Kerl war so fantastisch, dass ich mich seitdem genauer für die Szene interessiert habe. Tja – und dann war es halt irgendwann so weit: Da habe ich mir dann die Gewandung zugelegt!« Stolz wies er mit der Rechten an sich herunter und lächelte zufrieden.

Horst grinste innerlich, als er die groteske farbig bestrumpfhoste Gestalt vor sich im Bus musterte: Jeder blamiert sich halt, so gut er kann, dachte er bei sich, nickte aber anerkennend. »Das war sicher ein großer Schock für Sie, nicht wahr? Sie waren mit dem Herrn Neubauer ja befreundet, wie man hört!«

Rudolf Daub schnaufte tief durch. »Ja, das ist schon brutal für mich, was da passiert ist! Bei allen Auseinandersetzungen in fachlicher Hinsicht – ich meine jetzt den Weinbau – waren wir doch seit Jahren immer wieder auf schönen Märkten und Veranstaltungen!« Er seufzte betrübt und wischte sich mit dem Finger eine Träne aus dem Auge. »Das ist nun leider alles aus und vorbei!« Er wandte sich um und nahm im hinteren Teil des Busses Platz.

»Wenn wir nur bald zuhause wären!« Claudia schaute ungeduldig auf ihre Uhr. »Ich möchte nur noch heim und diesen ganzen Alptraum hinter mir lassen! Was meinst du? Wann sind wir endlich da?«

Horst beugte sich vor und spähte an Fabian vorbei aus dem Fenster. »Das ist noch die Albhochfläche, wir müssten jetzt ungefähr auf der Höhe von Laichingen sein. Ich denke, wir sind bald am Aichelberg und dann dauert es noch eine gute Stunde – wenn nicht am Stuttgarter Dreieck wieder irgendein Stau ist!« Er lehnte sich erschöpft in seinem Sessel zurück und schloss die Augen. Wer weiß, vielleicht würde er demnächst schon wieder in der Gegenrichtung unterwegs sein und doch noch in diesem Fall ermitteln müssen! Rückblickend zog Horst später das Fazit, dass er damals im Bus schon ganz nahe dran gewesen war – und andererseits doch wieder so weit weg ...

*

»Na endlich!« Aufatmend bogen die Meyers um die Straßenecke, als sie im Schein der Laternen den Häuserblock wahrnahmen, in dem sich auch ihr Reiheneckhaus befand. »Gleich sind wir da, Nina! Dann könnt ihr ruck, zuck ins Bett!«, hauchte Claudia ihren Kindern Energie für die letzten Meter bis zur Haustür ein. Beide waren kurz vor der Ankunft des Busses eingeschlafen und schleppten sich nun müde und kaputt die letzten Meter vom ehemaligen Bahnhof heimwärts.

»Sag mal, sitzt da wer?« Irritiert streckte Horst den Arm aus und wies auf die Holzbank neben ihrem Haus.

»Wo?« Claudia kniff die Augen zusammen und folgte dem Blick ihres Mannes. »Tatsächlich, da sitzt wer! Um diese Uhrzeit!«

»Merkwürdig! Nachts um halb zwölf!« Horst hatte seinen Schritt beschleunigt. Jetzt bloß nicht noch eine Katastrophe! Eigentlich reichte es ihm für heute! Aber wer konnte das denn sein?

»Um Himmels willen!« Er schlug die Hände vor dem Kopf zusammen: Doch eine Katastrophe! »Du, das ist das Bebele!«

»Unmöglich! Was soll die denn um Mitternacht bei uns vor der Haustür sitzen!« Ungläubig schüttelte Claudia den Kopf, um im selben Moment abrupt zu verharren. »Doch, du hast Recht: Uschi! Was um alles in der Welt machst du denn da?!«

Die dicke Person, die da wie ein Häufchen Elend zwischen zwei großen Koffern auf dem Treppenabsatz des Reihenhauses saß, erhob sich langsam und mühevoll. Tatsächlich: Unverkennbar das Bebele, Horsts ehemalige Sekretärin aus seiner Zeit bei der Ulmer Mordkommission. Die hieß ja eigentlich mit richtigem Namen Uschi Abele, aber Horst und Michael Protnik, sein damaliger Freund und Kollege, hatten ihr den anfangs heftig umkämpften Spitznamen verpasst, den sie mittlerweile – wenn auch nach langer Gegenwehr – zähneknirschend akzeptiert hatte. Schließlich war sie ja inzwischen auch mit Protnik liiert und die legendären Wortgefechte aus früheren Tagen längst Geschichte – oder etwa doch nicht? Die Richtigstellung erfolgte prompt!

»Der Protnik, der Idiot!«, schniefte das Bebele im selben Moment auch schon los. »Der kann mir gestohlen bleiben!«

»Wie: Der kann mir gestohlen bleiben?« Horst schickte ein Stoßgebet zum Himmel, doch er ahnte, was gleich kommen würde. Und es kam!

»Der Protnik! Ich habe ihn verlassen! Der kann mir den Buckel herunterrutschen! Nie wieder werde ich auch nur ein Wort mit dem wechseln!« Trotzig stampfte das Bebele mit dem Fuß auf und funkelte die Meyers wild entschlossen an.

»Ach du großer Gott! Bitte nicht auch das noch!« Horst faltete die Hände und starrte in stummer Resignation zum Nachthimmel hinauf, von dem die erhoffte Hilfe nicht gekommen war.

»Ja, und jetzt?« Claudia schien genauso wenig erbaut über den späten Besuch wie ihr Mann. Auch sie wurde in diesem Zusammenhang bereits von bösen Vorahnungen geplagt.

»Und jetzt?« Wieder schniefte das Bebele vernehmlich. »Jetzt bleibe ich erst einmal bei euch!«

»Na, bravo!« Der Kommissar schüttelte, nach Fassung ringend, den Kopf. »Wie schön, dass du gleich gekommen bist, ohne uns vorher Bescheid zu geben!« Empört stemmte er die Hände in die Hüften und musterte seine ehemalige Sekretärin mit entgeisterter Miene.

»Hab ich doch versucht! Aber ist ja nie jemand ans Telefon gegangen! Und zurückgerufen hat auch keiner!« Es war der personifizierte Vorwurf, der Horst aus Bebeles Augen ins Gesicht zu springen schien.

»Vielleicht waren wir ja einfach zwei Tage weg! So etwas soll's ja schon mal geben, oder?« Er schnaubte aufgebracht. »Entschuldigung, dass wir uns nicht vorher bei dir abgemeldet haben!«

Ein Wasserrohrbruch hätte nicht heftiger ausfallen können. Dicke schwere Tränen schossen wie auf ein Stichwort aus Uschis Augen, vermischten sich mit der schwarzen Wimperntusche und liefen in dunklen Bahnen über die Wangen des jammervoll schluchzenden Bebele, bevor sie vor ihr auf den Boden tropften. So ähnlich musste seinerzeit die Sintflut begonnen haben, schoss es Horst durch den Sinn. »Um Gottes willen, Uschi! Jetzt sei doch nicht gleich so empfindlich!«

»Nicht so empfindlich!« Heftig heulte das Bebele bei diesen Worten auf. »Ich soll nicht so empfindlich sein? Wieso ich! So, wie du mich grade empfangen hast!« Und wieder tropften die bitteren Tränen des Vorwurfs auf das Pflaster vor dem Reihenhaus der Familie Meyer.

»Also Schluss jetzt!« Claudia trat entschlossen nach vorne und steckte den Haustürschlüssel ins Schloss. »Jetzt gehen wir erst mal rein und dann sehen wir weiter – bevor wir hier draußen noch festwachsen ...«

»... oder wegschwimmen!«, setzte Horst schnell hinzu, was ihm einen weiteren missbilligenden Blick – diesmal jedoch von seiner Ehefrau – einbrachte. Mit einem gequälten Lächeln auf den Lippen nahm er Uschis Koffer und trug sie ins Haus.

»Du meine Güte! Wie siehst du denn aus?« Dem Besucher, der mit seinem Klingeln früh um 8 Uhr an diesem Sonntagmorgen für ein (so nicht geplantes) baldiges Erwachen der Familie Meyer gesorgt hatte, war das Staunen regelrecht am Gesicht abzulesen. »Bist du unter eine Dampfwalze geraten oder was?«

»Danke für die Blumen«, knurrte Horst grantig und machte keine Anstalten, den Eintritt freizugeben. »Noch ein Wort, und du kannst deinen Arsch wieder ins Auto setzen!« Er war alles andere als ausgeschlafen heute morgen: Die Nacht war kurz und furchtbar gewesen. Erst das Bebele mit seiner stundenlangen und weinerlichen Beschreibung ihres Zusammenseins mit dem bisherigen Lebenspartner Protnik, bei dem es sich ihrer Beschreibung nach um das personifizierte Grauen handeln musste, dann die pochenden Schmerzen in seinem Unterkiefer, die erst nach der dritten Schmerztablette etwas nachgelassen hatten, und jetzt das viel zu frühe Erwachen in einem Nebel aus Müdigkeit und Betäubung! Und das nur, weil der Mensch der da ungeduldig vor ihm stand, gemeint hatte, am Sonntagmorgen um 8 Uhr Sturm klingeln zu müssen!

Protnik rollte mit den Augen. »War doch nicht so gemeint! Bist du aber ein Mimöschen heute Morgen!« Forschend spähte er in den Flur hinein. »Jetzt sag schon, wo steckt sie?«

»Wo steckt wer?« Noch immer angesäuert dachte Horst nicht im Traum daran, seinem ehemaligen Kollegen aus alten Ulmer Kripotagen das Feld so schnell und kampflos zu überlassen.

»Na, wer wohl! Die Uschi natürlich!« Der Besucher an der Haustür wurde allmählich ungeduldig. »Jetzt stell dich bloß nicht dümmer, als du in Wirklichkeit bist! Da draußen«, er deutete mit dem ausgestreckten Daumen hinter sich, »da steht nämlich ihr Auto! Also muss sie ja wohl da sein!« Zufrieden über den eindrucksvollen Beweis seiner kriminaltaktischen Fähigkeiten verschränkte Protnik die Arme vor der Brust und fixierte seinen Freund erwartungsvoll.

»O.K. Sputnik, gewonnen!« Horst hatte keine Lust mehr auf einen weiteren Disput an diesem viel zu frühen Sonntagmorgen. Außerdem begann das Kinn wieder zu schmerzen. Er machte eine auffordernde Kopfbewegung. »Also gut, du Nervensäge! Dann komm halt rein!«

Ein breites Grinsen zog sich über Protniks Gesicht. Eilfertig trat er sich auf der Fußmatte vor der Haustür die Schuhe ab und folgte Horst in den Flur. »Na also, wieso denn nicht gleich so!« Er streckte die Hand aus. »Ach so, ja! Erstmal grüß Gott, alter Kumpel!«

»Du mich auch!« Doch trotz seiner harschen Worte ergriff Horst lächelnd die Hand des anderen und drückte sie innig. »Na, du Unglücksrabe! Schön, dass ich dich mal wiedersehe! Dann wollen wir also mal drangehen und das Porzellan wieder zusammenkleben, das du Hornochse offenbar zerdeppert hast!«

»Ich? Zerdeppert?« Empört schnaubte Protnik auf und klopfte mit dem Zeigefinger auf seine Brust. »Wieso denn ausgerechnet immer ich? Ich habe doch gar nicht ...«

Beschwichtigend hob Horst die Hände. »Leise, Michael! Du weckst mir ja noch das ganze Haus auf!« Doch er hatte noch nicht richtig zu Ende gesprochen, als er hörte, dass seine Warnung zu spät kam. »Horst, wer ist denn da? Was macht ihr denn für einen Krach da unten?« Verschlafen rieb sich Claudia die Augen, während sie im Morgenmantel die Treppe herunterkam. »Ach, da schau her! Noch ein Besuch aus Ulm! Muss es bei uns in Heilbronn aber schön sein!« Sie drückte Protnik einen Kuss auf die Wange und klatschte anschließend energisch in die Hände. »Na, dann kann ich ja gleich mal einen ganzen Eimer Kaffee machen? Oder trinkst du neuerdings etwa Tee?«

Der Besucher schüttelte entschieden den Kopf. »Um Gottes willen! Bloß nicht!«

»Na, bitte! Hat das die Uschi also noch nicht geschafft ...«

»Was habe ich wo nicht geschafft?«, ließ sich im selben Moment von oben eine heisere weibliche Stimme vernehmen, der wenig später eine dicke untersetzte Frau im weißen Nachthemd folgte. »Michael!!!« Waren es Wut, Überraschung, Freude oder Entsetzen, die sich durch diesen Schrei Bahn brachen? Horst war sich alles andere als sicher, doch bevor er tiefer in seine Überlegungen eintauchen konnte, da rumpelte das Bebele auch schon die Treppe herunter. Glücklicherweise stand Protnik genau am Ende der Treppe und reagierte blitzschnell. Er breitete die Arme aus und schlang sie kraftvoll um die ihm entgegenstürzende Uschi, deren Aufprall so heftig ausfiel, dass die beiden gegen die Wand des Flures gedrückt wurden. »Immer langsam mit den jungen Pferden!« Protnik grinste breit und machte keine Anstalten, seine entsprungene Freundin jemals wieder loszulassen.

Die wehrte sich nach Kräften und bekam schließlich einen Arm frei. »Protnik! Du Lump, du liederlicher! Lass mich auf der Stelle los!« Sie versetzte ihm eine zärtliche Ohrfeige und fuhr ihm danach liebevoll über das Gesicht. »Du elender Schuft, du! Extra meinetwegen bist du also gekommen?« Sie heulte laut auf: Dicke schwere Tränen der Erleichterung liefen ihr über die Wangen und tropften auf den Fußboden.

»Na, Gott sei Dank ist sie noch nicht geschminkt, sonst hätten wir die Sauerei direkt im Haus«, brummte Horst kopfschüttelnd angesichts der unvermuteten Versöhnungsszene, was ihm einen vorwurfsvollen Knuff von Claudias Ellbogen eintrug. Dennoch: Wo die nur das ganze Wasser hernahm, das sie seit gestern Abend regelmäßig vergoss! Einfach unglaublich, diese tränenreichen Sturzbäche! Seufzend folgte Horst seiner Ehefrau in die Küche und überließ die beiden Wiedervereinten im Flur ihrem neuen Glück.

»Und du könntest schnell mal zum Bäcker joggen und frische Brötchen holen«, wies Claudia ihrem Mann gleich darauf eine sinnvolle Beschäftigung zu.

Horst verzog das Gesicht. »Ach, der Söhnenbacher! Der hat doch nichts Gescheites! Das sind doch keine Brötchen, da beißt man nur in Watte! Das ist doch alles aus der Tüte angerührt!«

»Stimmt ja!«, pflichtete Claudia ihm bei. »Aber so viel Brot haben wir nimmer zuhause! Ich hab ja nicht ahnen können, dass die beiden uns heimsuchen werden!«, sandte sie einen bedeutungsvollen Blick zum Flur hinüber, in dem Protnik und sein Bebele noch immer eng umschlungen ihre Nahkampfübungen absolvierten.

»Na gut, aber dann setze ich mich lieber ins Auto und fahre schnell nach Böckingen hinüber. Der Zipfer, das ist schließlich noch ein reeller Bäcker! Und auch wenn er ein paar Pfennig mehr verlangt: Dafür hat man wenigstens noch eine Brezel, die auch nach einem halben Tag noch knusprig ist, und nicht so einen zähen Kaugummi wie bei den anderen!«

»Du hast ja Recht!« Claudia nickte. Wie oft hatte sie schon am Frühstückstisch gesessen und den Niedergang des heimischen Bäckerhandwerks beklagt, das mehr und mehr von spektakulär aufgemachten Backfilialisten dominiert wurde, deren Produkte aber qualitativ immer schlechter wurden! Teiglinge für Brezeln aus Portugal, vorgebackene Croissants aus Vietnam: Prost Mahlzeit!

»Ich komme mit, wenn du nichts dagegen hast und gebe eine Runde Brötchen aus!« Freudestrahlend kam Protnik Hand in Hand mit seiner Uschi in die Küche.

»Willst du mich schon wieder alleine lassen, du Schuft?« Das verheulte Gesicht des Bebele war eine richtige Augenweide! Sie strahlte ihren wiedergefundenen Lebenspartner aus rotgeweinten Kaninchenaugen liebevoll an, während sie sich verstohlen die laufende Nase am Ärmel des plissierten Nachthemdes abwischte. Horst hatte alle Mühe sich zusammenzunehmen um bei diesem grotesken Anblick nicht einfach laut loszulachen.

Auch Claudia grinste im Geheimen.

»Ich komme ja gleich wieder, Liebes!« Zärtlich strich Protnik über das rotblonde Haar seiner Freundin. »Ach, übrigens: Wir haben beschlossen, ein paar Tage bei euch zu bleiben! Wir wollten nämlich sowieso einen Kurzurlaub machen! Na, was sagt ihr dazu?« Freudig klatschte er die Hände zusammen und wartete erst gar keine Antwort ab, als er sich bereits wieder in Richtung Haustür umwandte. »Aber jetzt mach schon und zieh dir was an, dass wir endlich zum Bäcker kommen!«

»Na, bravo!« Horst zuckte hilfesuchend die Schultern, doch auch Claudia verzog nur in stiller Resignation den Mund ...

*

»Und du meinst wirklich, dass du da etwas in Erfahrung bringen kannst?« Protnik warf die Beifahrertür ins Schloss und wiegte skeptisch den Kopf.

»Na, irgendwo muss man doch anfangen, das muss ich dir doch wohl nicht sagen, Herr Kollege!«, knurrte Horst und winkte den anderen hinter sich her. Jetzt hatte er doch schon mindestens ein halbes Dutzend Mal alle Eventualitäten zusammen mit Protnik durchgekaut. Was blieb ihm denn auch anderes übrig als einmal direkt beim Weingut vorbeizuschauen, wenn er schon nicht an einen Unfall glaubte, der da in Kaltenberg geschehen war.

»Hast ja ausnahmsweise nicht ganz Unrecht! So ein Blattschuss mitten ins Herz ist ja schon eine merkwürdige Geschichte, aber andererseits: Sachen gibt's, die gibt's gar nicht!« Protnik war immer noch nicht so richtig von Horsts

These überzeugt, dass es sich bei dem tragischen Unfalltod von Erich, dem Einsamen, in Wirklichkeit um einen raffiniert ausgeführten Mord handeln sollte. Und Horst, das musste der sich selbst eingestehen, konnte bisher auch nicht den leisesten Beweis für seinen Verdacht beibringen. Er verharrte einen Augenblick vor dem großen Eingangsportal des repräsentativen Weingutes mitten im Heilbronner Ortsteil Sontheim. Merkwürdig: Da wohnte man keinen Kilometer entfernt und dennoch war es sicher schon vier oder gar fünf Monate her, als er das letzte Mal hier gewesen war! Auch Claudia hätte der schöne Innenhof mit den zahlreichen Oleandersträuchern in den alten halbierten Weinfässern und der prächtige Blumenschmuck mit Sicherheit begeistert. Er musste unbedingt bald einmal mit ihr hierherkommen!

»Ach, der Herr Kommissar! Wohl dienstlich hier, gell!« Ein grauhaariger Mitfünfziger in blauer Arbeitskleidung kam den beiden Männern entgegen, als sie das Weingut betraten. Fritz Beitinger, der Inhaber, streckte Horst die Hand entgegen. »Grüß Gott, Herr Meyer! Das ist ja eine üble Geschichte, das kann ich Ihnen sagen! Ich bin immer noch völlig durcheinander!«

»Grüß Gott, Herr Beitinger! Ja, das kann man wohl sagen! Wissen Sie, ich war ja am Samstag selber mit dabei, als es passiert ist! Das hier«, er deutete auf den neben ihm stehenden Protnik, »das ist übrigens ein Freund von mir aus Ulm, mit dem ich schon lange einmal bei Ihnen vorbeikommen wollte!« Er hob betrübt die Achseln. »Dass es natürlich so ein trauriger Anlass werden wird ... Na ja! Ich denke, die Kollegen waren schon bei Ihnen und haben Sie informiert. Ansonsten wird die Staatsanwaltschaft noch eine Zeitlang ermitteln, wie es zu dem Unfall gekommen ist, wenn sich das überhaupt noch klären lässt ...«

Beim Stichwort Unfall musterte Horst sein Gegenüber scharf. Er wusste zwar selbst nicht, welche Reaktion er dabei von dem anderen erwartete, aber auf jeden Fall kam nichts, was ihm hätte auffallen müssen. Fritz Beitinger senkte traurig den Kopf. »Ja, es ist wirklich kaum zu glauben! Das war mein bester Mann, der Erich! Er hat mindestens genauso viel Anteil an unserem Erfolg, wie ich selber! Und jetzt ist er tot! Einfach so! Als mittelalterlicher Knappe bei einem Ritterturnier erschossen! Mit dem Pfeil aus einer Armbrust haben Ihre Kollegen gesagt! Das ist alles so unglaublich – also wenn das in einem Fernsehfilm so gekommen wäre, da würde jeder sagen: Was ist denn das für ein Blödsinn! Und jetzt? Tot! Ich möchte mir gar nicht vorstellen, wie das gewesen wäre, wenn er Familie gehabt hätte, kleine Kinder womöglich ...« Er hielt betroffen inne und starrte zu Boden.

Eine Zeit lang sagte keiner der Männer ein Wort. Schließlich war es Horst, der sich vorsichtig räusperte. »Tja, da ist wohl leider das meiste bereits gesagt! Sie können sich auch nicht vorstellen, dass da etwas Anderes mitgespielt haben könnte, oder?«

Irritiert sah Beitinger auf. »Wie meinen Sie das? Glauben Sie etwa ... Meinen Sie nicht, dass es ein Unfall war?«

»Ach wissen Sie, Herr Beitinger! Ich weiß selber nicht – aber das ist wahrscheinlich der Polizist in mir: Irgendwie immer misstrauisch, auch wenn es mehr als unwahrscheinlich ist«, wiegelte Horst ab. »Aber dennoch: Gab es denn in der letzten Zeit irgendwelche Auseinandersetzungen, die Ihnen aufgefallen sind und in die der Herr Neubauer womöglich verwickelt war?«

»Auseinandersetzungen!« Beitinger breitete in einer hilflosen Geste die Arme aus. »Sie kennen doch meine Branche! Sie sind doch sogar selbst Hobbywengerter! Da wissen Sie doch, wie das ist, in meiner Zunft! Da gönnt doch der eine dem anderen nicht das Schwarze unterm Fingernagel! Aber Mord? Also ich weiß nicht ...« Argwöhnisch musterte der Weingutbesitzer den Kommissar.

»Moment, ganz langsam! So weit sind wir ja noch lange nicht!« Horst musste versuchen, den Eindruck zu verwischen, er befände sich bereits mitten auf der Fährte. »Wir sollten nur alles ausschließen, was auszuschließen ist, das meine ich!« Er warf Protnik einen auffordernden Blick zu. Der verstand sofort.

»Also, ich kenne mich in Ihrer Branche überhaupt nicht aus«, begann er sich in das Gespräch einzuklinken. »Für mich ist es immer schon ein Riesenerfolg, wenn ich Rotwein von Weißwein unterscheiden kann!«

»Da sind Sie, weiß Gott, nicht allein: Von der Sorte gibt's schon noch ein paar mehr! Entschuldigung!,« warf Beitinger rasch ein, als er das kritische Stirnrunzeln bei Protnik bemerkte. »War nicht so gemeint! Leute die zugeben, dass sie nicht so viel Ahnung vom Weinbau haben, sind mir sogar wesentlich lieber als die sogenannten Weinexperten, die alles und jedes besser wissen und immer mit dem neuesten Weinführer von irgendeinem Weinpapst unterm Arm herumlaufen!« Er rollte die Augen. »Ich sag's Ihnen: Sachen kann man da erleben ...«

»Glaube ich Ihnen«, pflichtete Horst ihm bei. »Keine Ahnung von nichts – aber davon eine ganze Menge, die Sorte kenne ich. Aber nochmal: Sie sagen also schon, dass da anscheinend gewisse Spannungen geherrscht haben!«

Beitinger zuckte mit den Schultern. »Natürlich! Sie haben doch selber mitbekommen, was grade los ist! Die Großen sind mal wieder dabei, die Kleinen aufzufressen – und als Kleiner, da muss man sich momentan schon ernsthaft Gedanken machen, wohin man will. Vor ein paar Jahren noch, da haben wir beispielsweise unsere Holzfässer aus den Kellern rausgeworfen und durch Stahltanks ersetzt. Wehe dem, der noch an seinen Holzfässern festgehalten hat: Bei der Qualitätsweinprüfung hat's dann sofort geheißen, der Holzgeschmack, das sei ein unerwünschter Fremdton, der im Wein nichts zu suchen habe, und ruck, zuck sind sie durch die Prüfung gerasselt! Dann hat man also allmählich seine guten Holzfässer zähneknirschend durch die Tanks ersetzt, was im übrigen ein Schweinegeld gekostet hat, und jetzt – jetzt faselt plötzlich alle Welt wieder etwas von Barrique und vom Holzfass und ständig werden Sie gefragt, ob Sie Ihre Weine auch ja im Holzfass ausbauen! Und da soll man cool bleiben und das alles möglichst auch noch aus der Portokasse bezahlen! Fragt sich nur, wie!« Beitinger nickte bedeutungsvoll. »Kein Wunder, dass momentan die Nerven blank liegen und dass zur Zeit auch unter uns Privatvermarktern mit ganz schön harten Bandagen gekämpft wird. Vordergründig, da sind wir uns zwar alle einig, aber ich sage es Ihnen, hintenrum, da geht gerade ganz schön die Post ab!« Er machte eine Pause und ließ das eben Gesagte erst einmal auf seine Zuhörer wirken.

»Da habe ich tatsächlich immer wieder so kleine Explosionen mitbekommen«, bestätigte Horst nachdenklich. »Letztes Jahr im Heilbronner Weindorf beispielsweise. Es war schon ziemlich spät und da ist vorher auch ganz schön gebechert worden ... Haben sich da nicht der Lörcher und der Daub in die Haare gekriegt?«

»Der Lörcher!« Beitinger spuckte den Namen des Konkurrenten regelrecht vor sich auf das Pflaster. »Seien Sie mir bloß ruhig mit dem und mit seiner blödsinnigen Allianz der Sterne! Wenn wir alle schließlich da landen, wo der jetzt schon ist, dann können wir bald unseren Laden zumachen! Also der, der gehört wirklich vom Weindorf rausgeworfen! Aber dazu fehlt unseren zuständigen Herrschaften ja wieder einmal der Mut ...«

»Oder der schlagende Beweis!«, warf Horst dazwischen. »Immerhin hat ihm ja bisher niemand beweisen können, dass er den billigen badischen Grauburgunder von seinem Partnerweingut mit Tanklastern nach Italien bringt und dann hinterher als edlen teuren Pinot Grigio wieder reimportiert! Das wird zwar ständig hinter vorgehaltener Hand gemunkelt, aber Beweise, die hat bisher keiner, oder!«

»Beweise! Und wieso ist er dem Daub dann beim Weindorf damals an die Gurgel gegangen, als der ihm den Vorwurf ins Gesicht geschleudert hat?« Aufgebracht stemmte Beitinger die Hände in die Hüften.

»Na, weil das natürlich üble Nachrede ist! Dass der damals so reagiert hat, das habe ich schon verstanden, denn schließlich bleibt ja irgendetwas immer an einem hängen. Also, so sehr ich den Daub ja mag – im Gegensatz zu seinem Wein übrigens –, ich anstelle von Lörcher, ich hätte ihn sofort verklagt wegen übler Nachrede! Denn: Nachweisen hat man ihm ja nichts können, bis heute nicht, oder?«

»Nein, hat man nicht!« Unwillig fuhr sich der Weingutbesitzer mit der Hand durch die Haare. »Aber was nicht ist, kann ja noch werden! Nicht wahr, Sven?«, rief er in diesem Augenblick einem jungen Mann entgegen, der mit einem Karton Wein über den Hof gelaufen kam.

»Wie meinen Sie das, Herr Beitinger?« Der junge Mann war stehengeblieben und lächelte die Besucher freundlich an. »Grüß Gott, die Herren übrigens!«

»Das ist der Sven Hafner, mein Weinbautechniker, den ich im letzten Jahr eingestellt habe und der mittlerweile schon so etwas wie die rechte Hand von Erich Neubauer geworden ist! Das heißt«, setzte Beitinger mit bitterem Lächeln dazu, »jetzt muss er wohl die rechte und die linke Hand gleichzeitig sein, nicht wahr Sven?«

Auch Sven hatte traurig den Kopf gesenkt. »Ich kann es noch gar nicht glauben!«, murmelte er leise und stellte den Karton vor sich auf den Boden. »Es ist einfach unglaublich!«

»Sag mal Sven«, begann Beitinger vorsichtig. »Kannst du dir vorstellen, dass der Erich zuviel von jemand gewusst hat und dass man ihn deshalb ...«

»Was?!« Der junge Mann zuckte erschrocken zusammen. »Sie meinen umgebracht? Ich dachte, es sei ein Unfall gewesen, ein tragischer Unfall und kein ...«, er wagte es nicht, das schreckliche Wort auszusprechen.

»Herr Beitinger! Um Himmels willen! So weit sind wir noch lange nicht! Kein Mensch hat bisher von Mord gesprochen!« Aufgebracht baute sich Horst vor dem Weingutbesitzer auf. »Ich habe doch bisher lediglich einmal recherchiert, was denn in der Szene so gesprochen worden ist …«

»Na, Sie sind ja gut! Erst am Stamm schütteln und dann darüber erschrecken, wenn die Äpfel herunterfallen!« Ärgerlich schnaubte Beitinger durch die Nase. »Gerade eben, da haben wir das Motiv und den Täter doch schon so gut wie sicher gehabt, oder etwa nicht?«

»Nein! Natürlich nicht! Sie haben von Meinungsverschiedenheiten zwischen Ihrem Kellermeister und dem Weinhandel Lörcher gesprochen, von mehr aber nicht!« Horst merkte: Nur ein entschiedenes Auftreten konnte ihm noch weiterhelfen. Ansonsten würde das Gerücht bis morgen wie ein Lauffeuer in der Weinbauszene herumgereicht werden, dass der Kriminalkommissar Meyer einen handfesten Mordverdacht gegen einen der ihren mit sich herumschleppte. Das durfte nicht sein, das musste er mit allen ihm zur Verfügung stehenden Mitteln verhindern. Er warf Protnik, der das Gespräch wie es schien bisher eher unbeteiligt verfolgt hatte, einen auffordernden Blick zu.

Der Kollege schaltete schnell. »Also, wie gesagt, mir ist das alles sowieso ein Buch mit sieben Siegeln, dieses Weingesetz und die ganzen Regelungen. Was man darf und was man nicht darf. Wieso italienischer Wein nicht in deutschen hinein darf, wo die Italiener andererseits doch solche Spitzenpreise erzielen! Und wer wann was nachfüllen darf im Holzfass und warum die einen frische Holzfässer nehmen, um da einen Holzton in den Wein hineinzubekommen, und die anderen dann Eichenspäne in ihre Stahltanks werfen. Und wenn das dann aus Amerika kommt, dann kaufen es die Leute – um teuerstes Geld sogar –, währenddessen es in Deutschland verboten ist und ein Wengerter, der so etwas tut, ins Gefängnis kommt! Also, das verstehe, wer will: Ich auf jeden Fall nicht!« Er schüttelte energisch den Kopf und zog missbilligend die Mundwinkel nach unten.

Horst hätte ihn in diesem Moment umarmen können. Er hatte es mit seiner gnadenlosen Bestandsaufnahme der Situation im deutschen Weinbau tatsächlich geschafft, das Gespräch in eine andere Richtung zu lenken. Man sah es Beitinger förmlich an, dass Protnik mit seiner Stellungnahme ins Schwarze getroffen hatte. Und überhaupt: Ganz so wenig Ahnung vom Wein, wie er vorher behauptet hatte, konnte der Sputnik dann ja wohl auch nicht haben.

»Tja, da haben Sie nicht ganz Unrecht!«, begann Beitinger mit seiner Replik. »Das ist ja gerade das Elend bei uns hierzulande: Dass die anderen die Gesetze machen und wir Deutsche dann die einzigen Idioten sind, die sich auch wirklich daran halten! Und im eigenen Land, da gelten wir zu allem Überfluss fast überhaupt nichts: die anderen, das sind die Stars, die irrsinnige Preise verlangen können! Schreiben Sie ganz einfach einen tollen französischen Namen aufs Etikett und schon können Sie einen astronomischen Preis verlangen, egal, welcher Sauerampfer tatsächlich in der Flasche ist: Hauptsache französisch, dann muss es ja gut sein! Das ist wirklich eine Schande, da haben Sie absolut Recht!«

»Der Chef, der hat das auch immer gesagt«, pflichtete Sven dem Weingutbesitzer bei. »Mit Chef meine ich in diesem Fall natürlich den Herrn Neubauer ...«, beeilte er sich noch hinzuzufügen.

»Ist schon klar, hab schon verstanden, Sven! Der Erich, der war ja schließlich auch dein unmittelbarer Vorgesetzter!« Beitinger nickte nachdenklich. »Also, der Erich Neubauer, das war schon ein toller Mann! Ich gebe zu: Ohne den wäre ich noch längst nicht da, wo ich heute bin, mit meinem Weingut. Das ist zwar auch nicht ohne Auseinandersetzungen abgegangen – ich sage Ihnen, da sind manchmal die Fetzen geflogen zwischen uns –, aber im Endeffekt hat der Erich Recht behalten. Zum Beispiel, als er mich davon überzeugt hat, nicht mehr bei der Landesweinprämierung mitzumachen, was damals vor knapp zehn Jahren natürlich fast schon so was wie ein Erdbeben im Weinbauverband ausgelöst hat!« Beitinger hielt inne und musterte seine beiden Besucher bedeutungsvoll.

Protnik tat ihm den Gefallen und stellte die Frage, auf die der Wengerter gewartet hatte. »Ja, und wieso machen Sie da nicht mehr mit? So eine Goldmedaille, das macht doch was her, wenn man die auf die Flasche kleben darf!«

Beitinger runzelte die Stirn. »Wissen Sie, genau das war ja unser Hauptstreitpunkt: Wir haben gemerkt, dass es bei unserer Art der Weinbereitung immer schwieriger geworden ist, eine Medaille zu bekommen, während andere in Auszeichnungen fast erstickt sind! Da gibt es Genossenschaftskellereien, die haben mittlerweile 30 oder 40 Goldmedaillen, 50 Silbermedaillen und mindestens nochmal so viele Bronzemedaillen! Das ist schlichtweg unvorstellbar und im Grunde genommen auch völlig unmöglich, so viele Spitzenweine zu produzieren! Und je mehr die abgesahnt haben, desto mehr sind wir gleichzeitig ins Hintertreffen geraten! Das habe ich dem Erich damals natürlich mehr als einmal vorgeworfen, aber der hat gesagt, er bleibe bei seiner Linie im Keller – und wenn mir das nicht passe, dann solle ich ihn halt gehen lassen! Und deshalb hat er mir schließlich ja auch ans Herz gelegt, aus der Landesweinprämierung auszusteigen!«

»Ja, das habe ich damals am Rande mitbekommen! Dem Fuchs sind die Trauben zu sauer, hat es da in den Wengerterkreisen geheißen. Der Beitinger kriegt keine Preise mehr, also tut er jetzt so, als wolle er gar keine!« Horst konnte sich noch genau an diese Meldungen erinnern, die vor rund zehn Jahren den württembergischen Weinbau wirklich bis in die Grundfesten erschüttert hatten. »Das baldige Ende hat man Ihnen seinerzeit vorhergesagt: Es sei nur eine Frage von ein paar Jahren, bis Sie von einer Genossenschaft geschluckt würden, hat es geheißen!«

»Richtig!« Beitinger klatschte in die Hände und nickte langsam. »Und ich gebe zu: Viel hätte zwischendurch auch nicht gefehlt, und wir wären in die Knie gegangen! Nur: Ein Zurück war nicht mehr möglich! Wir hatten A gesagt und waren deshalb dazu verdammt, jetzt unseren Weg auch weiter zu gehen, der Erich und ich! Und es hat sich ja auch gezeigt, dass wir richtig gelegen sind, denken Sie nur, wie viele Kollegen in der Zwischenzeit auf unserer Seite stehen und die Goldmedaillen Goldmedaillen sein lassen! Ist ja auch klar: Solange bei der Prämierung praktisch nur die Vertreter aus den großen Kellereien sitzen, solange wird ein Einheitsgeschmack vorgegeben. Und jeder, der diesem Geschmacksbild nicht entspricht, der fällt halt durch das Raster! Wenn die ihren Wein kochen und wenn wir ihn genau entgegengesetzt, teilweise wochenlang auf der Maische vergären lassen, dann ist ja sonnenklar, dass da zwei völlig unterschiedliche Geschmacksrichtungen für dasselbe Ausgangsprodukt herauskommen.«

»Kochen? Wieso denn kochen?« Irritiert schüttelte Protnik den Kopf. »Dann geht ja der ganze Alkohol raus, dann ist's ja nur noch Traubensaft, oder?«

Beitinger lachte kurz und trocken. »Na ja: Mit kochen meine ich nicht wirklich kochen, sondern nur diese unselige Maischeerhitzung beim Rotwein. Da wird die Maische mal kurzzeitig auf 60 oder noch mehr Grad hochgejubelt, um sie schneller verarbeiten zu können, während wir sie oft noch herunterkühlen und dann mit speziellen Hefen tage- oder wirklich wochenlang vergären. Dass da ganz andere Prozesse in der Maische ablaufen und dass der Wein hinterher auch ganz anders schmeckt, ist ja klar!«

»Wobei sich die Genossenschaften mit ihren riesigen Mengen, die im Herbst täglich angeliefert werden, gar nicht mehr anders zu helfen wissen, als die Maische zu erhitzen. Die Lagerkapazität ist doch viel zu klein, es bleibt denen doch gar nichts anderes übrig, als die Maische ruck, zuck abzupressen, damit sie wieder neues Lesegut aufnehmen können!«, gab Horst zu bedenken. »So fair sollte man, glaube ich, schon sein in solch einer Diskussion!«

»Was heißt hier fair!« Beitinger fuhr sich mit einer unwirschen Handbewegung durch die Haare. »Wenn die mehr auf Qualität aus wären als auf Menge, dann könnten sie höhere Preise nehmen und größere Lager finanzieren, so einfach ist das. Aber von einem Schwaben weniger Menge zu fordern, das ist ein Widerspruch in sich, das ist mir schon klar. Denken Sie an das Geschrei vor ein paar Jahren, als die Mengenbegrenzung gekommen ist ...«, er bemerkte, dass Protnik ratlos die Schultern zuckte. »Das sind rund 100 Liter pro Ar, mehr soll man in bestimmten Lagen bei bestimmten Sorten nicht produzieren, auch wenn der Weinberg mehr hergeben würde, und mehr wird dann von der Genossenschaft auch nicht mehr abgenommen«, setzte er erklärend hinzu. »Aber wer hält sich denn wirklich an die 100 Liter, und wann dünnen sie die Trauben aus? Meistens erst dann, wenn's eh nichts mehr bringt, oder sie machen von den vorher ausgeschnittenen Trauben Traubensaft. Die Qualität des Lesegutes steigert das dann aber auch nicht gerade. Tja, und dann wundert man sich über den schlechten Ruf des deutschen Weines und über die miserablen Preise! Was um alles in der Welt kann eine Literflasche Riesling denn taugen, die man für 3,99 DM im Supermarkt bekommen kann? Und gerade wo alle Welt auf die Franzosen schielt: Die haben teilweise Erträge von unter 50 Liter pro Ar! Kein Wunder, dass sie da viel mehr Extraktstoffe und Aromen im Wein riechen können und dass die Franzosen dann aber auch ganz andere Preise nehmen können, und zwar mit Fug und Recht!«

Horst nickte anerkennend. »Da rennen Sie bei mir offene Türen ein, Herr Beitinger! Aber Sie haben sich ja inzwischen mit Ihrer Linie auch längst durchgesetzt, das zeigt doch, dass konsequentes Qualitätsstreben letztendlich eben doch zum Erfolg führt! Ich glaube nicht, dass es bei Ihnen noch viele 0,7 Liter Flaschen gibt, die weniger als 30 Mark kosten, oder?«

Beitinger lachte. »Na ja: Um 29 Mark finden Sie auch noch was! Aber im Ernst: Es war ein harter Weg, der jetzt freilich ein erfolgreicher Weg geworden ist, auch oder gerade wegen Erich Neubauer! Und jetzt«, seine Miene wurde düster, »jetzt ist er tot!«

Für einen Augenblick herrschte bedrückte Stille auf dem Hof – keiner der Männer sagte ein Wort. Sven, der junge Weinbautechniker war es schließlich, der sich verlegen räusperte und seinen Chef ängstlich anblickte. »Aber Sie glauben doch nicht, dass der Tod vom Herrn Neubauer wirklich etwas damit zu tun gehabt hat? Ich meine, er hat ja immer mal wieder Streit mit einem von den anderen gehabt: Zum Beispiel neulich, wo er die neue Preisliste vom Lörcher gesehen hat, da hat der den gleich angerufen und da muss es ganz schön zur Sache gegangen sein, so wie der geschrien hat!«

»Geschrien? Wieso das denn?« Neugierig wandte sich Horst dem jungen Mann zu.

Beitinger nickte wissend. »Ach, das war sicher die Geschichte mit dem ›auf der Maische vergoren‹, das da bei dem Lörcher dringestanden hat, stimmt's Sven?«

»Genau! Der Herr Neubauer hat damals einen Mordszorn gekriegt und geschimpft, es sei eine Sauerei, dass Leute, die normalerweise nur Maischeerhitzung machen, nun schon die traditionelle Vergärungsmethode als etwas besonderes herausstellen und dafür dann den doppelten Preis für den Wein kassieren, obwohl man nicht mal wisse, wieviel Prozent dieses Weins denn tatsächlich nicht erhitzt worden sei!«

»Du meine Güte: Das muss ja ein herzliches Verhältnis gewesen sein zwischen den beiden!« Horst schüttelte den Kopf. »Also ich habe ja selber zumindest ein bisschen Ahnung von der ganzen Materie, mit meinen 4 Ar Weinberg. Aber der Lörcher, so schlimm ist der doch nun auch wieder nicht! Gut: er will eben immer mit vorne dran sein, wenn's um die neuen Techniken geht, wie jetzt zum Beispiel das mit dem Chaptalisieren und so. Aber andere, die tun das doch auch. Was also war oder vielmehr ist gerade an dem Siegfried Lörcher so schlimm? Nur, weil er da seine Allianz der Sterne hat, oder was?«

Beitinger fasste sich nachdenklich ans Kinn und verzog abschätzend die Mundwinkel. »Na ja, da hat halt im wahrsten Sinn des Wortes die Chemie nicht gestimmt zwischen den beiden! Ich geb ja zu: Klappern gehört zum Handwerk und das beherrscht der Lörcher wirklich mustergültig. Da ist er zehnmal besser als sein Wein, das muss man ihm lassen!«

»Und ich habe immer gedacht, Wengerter und Kellermeister seien friedliche, immer gut gelaunte Menschen! Du meine Güte, in Wirklichkeit ist das ja eine unwahrscheinliche Schlangengrube in Ihrer Branche!« Kopfschüttelnd stemmte Protnik die Hände in die Hüften. »Und das mit dem Wein und der Wahrheit, das ist ja dann auch so eine Sache, gell!«

Beitinger zog es vor, das erstaunte Resümee des Besuchers nicht weiter zu kommentieren und wandte sich an

Horst. »So, Herr Meyer, jetzt sagen Sie mir aber noch, wie Ihre Reben grade dastehen! Haben sie gut angesetzt, Ihre Regentstöcke, sind Sie zufrieden damit?«

»Absolut!« Horst nickte energisch. »Jetzt sind meine Weinstöcke im dritten Standjahr, also dieses Jahr erwarte ich zum ersten Mal einen nennenswerten Ertrag. Ich freue mich auch schon richtig drauf. Und gespritzt habe ich auch noch kein einziges Mal. Ich sag's ja immer wieder: Der Regent ist die einzige Rotweinsorte der Welt, die das Attribut Biowein wirklich verdient!«

»Schon wahr!« Beitinger lächelte milde – oder zuckte da ein spöttischer Zug um seine Mundwinkel? »Aber Sie kennen ja unsere schwäbischen Weinzähne: Nur nix Neues probieren! Und den Regent, den gibt's halt erst seit sechs Jahren als zugelassene Rebsorte – bis sich das dann hierzulande durchsetzt, da fließt schon noch einiges Wasser den Neckar hinunter!«

»Das ist genau das, was ich nie und nimmer verstehen werde«, schüttelte Horst – zum x-ten Mal bei diesem Thema übrigens – den Kopf. »Da wollen die Leute heutzutage schwere dunkle Rotweine, da wollen sie alle Bio und so weiter. Und dann gibt's so einen Wein – und dann will ihn keiner! Es ist wirklich unglaublich!«

»Tja, wie gesagt! Im Weinbau dauert alles seine Zeit, und Sie wissen ja, wehe dem, der auf das falsche Pferd setzt! Ein Jahr roden, ein Jahr brach liegen lassen, drei Jahre nach der Pflanzung bis zum ersten Ertrag, dann mindestens ein Jahr im Keller: nach sechs Jahren also bekommen Sie zum ersten Mal Geld für Ihren neu angelegten Weinberg. Und wenn dann die Kunden nicht da sind, die den Wein kaufen, na dann: Prost Mahlzeit!« Vielsagend blickte Beitinger in die Runde. »Obwohl, neulich noch habe ich mich mit Erich unterhalten. Im Frühjahr bepflanzen wir auch ein erstes Versuchsfeld mit Regent! Mal sehen, was daraus wird! Wir hätten das ja schon längst gemacht, aber wir haben bisher ein Problem bei der Sache: Unser Lemberger ist zu gut!«

Horst schnalzte anerkennend mit der Zunge. »Das kann ich allerdings nur bestätigen! Der ist Klasse – davon gibt's wenige im Unterland, die mit Ihrem mithalten können: der Alt in Neipperg vielleicht, der Heinrich am Wartberg, der ...«

»Genug, genug!«, unterbrach Beitinger Horsts Aufzählung der württembergischen Spitzenweingüter. »Bevor wir jetzt alle verdursten, schlage ich vor, wir probieren mal einen! Einverstanden?«

Ohne eine Antwort abzuwarten, machte er kehrt und marschierte in Richtung Eingangshalle seines Weingutes. Horst warf Protnik einen erwartungsfrohen Blick zu. Der Kollege, im Großen und Ganzen halt doch eher ein traditioneller Biertrinker, zuckte die Achseln und trottete den anderen mit weitaus weniger Begeisterung hinterher.

*

»Also ehrlich Horst, ich weiß nicht, was ihr da immer für ein Trara um diesen Wein macht. Ein gescheites Hefeweizen ist mir immer noch lieber! Da wird geschwafelt und erklärt und beschrieben ... und am Ende hat man noch mehr Durst als vorher! Also ich weiß nicht!« Protnik schüttelte verständnislos den Kopf, als sie das Weingut nach ihrer kurzen Lemberger-Kostprobe bei Beitinger wieder verließen. »A propos Durst, also gegen ein Weizen hätte ich jetzt wirklich nichts einzuwenden!«

»Oh Himmel hilf!« Horst verdrehte die Augen und schickte angesichts des so offen zur Schau getragenen Desinteresses an dem württembergischen Spitzenwein einen ausgedehnten Stoßseufzer zu den Weingöttern. »Ich bin von Banausen umgeben! Hast du denn da wirklich nichts geschmeckt? Dieses leichte Vanillearoma durch das Holzfass, dieser Duft nach Erdbeeren, Brombeeren, diese ölige Konsistenz ...«

»Ölig! Ich bitte dich!« Protnik war stehengeblieben und musterte seinen Kollegen staunend. »Was ihr da immer alles hineininterpretiert in diesen Wein, also ehrlich! Das ist Wein und kein altölverseuchtes Erdbeerfeld und auch kein Obstkorb auf dem Wochenmarkt, du meine Güte! Also nein, danke! Und was kostet eine Flasche davon – über 30 Mark? Ein Spitzenprodukt!!! Die spinnen, diese Typen! Ach und übrigens, etwas süßer hätte das Zeug ruhig auch sein dürfen, bei dem Preis!«

»Sputnik! Ich bitte dich!« Die fast 20 Jahre, die der Kollege von seiner Geburt bis zur Umsiedlung nach Deutschland in der ehemaligen Sowjetunion zugebracht hatte, sie hatten sich unauslöschlich in die Geschmacksbahnen von Protnik eingebrannt. Ja, das war der richtige Begriff, eingebrannt, denn von einem regulären Geschmacksempfinden konnte angesichts der Ungeheuerlichkeiten, die der Sputnik da gerade hervorgestoßen hatte, ja weiß Gott keine Rede mehr sein! »Das war ein klasse Lemberger! Trocken natürlich!«

»Sag ich doch!« Protnik fuhr sich mit der Zunge über die Lippen. »Einen Mordsdurst habe ich deswegen! Trocken!« Er schüttelte den Kopf. »Auch wieder so ein Blödsinn! Als ob eine Flüssigkeit gleichzeitig trocken sein könnte! Da soll ein normaler Mensch noch durchblicken!«

Horst gab sich geschlagen. Er hob abwehrend die Hände und drehte die Handflächen nach außen. »O.K.! O.K.! Lassen wir das. Du trinkst weiter dein Hefeweizen und den Lemberger, den reservieren wir für mich. Bevor da noch mehr Perlen vor die Säue geworfen werden ...«

»Perlen vor die Säue!« Protnik schnaubte entrüstet. »Du sagst doch selber immer, die Geschmäcker sind verschieden! Und ich mag dieses saure Gesöff halt nun mal nicht! Aus! Schluss! Basta!«

Beim Stichwort »Gesöff« war Horst zwar noch einmal kurz zusammengezuckt, er zog es aber vor, den Ausspruch nicht mehr zu kommentieren. Schweigend und in Gedanken versunken gingen sie weiter.

»Du, Horst«, begann Protnik schließlich den Gesprächsfaden wieder aufzunehmen. »Sag mal, an was glaubst du jetzt eigentlich: Unfall oder Mord?«

»Tja, wenn ich das wüsste! Das ist es ja, was mir die ganze Zeit durch den Kopf geht! Ich weiß es nicht! Manchmal glaubt man ja sowieso, dass man unter Verfolgungswahn leidet! Bei uns im Job siehst du plötzlich überall Mord und Totschlag – auch da, wo alles eine normale Erklärung haben kann! Andererseits«, nachdenklich kratzte er sich hinter dem Ohr, »es ist schon ein äußerst merkwürdiger Zufall, wenn's ein Zufall war! Mitten in Kaltenberg, mitten im Turnier, mitten auf dem Platz und mitten ins

Herz – ausgerechnet! Nein«, Horst blieb stehen und schüttelte den Kopf. »Nein, Michael, ehrlich gesagt glaube ich da nicht an einen Zufall. Das war Absicht, das rieche ich! Das war Mord!«

»Hab ich mir beinahe gedacht, so wie du die ganze Zeit schon von der Geschichte erzählt hast! Und so, wie du es erzählst, spricht ja auch einiges dafür. Bin ja mal gespannt, was die Kollegen herausfinden werden. Du bekommst doch das vorläufige Ermittlungsergebnis, oder?«

»Ja, sicher. Aber mir scheint, dass die nicht viel herausfinden werden! Und nach dem, was ich mitbekommen habe, wird sich auch nicht viel tun in dieser Hinsicht!« Schon bei der Erinnerung an die Begegnung mit der bayrischen Polizistenfaust begann sein Kinn wieder zu schmerzen. »Auch da habe ich so ein Gefühl, als würden die ihre Ermittlung bald schon im Sand verlaufen lassen ... tragischer Unglücksfall und so!«

»Das wäre ja nochmal schöner!« Protnik klatschte entrüstet in die Hände. »Und dann? Was machst du dann?«

»Dann? Dann klappe ich die Akte zu und bin ein braver Polizeibeamter! Ende!«

»Das glaubst du ja selber nicht«, lachte Protnik. »Das kannst du einem anderen erzählen, aber nicht mir!«

»Na ja, denk doch bloß mal nach, was passieren wird, wenn die mitbekommen, dass ich in einem Fall weiterermittle, den die Kollegen in Bayern bereits abgehakt haben. Die machen Hackfleisch aus mir – garantiert!«

»Abwarten! Und außerdem, man muss ja nicht alles immer gleich an die große Glocke hängen! Aber vielleicht täuscht dich dein Gefühl einmal ausnahmsweise und sie recherchieren doch weiter!« Protnik wiegte abschätzend den Kopf, bevor er Horst intensiv fixierte. »Und was glaubst du: Wenn es Mord ist, geht es dann tatsächlich um den Krach in der Weinszene oder um etwas anderes?«

»Wenn ich das wüsste! Also nur wegen einer anderen Technik bei der Weinbereitung bringt man ja schließlich nicht gleich einen um. Andererseits geht's da ja um viel, viel Geld und um Existenzen – im wahrsten Sinn des Wortes ...«

Protnik kaute nachdenklich auf seinem Zeigefinger herum, ehe er die nächste Frage stellte. »Sag mal, was mir schon die ganze Zeit durch den Kopf geht: Bei diesen mittelalterlichen Märkten, die ja jetzt überall wie Pilze aus dem Boden schießen, da gibt's doch auch jede Menge Verrückte darunter ...«

»Kann man so sagen! Der Neubauer war ja irgendwie auch so einer! Fast an jedem freien Wochenende als »Erich der Einsame« durch die Weltgeschichte zu hüpfen, da muss man ja schon ein Rad abhaben, finde ich. Aber worauf willst du hinaus?«

»Na ja, was ich da bisher so alles mitbekommen habe aus dieser Szene, das macht einen manchmal schon nachdenklich. Da schwirren oft auch jede Menge Glatzköpfe und Tätowierte herum, da kommst du dir manchmal vor wie bei einer Demo in Hoyerswerda, oder?«

»Du meinst Rechtsradikale?«

»Rechtsradikale, Deutschnationale, das ganze braune Gesockse halt, das irgendeinem abstrusen Germanenkult huldigt! Die werden doch von solchen Gruppen angezogen wie die Mücken vom Scheißhaufen! Und wenn du die

Texte manchmal genauer anhörst, also ich sage dir, da ist nicht nur Musik drin ...«

»Stimmt! Hab ich auch schon manchmal gedacht! Bei allem Spektakel und bei aller Interpretationsfreiheit, das geht manchmal schon ans Eingemachte, da hast du Recht. Satanskult, Gruftis, Fantasy, Elfen, Dämonen, Druiden und so weiter, das ist schon eine gewaltige Mischpoke!«

»Und interessanterweise kommen die meisten von den ganz harten Jungs aus Berlin – Ostberlin vor allem! Da gibt's eine regelrechte Szene, die längst auch für den Verfassungsschutz interessant geworden ist!«

Horst hob überrascht den Kopf. »Woher weißt du das denn? Mir war gar nicht klar, dass du dich da auskennst!«

Protnik wiegte den Kopf. »Ach, das war ganz komisch. Vor zwei, drei Jahren ist mir mal so ein merkwürdiger Fall auf den Schreibtisch gekommen. Da ging's um einen Todesfall bei einem Russlanddeutschen – ist ja klar, dass sie mir die Sache aufs Auge gedrückt haben. Ossi bleibt Ossi, Russki bleibt Russki!«, fügte er mit bitterer Miene hinzu. »Aber so läuft das Spiel eben, da kannst du machen, was du willst! Also, auf jeden Fall, irgendwie habe ich dafür in Berlin recherchieren müssen, weil der Mensch sich regelmäßig dort in der rechten Szene aufgehalten hat. Ist zwar nichts Konkretes herausgekommen, aber dabei habe ich eben auch erfahren, dass sich die Rechten oft auch im mittelalterlichen Umfeld tummeln und gerade auch dort leicht Nachwuchs rekrutieren können. Wenn dann noch Drogen ins Spiel kommen – was gar nicht so selten der Fall ist – dann ist es vollends passiert!«

»Donnerwetter! So genau kenne ich mich da gar nicht aus. Aber du hast Recht! Wenn einer wie der Neubauer so lange schon in Sachen Mittelalter dabei ist, dann hat es gar nicht ausbleiben können, dass er solchen Typen begegnet ist! Klar! Ich glaube zwar nicht, dass er mit denen etwas am Hut gehabt hat – kann ich mir zumindest nicht vorstellen – aber wer weiß: er könnte denen ja auch in die Quere gekommen sein! Sollte man auf jeden Fall mit bedenken, wenn meine Befürchtung zutrifft und wir auf eigene Faust ermitteln müssen! Also gut, Sputnik, jetzt hast du dir dein Bier verdient, sogar hier in der Besenwirtschaft! Komm, ich lade dich ein! Das wird einen schönen Aufstand geben: Hefeweizen im Besen!« Horst lachte, klopfte seinem Kollegen innig auf die Schulter und schob ihn grinsend vor sich zur Eingangstür der Sontheimer Besenwirtschaft hinein, vor der sie in der Zwischenzeit angelangt waren.

»Genau wie ich vermutet habe!« Ärgerlich donnerte Horst das Fax, das er mit wachsendem Unmut gelesen hatte, vor sich auf den Schreibtisch. »Gescherte Hammel, gescherte!«

»Wie bitte?« Irritiert schreckte der Kollege von gegenüber aus seinem Aktenstapel auf. »Was ist denn jetzt wieder passiert?«

»Ach nichts, gar nichts!«, knurrte Horst. »Ist schon gut! Die Freunde in Bayern haben mir nur gerade eben mitgeteilt, dass sie die Ermittlungen in dem Fall Neubauer eingestellt haben – wie ich das ja von Anfang an befürchtet habe!«

»Und wie ich dich kenne, gehst du jetzt eben auf eigene Faust vor. So ein bisschen selber ermitteln zwischen Watzmann und Karwendel, das wär's doch, gell!«

»Halt du bloß die Luft an, sonst ziehe ich dir die Ärmelschoner über die Ohren, du Aktenlaus!« Horst glotzte dem anderen böse ins Gesicht. »Immer nur Dienst nach Vorschrift, gell, und ja nie den Kopf nach links oder nach rechts bewegen, man könnte ja eventuell anecken! Oh, ihr Vorschriftshengste! Wenn's euch nicht gäbe, wie schön könnte dann die Arbeit sein!«

Der Kollege fuchtelte empört mit den Armen in der Luft. »Schön! Was heißt hier schön?! Arbeit ist nicht schön! Arbeit ist Arbeit! Dienst ist Dienst und Schnaps ist Schnaps! Nicht auszudenken, wenn wir noch mehr von deiner Sorte in der Direktion hätten! Als wenn du nicht schon genug Scherereien am Hals hättest, mit deinen ewigen Extratouren. Da wundert der sich dann noch, weshalb er karrieremäßig nicht mehr weiterkommt, wo er gleichzeitig die halbe Mannschaft gegen sich hat! Unglaublich!«

Horst kam die Auseinandersetzung im Moment gerade recht. Ewald Leingartner, der Kollege, der seit ein paar Wochen den Platz am Schreibtisch gegenüber eingenommen hatte – vorläufig, wie es hieß –, der passte ihm mit seinen permanenten Verweisen auf die unabdingbar notwendige Einhaltung des Dienstweges sowieso nicht in den Kram. Für den galt nur die neue Bürotaktik, die seit den angepassten 90er Jahren Einzug in der Republik gehalten hatte; nämlich sich zu ducken, um ja nicht aufzufallen – der beste Weg zu einer steilen Karriere. Möglichst von nichts eine Ahnung zu haben, davon aber besonders viel, das war heutzutage das probateste Mittel, um vorwärts zu kommen – leider!

Horst konnte nicht anders – er musste sich ganz einfach Luft verschaffen: »Arschkriecher!«

Das Wort war heraus und stand wie ein Menetekel im Raum. Eine unsichtbare Wand, die sich im Luftraum zwischen den beiden Schreibtischen aufgebaut hatte. Eine ganze Zeit lang herrschte fast Stille in dem Raum. Nur von ferne drangen die üblichen Bürogeräusche durch die Tür. Leingartner hatte sich kerzengerade aufgesetzt und fixierte Horst aus seinen kurzsichtigen kleinen Schweinsäuglein bitterböse. »Sag das noch mal!«, stieß er schließlich mit gepresster Stimme hervor.

Horst war es, zugegebenermaßen, nicht mehr ganz wohl in seiner Haut. Er spürte, wie sich die Hitze in seinem Nacken ausbreitete, doch es half nichts. Er hatte es gesagt und letztendlich hatte er mit seiner Formulierung ja auch den Nagel auf den Kopf getroffen. Aber sich von diesem Warmduscher nun auch noch festnageln zu lassen?! Nein, danke! So wichtig war Horst der Kerl nun auch wieder nicht! Eine Nummer, ein Abziehbild, eines von vielen – allzuvielen! »Komm, halt die Luft an und mach halblang Leingartner!« Damit griff er sich das Fax von vorhin wieder und tat so, als würde er sich noch einmal intensiv mit dessen Inhalt auseinandersetzen.

»Von wegen! Das könnte dir so passen! Erst den Rambo spielen und dann so tun, als sei da nichts gewesen!« Leingartner spuckte Gift und Galle. Er schnellte von seinem Bürostuhl hoch und hieb mit der Faust auf die Schreibtischplatte. »Das hast du dir so einfach gedacht, was? Aber so nicht, mein Lieber! Das lasse ich mir nicht bieten – nicht von dir! Entweder du entschuldigst dich jetzt auf der Stelle oder ich gehe zum Chef und zum Personalrat! Also, was ist?« Mit hochrotem Kopf baute er sich vor seinem Kollegen auf.

Doch bei Horst, der sich eventuell zu einer versöhnlichen Bemerkung hätte hinreißen lassen, knallten bei den Stichworten Chef und Personalrat endgültig die Sicherungen durch. Wegen so einer Lappalie so einen Wirbel zu verursachen! Früher hatten sie sich bei ihren Auseinandersetzungen noch mit ganz anderen Kosenamen bedacht und hatten hinterher doch wieder friedlich vereint miteinander noch den einen oder anderen Freundschaftstrunk gehoben! Aber eben drum: Das war früher gewesen und das waren auch noch richtige Kerle damals, nicht so karrieregeile Chamäleons wie der Mensch da vor ihm! »Mach doch was du willst, du Wichser! Aber vor allem:

Mach die Tür zu, und zwar von außen!« Horst wusste: Jetzt war es passiert. Es war nur eine Frage der Zeit, bis die Lawine auf ihn zurollen würde! Vielleicht war da ein bisschen Urlaub in Bayern ja doch nicht so falsch!

Kapitel V

»Na, wie war dein Tag?« Freudestrahlend und mit sich und der Welt mehr als zufrieden saß Michael Protnik Händchen haltend zusammen mit seinem Bebele auf der Gartenbank vor dem Reihenhaus der Meyers und blinzelte Horst aufmunternd ins Gesicht. »Eigentlich schade, dass heute schon Mittwoch ist und wir am Sonntag schon wieder fahren müssen, gell Uschi! Wo das Weizen hier bei euch doch absolut nicht zu verachten ist!« Sprach's und griff sich das vor ihm stehende halbvolle Weizenbierglas, das er begleitet von genussvollen Schmatzern in beeindruckender Geschwindigkeit leerte. »Ah! Das tut gut!« Er stellte das leere Glas schwungvoll zurück auf den Tisch und wischte sich mit dem Handrücken den Mund. »So kann man's aushalten, nicht wahr Uschi! Das Bier auf dem Tisch und der Schatz an der Seite, wie wir zwei es halt verdient haben!« Er knuffte seine Uschi zärtlich mit dem Ellbogen in die Seite (was bei Protnik, diesem Bär von einem Mann, eben noch als zärtlich angesehen werden musste. Bei manch anderem konnte das schon als versuchte Körperverletzung gewertet werden) und erntete dafür einen liebevollen Blick, bei dem Marilyn Monroe und Brigitte Bardot gleichzeitig vor Neid erblasst wären.

»Um Gottes willen! Trautes Heim, Glück allein!«, stöhnte Horst angesichts des Idylls, das sich ihm in seinem Vorgarten darbot. »Das ist ja fast mehr, als man ertragen kann! So schön wie ihr möchte ich's auch mal haben!«

»Oh, Michael! Der Hotte scheint keinen so tollen Tag hinter sich zu haben, fürchte ich!« Mitleidsvoll –

oder war es Spott? – musterte Uschi den neu Angekommenen.

Protnik nickte. »Ich fürchte, du hast Recht!« Er machte eine einladende Handbewegung. »Komm, Hotte! Setz dich! Ich hole uns noch ein Weizen und danach sieht die Welt schon wieder ganz anders aus!«

Ein merkwürdiges Gefühl, im eigenen Garten zum Dazusitzen eingeladen zu werden und dann auch noch sein eigenes Bier angeboten zu bekommen, schoss es Horst durch den Kopf. Aber für den Augenblick war er zu müde, um zu einer seiner berühmten Repliken anzusetzen. Nur müde und angenagt, denn tatsächlich hatte der Warmduscher seine Drohung wahr gemacht und war schnurstracks petzenderweise zu ihrem Vorgesetzten gelaufen. Die Sekretärin des Kriminalrats hatte Horst angerufen und ihn vorgewarnt, dass es diesmal tatsächlich haarig würde, denn so wie sie mitbekommen habe, planten die beiden die Einleitung eines förmlichen Disziplinarverfahrens gegen ihn. Endlich hatte man eine Handhabe gefunden, um ihm die Zähne zu ziehen. Und das nur, weil er halt wieder mal den Mund nicht hatte halten können! Durch die Telefonleitung hindurch konnte er es sich bildlich vorstellen, wie Isolde, die ihm wohlgesonnene Sekretärin des Kriminalrates, heftig den Kopf schüttelte. Sich wegen so einer Lappalie derart unter Druck setzen zu lassen, also wirklich! Dennoch hatte sie ihm versprochen, ihn in dieser dummen Angelegenheit immer auf dem neusten Stand der Entwicklung zu halten.

»Was für ein Tag!« Horst stöhnte, als er sich auf den Gartenstuhl niederließ und streckte alle Viere von sich. Er schloss die Augen und warf den Kopf in den Nacken. Dann atmete er zwei-, dreimal tief durch. »Ah – das tut gut! Und jetzt noch das Weizenbier ...«

»... kommt schon!«, ließ sich Protniks Stimme aus dem Hausflur vernehmen. Und tatsächlich, da kam er freudestrahlend bereits um die Ecke, in der einen Hand zwei Flaschen Weizenbier und in der anderen ein frisches Glas für Horst. »Alles wird gut – du wirst schon sehen!« Grinsend schenkte Protnik ein und schnalzte vor lauter Freude auf das unmittelbar bevorstehende Geschmackserlebnis schon mal laut und vernehmlich mit der Zunge.

»Und ich? Ich sitze auf dem Trockenen, oder was? Ich kann dahocken und euch beim Trinken zugucken, oder wie?« Vorwurfsvoll schniefte das Bebele auf und musterte ihren Lebensgefährten erwartungsvoll-herausfordernd.

»Aber nein, Schatzi! Natürlich bekommt meine Uschi auch etwas! Ist doch klar!« Protnik ließ die letzten Tropfen vorsichtig auf die Schaumkrone in den Gläsern rinnen und warf Horst einen raschen Blick hinüber. »Dann, äh – ich meine, erst mal zum Wohl, bevor der schöne Schaum verschwunden ist! Prosit, Horst!« Er nahm sein Glas und setzte es an die Lippen.

»Du mich auch!«, knurrte Horst, der ahnte, wie es bei dem immensen Durst des Freundes und Kollegen mittlerweile um seine Biervorräte im Keller bestellt sein musste.

Der hatte in der Zwischenzeit schon wieder das halbe Glas geleert und stellte es begleitet von einem wohligen Rülpser wieder vor sich auf den Tisch. »Verzeihung! Aber was sein muss, muss sein, nicht wahr, Uschi! So, und nun sorgen wir für meinen Schatz!« Er tätschelte die Wange des Bebele und bedachte Horst mit einem verlegen-fragenden Blick.

Horst verstand und nickte knapp. »Nun geh halt schon und hol eine Flasche! Ich bin im Augenblick zu müde dafür!«

»Alles klar! Mach ich gerne! Aber beschwer dich bloß nicht, wenn's nachher nicht der richtige Wein ist!« Breit grinsend machte sich Protnik auf in den Keller, um seiner Uschi endlich auch das gewünschte Getränk zu beschaffen.

»Jetzt hat der mich nicht einmal gefragt, was für einen Wein ich denn eigentlich haben will! Na gut, dann muss er halt nochmal laufen, wenn er jetzt den falschen anschleppt!« Das Bebele hatte die Arme verschränkt und harrte gespannt der Dinge, die da in Form von Protnik und der Weinflasche gleich kommen würden. Horst grinste still in sich hinein, denn eines war bombensicher: Es würde auf alle Fälle der falsche Wein sein, den Protnik anschleppen würde. So gut kannte er seine ehemalige Sekretärin mittlerweile längst.

Und siehe da! Freudestrahlend kam Protnik um die Ecke geschlurft, triumphierend hielt er vor sich eine Weinflasche in die Höhe. »Da, was sagt mein Schätzchen nun? Ein 1999er Riesling trocken – ein Millenniumswein von der Weingärtnergenossenschaft Heilbronn – Erlenbach – Weinsberg! Das Beste – grade gut genug für meinen Schatz! Der Schatz für den Schatz!«

Horst stöhnte leise auf – und das aus zwei Gründen: erstens die übertriebene Wortwahl (fast so wie bei einer Weinprämierung!) und dann hatte der Banause da aus Versehen wirklich einen guten Tropfen erwischt (und keinen ganz billigen noch dazu, auch wenn er den Dreierkarton Millenniumsriesling von der WG im letzten Jahr geschenkt bekommen hatte). Doch es kam wie es kommen musste und das geschah dem Kerl grade recht!

»Ein Weißwein! Aber Michael, ich bitte dich! Wo ich Weißwein doch so schlecht vertrage! Du willst mich wohl umbringen?«

Protnik stand mit einemmal da wie der sprichwörtliche Geißbock, dem es die Petersilie verhagelt hat. »Aber Schatzi! Du hast doch vorletzte Woche auch noch einen Weißen ...«

»Vorletzte Woche! Vorletzte Woche war vorletzte Woche! Und die furchtbare Nacht, die ich dann gehabt habe, erinnerst du dich denn gar nicht mehr daran?« Vorwurfsvoll musterte Uschi ihren Lebensabschnittsgefährten. Und Protnik? Protnik erinnerte sich – natürlich – an gar nichts mehr. Horst hätte schwören können, dass es da auch gar nichts zu erinnern gab!

»Tja, also!« Ratlos glotzte der Sputnik von der Flasche auf Uschi und von Uschi wieder auf die Flasche.

»Na, jetzt steh doch nicht so da, als hätte man dir gerade mitgeteilt, dass du zurück in den Ostblock musst! Augen zu und durch, mein Lieber! Jetzt heißt es entscheiden: Weiß oder Rot, das ist hier die Frage! Also dann, zurück marsch, marsch in den Keller!« Horst beugte sich vor und gab Protnik einen leichten Schubs.

»Na gut! Dann versuche ich halt nochmal mein Glück!« Schon wesentlich weniger euphorisch als beim ersten Mal machte sich Protnik wieder auf in Richtung Keller.

Horst schloss die Augen und lehnte sich entspannt zurück, nicht ohne vorher noch das befriedigte boshafte Lächeln wahrzunehmen, das um Uschis Mundwinkel spielte. Es war schön, so dazusitzen und sich die warme Julisonne ins Gesicht scheinen zu lassen. Doch, so würde er es machen. Er würde den Rest der Woche frei nehmen! Die konnten ihn mal alle kreuzweise! Und bei seiner Latte an freien Tagen, die er in diesem Jahr bereits angesammelt hatte, sollten sie nur kommen und ihm den Freizeitausgleich verwehren wollen! Dann konnten die aber mal erleben, was es heißt ...

»So, da bin ich wieder!« Protniks Stimme riss Horst aus seinen bürotaktischen Überlegungen.

»Na, Uschi, Schätzchen, ist es denn diesmal der Richtige?« Irgendwie klang der Kollege nicht mehr ganz so selbstbewusst wie vorher.

»Lass mal sehen!« Uschi kniff die Augen zusammen und betrachtete interessiert das Etikett der Weinflasche. »Na, hört sich glaube ich nicht ganz schlecht an, was meinst du, Horst? Ein 97er Lemberger trocken vom Alt in Neipperg! Kann man den trinken?«

Horst zuckte zusammen, als er hörte, welcher Flasche sich Protnik da bemächtigt hatte. Aber bitte, er hatte ihm die freie Auswahl im Keller ja sozusagen gestattet, und nun konnte er nicht mehr zurück! Wie hätte das denn auch ausgesehen, wenn er den Freund und Kollegen angewiesen hätte, die Flasche wieder zurückzubringen und sich gefälligst einen billigeren auszusuchen? In stiller Resignation nickte er Uschi zu.

Die klatschte in die Hände und erhob sich. »Na fein!

Dann hole ich mir mal ein schönes Weinglas aus dem Wohnzimmer, damit ich den edlen Tropfen auch stilgerecht genießen kann!«

Protnik hatte sich inzwischen mit dem Taschenmesser an der Kunststoffkapsel am Flaschenhals zu schaffen gemacht. »Mist, da ist ja ein Korken drin!«

Horst meinte im ersten Augenblick, sich verhört zu haben. »Na, was glaubst du denn? Schraubverschluss etwa?«

»Wäre auf jeden Fall praktischer als dieses Korktheater!«, knurrte der andere missmutig. »Siehst du, jetzt habe ich den Korkenzieher nämlich in der Küche vergessen! Mit Schraubverschluss kann dir so was nicht passieren!«

»Nicht wirklich! Da muss ich dir allerdings Recht geben! Obwohl es sogar Leute geben soll, die einen Schraubverschluss mit dem Korkenzieher öffnen wollen!« Horst griff sich wieder sein Weizenbierglas und nahm einen tiefen Schluck. Nur Sekundenbruchteile später bereute er, dass er so seine Aufmerksamkeit von Protnik abgewandt hatte. Nur aus den Augenwinkeln konnte er noch erkennen, welche Freveltat der Banause da gerade eben vollendete. »Nein! Michael! Lass das!«

Doch es war bereits zu spät! Mit verlegenem Grinsen wischte sich Protnik die nassen Finger an der Hose ab. »Schon passiert! War gar nicht so schwer! Das haben wir früher schließlich immer so gemacht!« Erst mit dem Daumen und dann mit dem Zeigefinger hatte Protnik den Korken in die Flasche gedrückt, was natürlich zur Folge hatte, dass der edle Rebensaft bei der gewaltsamen Prozedur aus der Flasche gespritzt war, in der nun der Korken dümpelte.

»Aber das ist doch kein Wein für irgendwelche Tippelbrüder! Das Zeug kostet 30 Mark – pro Flasche, nicht pro Kiste! Das ist ja Wahnsinn!«

»Da hast du Recht! 30 Mark für eine Flasche Wein zu verlangen, da muss man ja echt bescheuert sein, oder!« Verständnislos schüttelte Protnik den Kopf, tunkte den Zeigefinger in die Flasche und schleckte ihn anschließend prüfend ab. »Also ich weiß nicht, was die Leute immer für einen Zirkus um diesen Wein machen! Einfach nur ein saures Gesöff, finde ich! Und zum Durst löschen, da reichts auch hinten und vorne nicht! Da lob ich mir halt mein Weizenbier!«

Horst stöhnte laut auf und rang in schierer Verzweiflung die Hände. »Protnik! Das nächste Mal bringe ich dich um, das schwöre ich dir! Mach das ja nie wieder, sonst haben wir die nächste Leiche!«

»Ah, die Flasche ist ja schon auf! Dann hätte ich den Korkenzieher ja gar nicht mitbringen müssen!« Uschi nahm die Weinflasche und schenkte sich ein. »Na, da will ja gar nichts raus!« Der Korken in der Flasche verstopfte den Flaschenhals. »Das haben wir aber gleich!« Sprach's und steckte den kleinen Finger in die Flasche, während sie vorsichtig nachschenkte. »Sag ich doch! Man muss sich halt bloß zu helfen wissen. Wie früher immer beim ›Kröver Nacktarsch‹ oder beim ›Kalterer See‹, da haben wir es immer so gemacht! Und was man einmal kann, verlernt man nicht, gell Horst!«, strahlte die Kanaille ihrem Gegenüber zuckersüß ins Antlitz. Horst zog es angesichts dieses kulturellen Abgrundes vor, eine Erwiderung hinunterzuschlucken und seinen Frust mit dem Weizenbier zu bekämpfen.

Wenig später, beim dritten Weizen (Horst mochte sich gar nicht ausmalen, um das wievielte es sich bei Protnik wohl schon handeln könnte), hatte sich die Lage insoweit entspannt, als er den beiden anderen vom Fax der bayrischen Kollegen erzählt hatte.

»Die haben ihre Ermittlungen also tatsächlich eingestellt?« Protnik konnte es kaum fassen.

»Na ja, zumindest gehen sie von einem Unfall aus. Also fahrlässige Körperverletzung mit Todesfolge, und nicht vorsätzliche!« Horst hob hilflos die Hände. »Was soll man da machen? Sie schreiben, dass sie alles Mögliche untersucht und vernommen haben, aber der Täter ließe sich nach menschlichem Ermessen wohl nicht mehr feststellen. Todesursache: Schuss mitten ins Herz. Sekundentod! Tatwaffe: Mit an Sicherheit grenzender Wahrscheinlichkeit eine Armbrust, zumindest steckte in der Brust von Neubauer ein zirka zehn Zentimeter langer Metallpfeil, so wie ihn die Armbrustschützen verwenden! So gesehen ein stilechtes Ende für einen mittelalterlichen Knappen – so zynisch sich das auch anhört!«

»Und die haben niemanden gefunden, der den Pfeil abgeschossen haben könnte?« Protnik schüttelte ungläubig den Kopf. »So viele Armbrustschützen gibt es doch gar nicht!«

»Na ja, dann geh mal nach Kaltenberg! Da kommst du schnell auf zwei oder drei Dutzend! Was da so alles als Ritter und als mittelalterlicher Kämpfer herumrennt, du machst dir keine Vorstellung! Und überall siehst du mittelalterlich Gewandete beim Turnier – sogar noch in den Bäumen! Da fällt ein einzelner Armbrustschütze überhaupt nicht auf, eher im Gegenteil!« Er machte wie zur Bestätigung seiner Worte eine kurze Pause. »Und dann, beweise mal, von welcher Armbrust der Pfeil abgeschossen worden sein soll! Das ist ja schließlich nicht so wie bei einem Gewehr, wo du an den Rillen der Kugel genau nachweisen kannst, aus welchem Lauf die abgefeuert worden ist!«

»Tja, wenn das so ist, dann bist du wohl mit deinem Latein ziemlich am Ende, oder?« Uschi hatte das Fazit wieder einmal in ihrer unnachahmlich charmanten Art direkt auf den Punkt gebracht. »Na denn, Prost!« Sie hob ihr Glas und prostete Horst aufmunternd zu. Doch der registrierte nur mit Schrecken, dass der Inhalt der Rotweinflasche bereits bedenklich zur Neige ging. Banausen!

»Also, was uns einzig und allein weiterbringen würde, das wäre ein Motiv! Dann könnte man weitermachen und die Mordtheorie aufrecht erhalten! Aber so?« Protnik schüttelte nachdenklich den Kopf. »Das glaubt dir kein Mensch, und so kannst du den Kollegen ja auch nicht in die Parade fahren, einfach mit so einer Behauptung, ohne Waffe, ohne Täter und ohne Motiv!«

»Was heißt hier kein Motiv!« Ärgerlich klatschte sich Horst auf die Oberschenkel. »Du warst doch selber dabei, als wir beim Weingut Beitinger waren. Was hat da der Beitinger nicht alles vom Stapel gelassen an Andeutungen und Verwünschungen! Es sei eine richtige Schlangengrube, die Weinszene, erinnerst du dich denn nicht mehr daran?«

»Freilich!« Besänftigend hob Protnik die Hand. »Aber was heißt das schon? Und ob der ganze Futterneid in der Branche dann gleich in einen Mord münden muss, wie willst du das beweisen? Da wird niemand den Mut haben und direkt mit dem Finger auf einen zeigen: der war's! Tja – und wo kein Kläger, da kein Richter! Es ist immer das alte Lied!«

»Trotzdem! Es wäre nicht das erste Mal, wo sich hinterher zeigt, dass wir doch Recht hatten, oder etwa nicht?«

»Klar doch! Andererseits tust du wieder alles dafür, deinen Ruf als Dickschädel zu zementieren. Überleg dir das gut!« Protnik sah ihm ernst in die Augen. »Du weißt es doch am allerbesten, wie das ist. Heutzutage zählt nicht mehr Qualifikation, sondern die Länge der Schleimspur. Und deshalb solltest du schon aufpassen, dass du den Kriechern nicht zusätzlich Munition gegen dich in die Hand gibst!«

Horst schnaubte unwillig. »Als wenn ich noch etwas zu verlieren hätte! Mit meiner Karriere bin ich eh am Endpunkt angelangt. Mehr will ich auch gar nimmer werden, schon gar nicht wenn ich den Preis sehe, den du dafür zahlen musst! Also, ich möchte mein Gesicht morgens wenigstens noch wiedererkennen, wenn ich in den Spiegel schaue, basta!« Er setzte das Bierglas an die Lippen und nahm einen weiteren langen Schluck.

»Alles klar! Hab dich schon verstanden! Mir geht's ja ähnlich, seit ich aus der CDU ausgetreten bin! Aber lieber eine Nummer kleiner im Dienst und dafür eine Nummer ehrlicher als Mensch! Auf dein spezielles, Horst! Zum Wohl, Schatzi!« Auch Protnik hob sein Glas und prostete den beiden anderen zu. »Ah! Das tut gut! Ich glaube, ich hole nochmal zwei, oder was meinst du? Wollten wir eigentlich nicht heute Abend noch in den Rebenhof?«

»Wollten wir!« Horst nickte. Angesichts des Pensums an Getränken, das sie in der Zwischenzeit schon bewältigt hatten, schwindelte es ihn allerdings angesichts der Kondition, die er in diesem Fall noch aufbringen müsste, wenn sie tatsächlich der Besenwirtschaft im Rebenhof noch einen Besuch abstatten wollten.

»Also, dann schlage ich vor, wir teilen uns eines, einverstanden?« Protnik erhob sich, um, zum wievielten mal eigentlich, wieder in den Keller zu gehen. »Aber eines noch, Horst!« Er hielt inne und drehte sich zum Tisch zurück. »Ich denke, wir sollten auch die rechte Szene mit in unsere Überlegungen einbeziehen! Da sitzt der Dolch schon noch ein bisschen lockerer als in der Weinbranche, meine ich. Wenn du siehst, was sich da so alles tummelt und welche Typen sich von den Waffen und den Rüstungen geradezu magisch angezogen fühlen ... da können sie nämlich Kriegerles spielen, ohne anzuecken! Also, da sollten wir unbedingt dranbleiben, an dieser Fährte! Was meinst du Uschi? Wie wäre es, wenn wir am Sonntag mal in Kaltenberg vorbeifahren und uns das Spektakel angucken? Wo wir am Montag doch eh wieder in Ulm sein müssen. Also, sehen würde ich das schon gerne mal!«

»Ich weiß nicht ...« Unschlüssig wiegte Uschi den Kopf. Nebenbei bemerkte Horst zu seinem Erstaunen oder Entsetzen, dass die Flasche mittlerweile gänzlich geleert worden war! Ein 30-Mark-Rotwein von einer einzelnen Person in weniger als 30 Minuten für die Nachwelt vernichtet: unglaublich! Aha! Der kräftige Rotweingenuss schien der Weinfreundin offenbar doch aufs Sprachzentrum zu drücken, denn die Sätze entrangen sich nur langsam und stockend ihrem Mund. »Also ich weiß nicht! So viele Menschen und so viele Ritter auf einem Haufen! Und wenn dann wieder etwas passiert ... hmmm!« Auch Uschis eigentlich immer vorhandene Entscheidungsfreudigkeit schien gewaltig abgenommen zu haben.

»Das solltest du aber wirklich mal gesehen haben, das ist unglaublich, was da abgeht in Kaltenberg! Wenn da zehntausend Zuschauer im Stadion sind und sich das Ritterturnier ansehen, ich sage dir, das ist eine Stimmung fast wie bei einem Länderspiel! Eine sagenhafte Kulisse und reiten können die Kerle wie die Teufel! Das ist wirklich Mittelalter pur – oder wenn du's genau betrachtest, wahrscheinlich besser und farbenprächtiger, als das Mittelalter jemals gewesen ist! Außerdem hat es früher viel mehr gestunken, das ist so sicher wie das Amen in der Kirche. Und das Bier war auch längst nicht so gut wie das heute! Ich sage dir, Sputnik, das dunkle Bier von dem Prinzen Luitpold, das schmeckt nochmal ganz anders, wenn du es an Ort und Stelle trinkst!«

Beim Stichwort »Bier« hatte sich die nachdenkliche Miene des Kollegen schlagartig aufgehellt. Jetzt war kein Halten mehr. »Also bitte, Uschi! Da hörst du es, das ist ein richtiges Erlebnis und außerdem der beste Abschluss für unseren kleinen Partnerschaftsurlaub, wenn wir schon wieder weg müssen aus Heilbronn ...«

Uschi, die ganz offenkundig mittlerweile genauso mit dem Wortschwall ihres Partner wie mit dem eigenen Rotweinkonsum zu kämpfen hatte, gab sich geschlagen. »Also gut! Meinetwegen!« Sie erhob sich unsicher schwankend und gähnte laut. »Aber jetzt bin ich müde, Michael! Kannst du mich bitte ins Bett bringen? Gute Nacht, Horst!«

Verdattert sah Protnik auf seine Armbanduhr. »Aber Uschi, es ist grade mal halb sieben!«

»Ist mir egal! Ich fühle mich wie nach Mitternacht! Irgendwie war etwas mit dem Wein nicht in Ordnung, solltest du nimmer kaufen, Horst!«

Der Gastgeber, der sich diesbezüglich längst in sein Schicksal ergeben hatte, beschloss, seine Ohren ganz einfach auf Durchzug zu stellen und die Schmähung seines besten Tropfens widerspruchslos hinzunehmen. Immerhin hatte Uschis Zustand zwei Vorteile mit sich gebracht: sie hatte eingewilligt, bereits am Sonntagmorgen zu fahren, und sie war nicht mehr in der Lage, die beiden heute Abend in die Besenwirtschaft zu begleiten. Auch recht! Die Kinder hatten ihnen neulich schon die Erlaubnis abgerungen, bei der Oma übernachten zu dürfen, und so stand einem vergnüglichen Abend zusammen mit Claudia und Michael nichts mehr im Wege. Wenn Claudia nur endlich von der Praxis nach Hause käme. Aber sicherlich war sie wieder von einigen hysterischen Müttern als dankbares Opfer auserkoren worden, das Vertretungsärztinnen in Kinderarztpraxen regelmäßig darstellten, wenn die besorgten Mamis ihren Frust über den normalerweise amtierenden Onkel Doktor los wurden. Dass der ihre Sorgen nicht ernst nähme, zu wenig Zeit für sie und ihre Sprösslinge erübrige, dass er nicht glaube, dass es sich um eine Allergie handeln müsse, dass er zu wenig und die falschen Medikamente verschreibe, und und und ...

»Na, auf die Szene habe ich mich schon den ganzen Nachmittag gefreut! Die Idylle am heimischen Herd! Hast du mir noch einen Schluck?« Da war sie, Claudia, und drückte ihrem Ehemann einen innigen freudigen Kuss auf die Wange. Sie nahm das Bierglas und trank es hastig leer, bevor sie sich mit einem wohligen Seufzer auf die Armlehne von Horsts Stuhl setzte. »Du glaubst nicht, was heute wieder los war«, meinte sie kopfschüttelnd.

»Ich kann es mir denken«, lächelte Horst. »Lass mich mal raten: wieder ein Kind mit Bronchialasthma?«

»Erraten!«

»Und wieder die Klage, dass man dem armen Kind viel zu wenig Medikamente verschrieben hätte?«

»Der Kandidat hat 100 Punkte!«

»Und die Mutter raucht?«

»Exakt, es war wie immer. Die Mama qualmt, dass ihre Klamotten noch zehn Meter gegen den Wind nach Rauch stinken, und das arme Kleine hustet sich die Seele aus dem Leib! Aber dass man zunächst einmal auf die Idee kommen würde, das Rauchen – zumindest in der eigenen Wohnung – bleibenzulassen, darauf kommen diese ganzen Krampfhennen natürlich nicht. Statt dessen rennen sie zum Doktor und wollen, dass ich ihren armen kranken Kindern Antibiotika verschreibe, unglaublich so was! Die Welt ist verrückt, das sage ich dir!«

»Eben! Und deshalb machen wir heute Abend noch einen Schlenker in den Rebenhof und ertränken unseren Kummer! Einverstanden?«

»Das ist der beste Satz, den ich heute bisher gehört habe! Wunderbar! Ich stelle mich nur rasch unter die Dusche – in einer halben Stunde wäre ich dann so weit! Einverstanden?«

»Einverstanden!«, grinste Horst und gab Claudia einen sachten Schubs in Richtung Haus. »Aber beeil dich, in dreißig Minuten ist die halbe Stunde nämlich vorbei!«

»Blödmann!« Claudia sprang auf und drückte Horst einen weiteren Kuss auf die Wange.

*

»Tja, das ist schon eine furchtbare Geschichte, mit dem Erich!« Traurig schüttelte Rudolf Daub, der Besitzer des Weingutes »Rebenhof«, den Kopf, als er später am Abend bei den Meyers und Protnik am Tisch saß. »Aber deswegen die Besenwirtschaft geschlossen zu lassen, obwohl wir schon längst damit geworben haben, jetzt aufzumachen, das hätte ja auch nichts gebracht!« Verständnis heischend sah Daub sich in der kleinen Runde um.

»Da haben Sie schon Recht!«, pflichtete Horst ihm bei. »Und lebendig gemacht hätte es den Erich Neubauer ja auch nicht mehr!«

»Eben! Und deshalb hab ich mir gesagt: mach auf und behalte den Erich in ehrendem Angedenken! Und so werde ich es auch halten ...« Eine Zeit lang herrschte Schweigen. Jedem von ihnen fiel es schwer, nun die richtigen Worte zu finden, um das Gespräch fortzusetzen.

»Sagen Sie mal, Herr Daub«, begann Horst schließlich vorsichtig. »Was ist denn da jetzt eigentlich dran an den ganzen Auseinandersetzungen, die es – wie man hört – zwischen dem Herrn Neubauer und dem Siegfried Lörcher gegeben haben soll?«

»Der Lörcher!« Daub presste verächtlich den Namen des Konkurrenten heraus. »Der Herr Sternenwengerter!«

»Sternenwengerter?! Was ist denn nun das schon wieder?«, wunderte sich Protnik, für den das Thema Weinbau immer rätselhafter wurde, je mehr er damit konfrontiert wurde. »Ist das auch wieder so ein neuer Qualitätsbegriff?«

»Eben nicht!«, lachte Daub zynisch und verzog bitter das Gesicht. »Das ist nichts als eine neue Werbestrategie unseres verehrten Konkurrenten Siegfried Lörcher! Die Allianz der Sterne nennt er seine Partnerschaft mit anderen Weingütern in Baden, in Österreich und in Italien ... vor allen Dingen Italien!« Daub schnaubte wütend. »Dass ich nicht lache! Allianz der Sterne!«

»... die aber bei den Kunden anscheinend eingeschlagen hat wie eine Bombe!«, mischte sich nun Claudia in das Gespräch. »Der hat doch irrsinnige Umsatzzuwächse, seit er auch die Weine aus seinen Partnerweingütern verkauft. Also, was man da so in der Zeitung liest!«

»Was liest man da schon?« Daub hieb mit der Faust auf die Tischplatte. »Dass der vom Weinerzeuger zum Weinhändler mutiert ist, das liest man sicher nicht. Dass der von seinem eigenen Wein praktisch gar nichts mehr verkauft, sondern nur noch das Zeug von seinen Partnern, das liest man natürlich nicht! Schmu sage ich ihnen, nichts als Blendwerk! Aber es ist halt einmal wieder wie so oft: Es muss nur ein italienisches Bepperle vorne drauf stehen, und schon meinen die Leute, sie hätten was Gescheites in der Hand, und zahlen dann auch noch gerne den doppelten Preis, während sie bei mir wegen jedem Pfennig feilschen wie die Weltmeister!«

»Also meinen Sie, dass es mit der Weinqualität beim Lörcher nicht allzu weit her ist?«, fragte Protnik, der bekümmert in sein Weinglas stierte und sich eigentlich nichts sehnlicher wünschte, als ein ordentliches – womöglich frisch gezapftes – Hefeweizen.

»Nicht allzu weit? Nein, nein!« Daub streckte abwehrend die Hände von sich. »Ich habe nichts gesagt! Nicht, dass ich plötzlich eine Klage am Hals habe! Nein danke, darauf kann ich verzichten!«

»Aber Ihnen hat das schon geschadet, dass der Lörcher da in Ihrer unmittelbaren Nähe da seine Allianz der Sterne aufgezogen hat! Habe ich Sie da vorhin richtig verstanden?« Claudia ließ nicht locker.

»Geschadet! Na ja, wie man's nimmt. Freuen tue ich mich nicht gerade, dass der diese Geschichte praktisch vor meiner Haustür durchzieht. Aber geschadet ...«

Bevor Daub Claudias Frage weiter beantworten konnte, wurde er jäh unterbrochen. Eine laute dröhnende Stimme drang in diesem Moment an ihre Ohren. »Ja, das glaubt man doch nicht! Spinn ich, oder was?«

Überrascht drehten sie sich um. Horsts schlimmste Ahnungen, die er schon bei den ersten Silben der lauten Stimme gehegt hatte, wurden im selben Augenblick Gewissheit: »Oh nein! Nicht der auch noch!« Hilfesuchend schmiegte er sich an Claudia: Claudias Vetter Kai Leer aus Kirchhausen, genannt das Kaile, tauchte freudestrahlend vor ihnen auf.

»Hallo Cousine, hallo Hotte!« Und schon kam, was anscheinend immer kommen musste: Wie ein Dampfhammer donnerte die Pranke des 35-jährigen Heizungsbauers auf Horsts Schulter nieder, so dass dieser mit dem Kinn beinahe auf dem vor ihm stehenden Weinglas aufgeschlagen wäre, während gleichzeitig die von Horst so innig geliebte Frage nach dem werten Befinden der Verwandtschaft in sein Ohr geschmettert wurde: »Wieeeee?« Was nichts mehr und nichts weniger heißen sollte, als dass der Absender der drei Buchstaben sich gerade eben fürsorglich nach dem Gesundheitszustand und den Lebensumständen des Adressaten erkundigt hatte. Anstelle eines im deutschsprachigen Raum ausformulierten »Hallo, wie geht es?« zog das Kaile es vor, die Prozedur mit seinem berühmt-berüchtigten maulfaulen »Unnn??? Wieee???« deutlich abzukürzen. Dass er das »unnn?« mittlerweile offenbar auch als absolut verzichtbar aus seinem Sprachschatz verbannt hatte, das zumindest war auch für Horst eine neue erstaunliche Variante des Abkürzungsvermögens von Claudias Vetter.

Ohne die Antwort abzuwarten, quetschte sich das Kaile zu den anderen an den Tisch. »Komm, Horst, jetzt rück halt mal! Da ist Platz genug für uns alle, nicht wahr Rudolf?«

Rudolf Daub, der Besitzer des Rebenhofes lächelte verständnisvoll. »Aber sicher, Kai! Für dich finden wir immer noch ein trockenes Plätzle, gell! Du bist ja schließlich fast schon einer meiner besten Kunden, nicht wahr!«

Kein Wunder, bei dem Wein! Spätestens jetzt war sich Horst darüber im Klaren, dass er so schnell nicht mehr im

Rebenhof auftauchen würde, wenn die ihre Besenwirtschaft wieder geöffnet hatten. Der Wein schmeckte ihm sowieso nicht, das war doch schon viel eher was für solche Banausen wie das Kaile.

»So isch es, Rudolf! Ganz genau! Bis ich meine ganze Kundschaft mit deinem Wein beliefere, also wirklich: Demnächst hänge ich meinen Job an den Nagel und fange bei dir als Verkaufsleiter an, das wär doch was, oder! Was meinsch du dazu, Hotte?« Kumpelhaft hieb er seinen Ellbogen in Horsts Seite.

»Ja, kann man da denn auch schwarz schaffen, so wie als Heizungsbauer?« Horst konnte sich die böse Randbemerkung einfach nicht verkneifen. Standhaft wich er den bösen Blicken aus, die ihm Claudia herüber warf.

»Ha, ha! Der Herr Kriminaldirektor hat ein Späßle gemacht, wie!« Die Kanaille lachte dröhnend. Anscheinend wollte der sich jetzt auch noch auf seine Kosten lustig machen: Horst wurde es allmählich zu viel.

»Weißt du was, Rudolf? Wenn der so mit uns umspringt, dann fordern wir ihn zum Duell heraus! Was meinst du?«

Rudolf Daub schüttelte verwirrt den Kopf, doch dann begriff er. Ein wissendes Lächeln huschte über seine Züge. »Ja, warum eigentlich nicht! Mal schauen, wer besser im Training ist, er oder wir, was meinen Sie, Herr Meyer?«

Horst meinte gar nichts. Doch bevor er seine Ahnungslosigkeit bekunden konnte, hatte das Kaile schon wieder den Gesprächsfaden an sich gerissen. »Herr Meyer! Ich bitte dich! Das isch doch nicht der Herr Meyer, seit wann sind wir denn so vornehm im Besen?! Das isch doch bloß der Hotte, nicht wahr, Herr Direktor!«

Der »Direktor« verdrehte die Augen und zog es vor, die Anwesenden mit Schweigen zu bestrafen.

»Also, was ist? Bist du dabei oder nicht?« Erwartungsvoll streckte das Kaile die Pranke aus und hielt sie Horst vor die Nase. »Da schlag ein, dass es gilt!«

»Wieso soll ich einschlagen? Was habt ihr denn eigentlich vor? Das sollte ich ja zumindest mal wissen?«

»Ha, ganz einfach! Wir machen wie gesagt ein Duell untereinander! Wer der beste Schütze von uns ist: ich, der Rudolf oder du! Da gehen wir demnächst mal raus nach Kirchardt ins Schützenhaus, der Rudolf und ich sind dort schließlich Mitglieder, und dann gucken wir mal, wer der beste von uns ist! Einverstanden?«

Daub warf Horst einen aufmunternden Blick herüber. »Nun sagen Sie – äh du – schon ja! Ich selber hab auch schon ewig nimmer geschossen, aber kommen Sie, äh du! Dem Kai zuliebe machen wir bei der Gaudi mit! Einverstanden!«

»Na, meinetwegen!«, knurrte Horst, der merkte, dass es sonst über ihn hereinbrechen würde, wenn er dem Wettschießen jetzt nicht zustimmte. Monatelang müsste er dann den ätzenden Spott des geliebten Vetters aus Dingsda ertragen und das, nein, das musste er sich ja nicht unbedingt antun. Er würde dem Wichtigtuer beim Schießen einfach einmal das große Maul stopfen: Jawohl, das hatte der nicht besser verdient! »Einverstanden! Irgendwann in den nächsten Wochen!«

»Aber nicht zu lange warten, dass du mir dann womöglich jeden Tag auf eurem Polizeischießstand noch übst! Das gilt nämlich nicht!« Die Nervensäge grinste genauso dämlich wie verschlagen. »Also, Rudolf, auf geht's: Hol mir noch ein Viertele von deinem Semsakrebbsler, wenn wir schon so gemütlich beieinander sitzen!«

Daub ballte in gespielter Empörung die Fäuste. »Sag du noch einmal Semsakrebbsler zu meinem Wein und dann zeig ich dir, was eine rechte Gerade ist!«

Horst wollte sich den Fortgang der Debatte ersparen. Er erhob sich und breitete entschuldigend die Arme aus. »Ja, Kinder, schade, aber ich muss ins Bett! Morgen wartet ein langer Arbeitstag auf mich, da muss ich fit sein! Kommt ihr mit?« Claudia und Protnik bejahten auf der Stelle: Auch bei ihnen schien sich die Begeisterung über den letzten Teil des Abends in engsten Grenzen zu halten!

»Da sieht man's halt mal wieder: die Beamten! Nichts schaffen den ganzen Tag und abends dann müde! Tja«, das Kaile legte eine skeptische Miene auf. »Dann muss ich den ganzen Wein halt allein vernichten! Prosit, wohl bekomm's!« Er setzte das volle Weinglas an den Mund und trank es in einem Zug aus. »Na bitte, es geht doch noch!« Triumphierend blickte der Säufer in die Runde, während sich Horst angewidert umwandte und seinem Freund Protnik im Gehen zuflüsterte: »Wenn das unser alter Papa Heuss gesehen hätte, der würde sich im Grab umdrehen!«

»Wieso das denn? Was hat denn dein famoser Vetter mit unserem Altbundespräsidenten zu schaffen?«

»Überhaupt nichts natürlich. Aber da kannst du den Wahrheitsgehalt von dem Heuss-Spruch abklopfen. Der lautet nämlich: Wer Wein trinkt, betet – wer Wein säuft sündigt!«

»Allerdings! Obwohl – bei dem Wein, da weiß ich auch nicht«, warf Claudia dazwischen. »Kennst du den anderen

Spruch vom Heuss: Das Leben ist viel zu kurz, um schlechten Wein zu trinken!«

»Allerdings!« Horst legte den Arm um seine Frau. »Und deshalb soll der Daub sein Gesöff künftig selber saufen! Da zahle ich lieber mehr für die Flasche und hab hinterher was Gescheites im Glas, und nicht so eine totgekochte Brühe da!«

Protnik seufzte kaum vernehmlich hinter den beiden. Also, was die hier im Unterland immer mit ihrem Wein für haarsträubende Diskussionen führten! Wo er doch schon völlig zufriedengestellt wäre mit einem Weizenbier oder zwei ....

Kapitel VI

»Und du hast seitdem nichts herausbekommen, überhaupt nichts?« Die Stimme am anderen Ende der Leitung klang verwundert. Protnik wollte es anscheinend schier nicht glauben, dass Horst in den ganzen Wochen, die seither vergangen waren, nicht den leisesten Anhaltspunkt gefunden hatte, warum und vor allem von wem Erich Neubauer im Juli beim Kaltenberger Ritterturnier umgebracht worden war. Schlimmer noch: Horst konnte es nicht einmal wagen, von Mord zu sprechen, denn auch dafür fehlte der geringste plausible Hinweis. Und auf seiner wackligen Mordhypothese offiziell herumzureiten, dafür war die Zeit gerade alles andere als günstig. Schließlich war er ja bekannt für seine unkonventionelle Vorgehens- und Verhaltensweise. Aber nicht nur das, noch immer drohte ihm das Damoklesschwert des Disziplinarverfahrens, das der beleidigte Kollege gegen ihn angezettelt hatte. Nur mit energischem Einsatz von Seiten des Personalrats hatte man es bisher noch von Horst abwenden können.

»Sputnik, wenn ich es dir doch sage!« Horst bereute es schon, dass er das Telefon abgenommen hatte, gerade dann, als er zuhause den Fernseher eingeschaltet hatte, um in aller Ruhe die »Tagesschau« anzusehen. Typisch, dass die Leute gerade immer dann anriefen, wenn die Nachrichten kamen! Einerseits hatte er für sich schon beschlossen, das Klingeln zu ignorieren, andererseits aber hatte dann – wieder einmal – seine berufsmäßige Neugier die Oberhand behalten.

»Na gut! Oder vielmehr nicht gut! Sieht ja miserabel aus bisher!« Protnik schien zerknirscht und ratlos. Auch er hatte schließlich fest an Horsts Vermutung geglaubt, dass es nur eine Frage der Zeit sein könne, bis man den rätselhaften Tod des Kellermeisters im Staub der Kaltenberger Arena aufklären würde. »Aber ehrlich gesagt, ich bin selber auch nicht weiter gekommen. Ich habe ja seit unserem Besuch bei dem Turnier in alle möglichen Richtungen die Ohren aufgesperrt und auch meine alten Kontakte wieder aufgewärmt, aber da ist nichts herausgekommen! Gut, da gibt es jede Menge Chaoten und auch einige, die meinen, dass sie unter dem mittelalterlichen Mäntelchen ganz geschickt ihr braunes Gedankengut verbreiten können, aber im Großen und Ganzen ...« Er machte eine nachdenkliche Pause, bevor er fortfuhr. »Außerdem müssten wir dann entweder nachweisen, dass Neubauer selber dazu gehört hat oder dass er denen auf die Schliche gekommen und unangenehm geworden ist! Und das beweise erst mal!«

»Eben!« Auch Horst ließ so langsam die Hoffnung fahren, dass der Mord jemals würde aufgeklärt werden können, wenn es denn tatsächlich einer war. So ganz allmählich begannen auch an ihm die Zweifel zu nagen. »Also, dass der selber zu dem braunen Gesocks gehört hat, das kannst du ausschließen! So gut kann ich den, denke ich, schon einschätzen. Der war zwar ein fanatischer Mittelalter-Freak, aber einer von den Braunen, nein, das war er nicht!«

»Aber andersherum: Vielleicht haben sie ihn tatsächlich hochgenommen, als er irgendeinem von ihnen auf die

Spur gekommen ist! Die kennen da nichts, das habe ich bei meinem letzten Fall oft genug mitgekriegt! Für mich ist das nach wie vor der Schlüssel zu allem. Ich sage Dir, Spinner habe ich da wieder erlebt! Wobei die schlimmsten meiner Meinung nach die Typen mit ihren Schottenröcken sind, was sagt du?«

Horst nickte in den Hörer. »Allerdings! Zunächst mal hält man die ja nur für leicht durchgeknallt. Aber wenn man so mit ihnen spricht, sind die meisten ja ganz vernünftig, zumindest am Anfang. Aber sobald dann irgendwo Musik losgeht, dann dröhnen die sich ja zu bis unter die Haarwurzeln mit Alkohol und irgendwelchem Ecstasy. Und dann bekommen die einen regelrechten Veitstanz, da ist überhaupt nichts mehr sicher! Ich glaube, die haben am nächsten Tag gar keine Ahnung mehr davon, was sie eigentlich alles getrieben haben. Da ist dann wirklich alles möglich! Doch glaubst du, dass die in ihrem Drogenrausch noch in der Lage sind, auf fast hundert Meter Entfernung einen Armbrustpfeil direkt ins Herz zu schießen? Also ich weiß nicht! Schießen ja, aber gezielt treffen?«

»Vielleicht war es ja aber auch so, dass in Wirklichkeit ein ganz anderer getroffen werden sollte und der Neubauer nur unglückseligerweise zum falschen Zeitpunkt in die Flugbahn des Pfeils getreten ist!«, gab Protnik zu bedenken.

»Unmöglich!«, wehrte Horst entschieden ab. »Dazu war der Schuss meiner Meinung nach viel zu sauber und plaziert. Das müsste schon ein irrsinniger Zufall sein, wenn der unabsichtlich so genau ins Schwarze getroffen hätte!«

»Gut oder vielmehr nicht gut! Dann wursteln wir halt munter weiter: Du in Heilbronn und ich in Ulm! Vielleicht fahre ich aber demnächst an einem freien Tag mal nach Kaltenberg, einfach so. Bisschen umschauen am Ammersee halt, ohne dass die Bayern da etwas mitkriegen.«

»Sei bloß vorsichtig. Du kennst die ja, die machen immer gleich ein riesen Trara, wenn die mitbekommen, dass wir auf ihrem Grund und Boden ermitteln!«

»Tue ich doch gar nicht! Aber so ein bisschen Luft schnappen, in der Brauereiwirtschaft das dunkle Bier trinken und mit den Leuten reden, das wird man ja wohl auch in einem Freistaat noch dürfen, oder?«

»Schon gut«, lachte Horst. »Aber sag bloß nicht, ich hätte dich nicht gewarnt. Tu, was du nicht lassen kannst!«

»Tu ich auch, da kannst du Gift darauf nehmen!«, knurrte Protnik 150 Kilometer weiter südöstlich von Horst. »Ach, was ich dich noch fragen wollte: was macht eigentlich dein Weinbau?«

»Erinnere mich bloß nicht daran!« Allein beim Gedanken an seinen Weinberg schoss die Zornesröte in das Gesicht des Hobbywengerters. »Alles ist hin und weg. Der Herbst ist vorbei für dieses Jahr!«

»Wie vorbei? Jetzt haben wir Anfang September. Der Herbst kommt doch noch!«

»Meiner nicht!«, zischte Horst wütend, wenn er an das Resultat seiner diesjährigen Mühen dachte. »Die Stare haben mir alles weggefressen, ratzeputz! Da ist nichts mehr übrig geblieben, keine einzige Beere mehr!«

»Weggefressen! Den ganzen Wein!« Protnik lachte schallend, so laut, dass es wohl gar keiner Telefonleitung mehr bedurft hätte, um den Kerl von Ulm bis nach Heilbronn wiehern zu hören. »Das ist ja zum Totlachen!«

»Es gibt Leute, die haben eine merkwürdige Art von Humor!« Horst wusste wirklich nicht, was es da zu lachen gab. »Was ist denn daran so unglaublich witzig? Kannst du mir das verraten?«

»Nichts natürlich!« Der Idiot lachte aber tatsächlich noch immer. »Ich weiß ja, dass du dich so auf deinen ersten Ertrag gefreut hast, wie heißt das noch mal? Das ist doch auch so ein witziger Begriff?«

»Jungfernwein. Meinst du das?«

»Ja genau, Jungfernwein! Klingt ja schon irgendwie interessant! Besser noch als Liebfrauenmilch! Sind das aber auch Wortschöpfungen! Unglaublich!« Wieder lachte Protnik dröhnend. »Jetzt aber nochmal: wie kann denn so was passieren?«

Noch im Nachhinein drehte es Horst vor Ärger den Magen um, wenn er daran dachte, wie es geschehen war. »Das ist ganz einfach. Daran ist wieder mal unser Job schuld. Und zwar haben wir letztes Wochenende wieder so einen Fall hereinbekommen, wo ich auf Bereitschaft war. Ich hatte eigentlich gedacht, ich könnte das Vogelschutznetz auf die Reben machen und habe nie und nimmer damit gerechnet, dass ich dann doch einen Einsatz habe. Tja, und da meine Regent ja eine früh reifende Sorte sind, haben die Biester dann über Nacht zugeschlagen. Unglaublich, sag ich dir. Die haben genau den richtigen Zeitpunkt abgewartet, und dann, dann war ruck, zuck alles weg. Ich könnte heulen. Wenn ich nur daran denke, was das für schöne Trauben waren – und die hatten Anfang September schon über 80 Öchsle! Es ist zum Verrücktwerden!«

»Ja, da kann ich dich ausnahmsweise schon verstehen! Und jetzt, was nun?«

»Jetzt warte ich halt aufs nächste Jahr. Mal sehen, vielleicht hagelt es ja dann oder es gibt einen Erdrutsch, wer weiß. Manchmal würde ich den Bettel am liebsten hinwerfen, das kannst du mir glauben. Das Weinmachen ist alles andere als ein Zuckerschlecken, das habe ich mittlerweile auch begriffen. Aber jetzt, nach insgesamt fünf harten Jahren alles hinschmeißen, nachdem ich die Mauern wieder hergerichtet, umgegraben, die Drahtanlagen neu gemacht, die alten Stöcke rausgerissen und die neuen gepflanzt habe. Nein, das geht jetzt eben auch nicht! Also werd ich mich morgen Abend beim Weindorf trösten, und zwar richtig, das versprech ich dir!«

»Beim Weindorf? Bei dem Weindorf?«

»Bei welchem denn sonst? Ja, beim Heilbronner Weindorf, wieso?«

»Na, weil ich da doch schon längst auch mal hinwollte, hast du das denn vergessen, du treulose Tomate?« Protnik war der Vorwurf in Person. Horst konnte ihn sich lebhaft vorstellen, wie er da am Telefon stand und empört die Augenbrauen zusammenkniff. Natürlich hatte Horst an seinen alten Kumpel gedacht, als er beschlossen hatte, morgen aufs Weindorf zu gehen, aber andererseits bedeutete das ja – leider – fast immer, dass in Protniks Schlepptau noch eine zweite Person mitsegelte, und die war schließlich mehr als anstrengend, zumal sich die beiden wie selbstverständlich immer bei den Meyers einquartierten, wenn sie zu Besuch nach Heilbronn kamen.

»Also, wie ist es: Nimmst du mich mit, wenn ich komme? Die Uschi hat nämlich sowieso Dienst am Wochenende! Dann fahre ich halt eine Woche später erst nach Kaltenberg, dann aber mit ihr. Und so könnte ich jetzt zu dir auf das Weindorf kommen, was meinst du!«

»Na, aber herzlich gern! Setz dich so bald wie möglich in deinen Kübel und düse los! Schade nur, dass die Uschi nicht mitkann, wirklich jammerschade!« Manchmal hasste sich Horst, wenn er solch verlogene Süßholzraspeleien aus seinem eigenen Mund hörte, aber nur manchmal, und auch nur kurz, ganz ganz kurz. Er grinste spitzbübisch und legte das Mobilteil seines Telefons zurück auf den Wohnzimmertisch.

Kapitel VII

»Wenn ich das noch einmal höre, du Drecksau, du elendige! Ich bring dich um, das versprech ich dir! Du Granatenarschloch, du elendiges!« Der Mann war völlig ausgerastet und hatte sich überhaupt nicht mehr unter Kontrolle. Vier Männer waren notwendig, um den Rasenden zu bändigen. Nur ganz allmählich kam der grauhaarige untersetzte Mitfünfziger, der modisch elegant in alles andere als billige Landhausmode gekleidet war, wieder zu sich. Mühsam keuchend rang er nach Atem. »Es ist gut! Ihr könnt mich wieder loslassen. Ich tue ihm nichts! Versprochen!«, setzte er noch hinzu, als er die zweifelnden Blicke der Männer bemerkte, die ihn immer noch mit festem Griff an Unter- und Oberarmen gepackt hielten. Zögernd und vorsichtig lösten sie die Umklammerung und erst als sie sahen, dass der Mann tatsächlich ruhig auf der Stelle verharrte, ließen sie die Hände sinken und verschafften ihm so einen gewissen Bewegungsspielraum.

»Ist schon gut! Wirklich! Ich habe mich wieder unter Kontrolle!« Mit zitternden Fingern tastete der Grauhaarige in seiner Hosentasche nach einem Taschentuch und wischte sich damit erschöpft die dicken Schweißperlen von der Stirn.

»Was um alles in der Welt ist denn passiert, Herr Lörcher?« Kopfschüttelnd musterte Horst den gut gekleideten Mann. Nie und nimmer hätte er vermutet, dass ein Mann wie der Weingutbesitzer Siegfried Lörcher derart ausrasten würde. »Und wer war das überhaupt, den Sie so in der Mangel gehabt haben?«

»Den soll der Blitz beim Scheißen treffen!«, stieß der Wengerter ganz unfein, im krassen Gegensatz zu seiner Kleidung, hervor. »Das war einer von denen, die mir schon die ganze Zeit über am Zeug flicken wollen! Da werden einfach so mir nichts, dir nichts irgendwelche Behauptungen in die Welt gesetzt und hinterher ist es natürlich keiner gewesen. Aber die Gerüchte, die bleiben im Umlauf, und ich kann dann schauen, wie ich den Scherbenhaufen wieder zusammenkehre!« Wütend ballte er die Faust. »Der soll mir bloß nochmal zwischen die Finger kommen!«

»Herr Lörcher! Nicht schon wieder!« Beschwichtigend hob Horst die Hände. Dass aber auch ausgerechnet er sich wieder einmal mittendrin im Getümmel befinden musste, wenn der Hader losging. Einfach unglaublich, wie er das immer fertig brachte! Jedoch das, was er da gerade vernommen hatte, das klang ja gerade so wie die Fortsetzungsgeschichte vom Sommer. Der Erich Neubauer, die härter werdende Auseinandersetzung in der Weinbauszene, das tragische Ende des Kellermeisters, das Motiv ... das Motiv? Protniks verwunderte Frage riss ihn aus seinen Überlegungen.

»Was meinen Sie da mit Gerüchten? Was sagen die denn, was Ihnen schaden kann?«

»Ha, das ist doch ganz einfach! Da streut einer das Gerücht, dass man gehört habe, bei mir sei neulich der Staatsanwalt zu Besuch gewesen, weil im Kellerbuch Unregelmäßigkeiten festgestellt worden seien. Und da habe man bei einer chemischen Analyse dann auch noch einen viel zu hohen Fremdwein-Anteil in meinen Weinen festgestellt! Das wird natürlich alles nur als Frage formuliert, oder es heißt, man habe halt gehört, dass ... Die Schweinerei ist nur die, dass das alles juristisch nicht zu fassen ist! Da sagt ja keiner offen und ehrlich ›ich weiß, dass ...‹, sondern nur ›ich habe gehört, da ist vielleicht ...‹ So eine Sauerei, so eine elendige!« Wütend stampfte Lörcher mit dem Fuß auf.

»Ja und? Ist oder ist nicht?« Protnik spielte den Ahnungslosen.

»Wie meinen Sie das?« Wieder färbte sich das Gesicht des Grauhaarigen krebsrot vor Zorn.

»Ist der Staatsanwalt denn jetzt dagewesen oder nicht? Um die Frage geht es doch!«

»Natürlich nicht! Was soll die blödsinnige Fragerei? Gehören Sie etwa auch zu denen, die mich aus dem Weindorf hinausboxen wollen? Aber das schwöre ich euch Typen«, Lörcher ballte die Faust und hielt sie Protnik drohend unter die Nase. »Mit mir nicht und so nicht. Ich weiß, wie ich mich wehren kann! Wehe jedem, der meint, mich fertigmachen zu müssen!« Gerade als Horst beschlossen hatte, wieder einzugreifen, um Schlimmeres zu verbindern, machte der Weingutbesitzer auf dem Absatz kehrt und stapfte mit zornigen Schritten davon in Richtung Kilianskirche.

»Was war mit dem denn wieder los?« Kopfschüttelnd näherte sich nun, nachdem die Gefahr in Gestalt des Konkurrenten verschwunden war, Rudolf Daub, der Inhaber des Rebenhofs. »Hat er wieder mal gesponnen, was? Kommt Freunde, gehen wir rüber an meinen Stand. Ich gebe einen aus, auf den Schrecken!« Mit ausgebreiteten Armen schob er Protnik, Horst und die anderen beiden

Helfer von gerade vor sich her durch die dicht bevölkerte Budenlandschaft des Heilbronner Weindorfs vor dem alten Rathaus. An dem wunderschön mit Weinlaub, alten Rebstöcken und vielen bunten Sommerblumen geschmückten Stand des Rebenhofs blieben sie stehen. Obwohl sich Horst eigentlich vorgenommen hatte, um Daubs Wein, der ihm absolut nicht zusagte, künftig einen großen Bogen zu machen, konnte er in dieser Situation nicht anders.

»Na, wie findet ihr unseren Stand in diesem Jahr?« Stolz verharrte Daub einen Augenblick vor dem tatsächlich beeindruckenden Ausschank. »Den zweiten Preis haben wir in diesem Jahr gemacht und nächstes Jahr, da greifen wir voll an, da sind wir dann die Nummer eins!« Begeistert klatschte Daub in die Hände. »So, was also soll's sein die Herren?«

Wenn sie nur mehr Wert auf den Inhalt legen würden als auf die Verpackung, schickte Horst noch einen letzten Stoßseufzer zum Himmel, bevor er sich ein Glas mit einer wässrig-gelben Flüssigkeit in die Hand drücken ließ. »Kerner, Spätlese! Ein wunderbares zuckersüßes Tröpfchen!« Daub strahlte vor Begeisterung, während Horst verzweifelt nach Möglichkeiten fahndete, den Inhalt möglichst rasch und unbemerkt zu entsorgen.

»Ja, sag mal, was ist denn nun schon wieder? Ich denke, das soll Deutschlands gemütlichstes Weindorf sein, oder so ähnlich, hast du mir doch erzählt!« Stirnrunzelnd betrachtete Protnik das Geschehen, das sich nur wenige Meter von ihnen entfernt am Rand der Kaiserstraße abspielte.

In der Tat verstand auch Horst die Welt nicht mehr. Schon wieder eine Rangelei auf dem Weindorf, und das schon um diese Uhrzeit. Halb acht! Vor zehn, halb elf war man doch normalerweise einigermaßen sicher, nicht versehentlich in eine ausgestreckte Faust zu laufen und mit einem dieser Spinner konfrontiert zu werden, die sich ein Vergnügen daraus machten, dutzendweise leere Weinflaschen auf der Straße zu zerdeppern! Im wahrsten Sinn des Wortes! Und das direkt neben den zahlreich aufgestellten Glascontainern!

Gerade als sich die beiden Kommissare erhoben, um durch die immer größer werdende Menge an schaulustigen Gaffern hindurch nachzusehen, wer da wieder mit wem seine Nahkampfübungen austrug und ob eventuell Hilfe notwendig wäre, da erblickten sie die weißen Mützen der uniformierten Kollegen, die anscheinend die Situation bereits unter ihre Kontrolle bekommen hatten.

»Da schau mal, da sind zwei Glatzen mit im Spiel!« Mit ausgestrecktem Arm deutete Protnik nach vorne. »Unsere Freunde von vorgestern!«

»Vorgestern? Wieso das denn? Da waren wir doch gar nicht zusammen!« Verwundert runzelte Horst die Stirn.

»Nein, so meine ich das auch gar nicht. Ich meine nur das, was sie verkörpern: dieses Gedankengut von vorgestern. Aha, da schau an, mal wieder Fans von den ›Böhsen Onkelz‹! Aber die sind ja angeblich immer so harmlos – wie man sieht!«

»Verrückt, dass die mit diesen Jacken überhaupt so herumlaufen dürfen! Wo doch jeder weiß, wie gewalttätig diese Texte sind und wie brutal diese Dummköpfe von

Fans manchmal draufdreschen! Und dann darfst du als Polizist noch nicht einmal eingreifen, unglaublich!« Horst setzte sich wieder auf seine Bierbank und griff zum Glas.

»Da, hast du es gehört!« Protnik schlug sich mit der flachen Hand an die Stirn. ›Sieg heil‹ hat der gerufen, zweimal hintereinander! Das darf doch alles gar nicht wahr sein! Und dann braucht so ein Bürschchen nur irgend so einen Rechtsverdreher, den ihm die Nazis stellen und ruck, zuck marschiert er hämisch grinsend an den Kollegen vorbei wieder hinaus aus der Polizeiwache und macht weiter, so als sei nie etwas gewesen! Unglaublich!«

»Tja, aber da ist leider nichts zu machen! Bei der Rechtsprechung – auch im wahrsten Sinn des Wortes – da kannst du dir tatsächlich nur an den Kopf fassen! Komm, Alter, Prost! Wir trinken noch einen!«

Gerade als er das Glas an die Lippen führte, taumelte ein blasser junger Mann an ihnen vorbei. Er drückte ein blutiges Taschentuch gegen seine Schläfe. »Da, schau mal, den kenne ich doch!« Überrascht stellte Horst das Weinglas wieder vor sich auf den Tisch und winkte den jungen Mann zu sich. »Hallo Sven! Sie sind doch der Sven Hafner vom Weingut Beitinger! Wir kennen uns doch! Was ist denn mit Ihnen passiert? Können wir Ihnen helfen!«

Der junge Mann blieb vor den beiden Kommissaren stehen und verzog schmerzhaft das Gesicht. »Was passiert ist? In die Mangel haben die mich genommen, diese glatzköpfigen Idioten da! Ich sei ihnen nicht aus dem Weg gegangen, haben sie gesagt und dann gleich drauflosgeschlagen, bevor ich überhaupt gewusst habe, wie mir geschah. Und das nächste Mal, haben sie noch gebrüllt, das nächste Mal solle ich besser aufpassen, sonst ginge es mir nämlich genauso wie meinem Chef, dem Herrn Neubauer!« Zitternd stand der Junge vor ihnen und betupfte vorsichtig die immer noch blutende Wunde.

»Was haben Sie da gerade eben gesagt?« Wie elektrisiert war Horst bei den Worten des Weinbautechnikers aufgefahren. »Dass es Ihnen nicht ebenso gehen solle, wie dem Erich Neubauer! Aber das ist ja ...«

»... das ist unsere erste habhafte Spur in dieser Angelegenheit!«, murmelte Protnik leise.

»Kennen Sie die beiden? Wollen Sie eine Anzeige machen? Sie wissen ja, ich bin Kriminalkommissar!« Das Stichwort »Mordkommission« vermied Horst in diesem Zusammenhang tunlichst.

»Nein, nein. Ist schon gut!« Der Verletzte wehrte heftig ab. »Ich kenne auch keinen von denen, und die würden ja auch sicher bestreiten, jemals so was gesagt zu haben. Entschuldigung, aber ich muss mir da drüben im Zelt ein Pflaster besorgen. Schönen Abend noch!« Mit hastigen stolpernden Schritten lief der Junge davon.

»Jede Wette, dass er die Typen erkannt hat! Aber klar, dem geht jetzt der Arsch auf Grundeis! Der sagt kein Wort, garantiert!« Protnik sah seinem Kollegen bedeutungsvoll ins Gesicht. »Aber immerhin, wir haben eine Spur! Ich habe es ja immer geahnt, dass diese Typen da irgendwie die Finger im Spiel haben!«

»Wenn wir nur schon wüssten, wie! Aber gut, ich werde mich morgen mal um die Personalien von den beiden kümmern, die unsere Kollegen ja sicherlich aufgenommen haben! Also Sputnik, ein Grund zum Feiern, ich gebe einen aus. Für dich so ein süßes Zeug vom Rebenhof und ich genehmige mir einen Lemberger Spätlese vom Beitinger! Einverstanden?«

»Der erste vernünftige Satz, den ich heute von dir höre«, knurrte Protnik vergnügt und streckte Horst sein leeres Glas entgegen. »Einverstanden!«

*

Der folgende Tag begann nach der etwas kurzen und weinseligen Nacht zwar relativ spät, doch dafür mit einer um so gewaltigeren Enttäuschung für Horst und seinen Kollegen.

»Aber das kann doch nicht Ihr Ernst sein, was Sie mir da gerade erzählen!« Wütend donnerte Horst seine Vorwürfe ins Telefon. »Sie können mir doch nicht weismachen, dass die Kollegen gar keine Personalien von den beiden Glatzen gestern Abend aufgenommen haben! Was? Können Sie doch? Arbeitsüberlastung? Relativ harmloser Vorgang? Na dann, armes Deutschland! Wiederhören!« Stinksauer drückte er den Ausknopf des Telefons und feuerte es in eine Ecke des Wohnzimmersofas.

Er holte tief Luft und sah Protnik frustriert in die Augen. »Du ahnst schon, was ich dir sagen muss, nicht wahr? Das hält man im Kopf nicht aus. Die haben die beiden Typen gestern springen lassen, ohne wenigstens die Personalien aufzunehmen! Sie hätten sich nur die Ausweise zeigen lassen, gegen die beiden habe nichts vorgelegen, also habe man Gnade vor Recht ergehen lassen. Außerdem wäre man chronisch unterbesetzt gewesen und sei schon wieder zum nächsten Einsatz gerufen worden! So ist das! Adieu, du schöne Spur!«

Protnik gewann als erster die Zuversicht zurück. »Na ja! Wer weiß, ob wir bei denen direkt weiter gekommen wären. Dennoch bleibt ja wohl festzuhalten, dass aus unserer Ahnung gestern Abend immerhin ein konkreter Verdacht hervorgegangen ist, nämlich dass wir tatsächlich davon ausgehen können, dass die rechte Szene da irgendwie mit drin hängt! Nur wie, aber das werden wir auch noch rausbekommen! Es wäre schließlich nicht das erste Mal, dass wir den längeren Atem bewiesen hätten und noch nach Jahren fündig werden!« Er legte Horst die Hand auf die Schulter und drückte aufmunternd zu. »Komm schon, Kopf hoch! Ich habe es im Urin, dass da noch etwas draus werden wird!«

»Dein Wort in Gottes Gehörgang, alter Schwede!« Horst beruhigte sich nur allmählich wieder. »Also gut, dann werde ich halt mal die Heilbronner Szene abklappern, mal schauen, was der Verfassungsschutz so alles darüber weiß!«

»Ausgerechnet die!« Protnik verdrehte die Augen. »Aber gut, irgendwo muss man ja schließlich anfangen! Ich werde aber übrigens dennoch am nächsten Wochenende mal nach Kaltenberg fahren, das bin ich meinem Bebele schuldig und meinem Magen auch. Nach dem ganzen Wein, den du gestern in mich hineingeschüttet hast. Klassischer Fall von Übersäuerung, so etwas!«

»Hab schon verstanden«, lachte Horst. »Komm, geh in die Küche und hol zwei Gläser aus dem Schrank. Ich hoffe, ich finde inzwischen im Keller noch zwei volle Flaschen mit Weizenbier, dann hat die arme Seele Ruhe!« Grinsend stieg Horst die Kellertreppe hinunter. Aus Protnik einen Weinzahn zu formen, diese Hoffnung konnte er sich ganz allmählich abschminken! Das brachte aber auch den großen Vorteil mit sich, dass er damit dann auch ein Konkurrent weniger im Rennen um die besten Tropfen war.

Kapitel VIII

Der Bogen war bis zum Zerreißen gespannt, es war das Optimale an Kraft und Schnelligkeit, was man aus der Waffe würde herausholen können. Ein weiteres Spannen, selbst um wenige Millimeter, würde die Sehne nicht mehr aushalten. Langsam krümmte er den Finger am Abzug. Er atmete langsam durch. Ruhig, ganz ruhig bleiben! Nur eine minimale Bewegung auf diese Entfernung und bei dieser gewaltigen Kraft auf dem Bogen und der Pfeil würde weit an seinem Ziel vorbeischießen. Nur der strahlende Vollmond erhellte die Szenerie, kein Windhauch war zu spüren. Noch einmal volle Konzentration. Er hatte den dunklen Punkt in der Mitte genau im Visier. Jetzt! Gleichmäßig und kraftvoll zog er den Zeigefinger durch.

Ein kurzes Klacken und schon zischte der Pfeil mit aberwitziger Geschwindigkeit durch die Luft. Das trockene Aufprallgeräusch Sekundenbruchteile später signalisierte den Treffer. Aber wie genau hatte er getroffen?

Gespannt schulterte der spätmittelalterlich gewandete Knappe seine Armbrust und nahm den Köcher mit den Pfeilen vom Boden auf. Mit festem Schritt näherte er sich dem Baum, an dem er vor einer halben Stunde seine Zielscheibe angebracht hatte. Schuss um Schuss hatte er mit der Armbrust abgegeben, immer wieder war er dabei weiter nach hinten gerückt, bis er schließlich die Distanz erreicht hatte, von der aus er noch nie mit einem seiner Pfeile mitten ins Schwarze getroffen hatte. Aber diesmal? Er hatte ein gutes Gefühl. Bisher waren ihm alle Schüsse schließlich perfekt gelungen.

Angestrengt kniff er die Augen zusammen. Zumindest hatte der Pfeil nicht nur den Rand der Scheibe gestreift, so viel konnte er beim Näherkommen bereits erkennen.

Aha! Ein befriedigtes Lächeln umspielte die Miene des Schützen, während er das Ergebnis registrierte. Er musterte den mitten in der Zielscheibe steckenden Metallpfeil aufmerksam. »Na also, Blattschuss!«, murmelte er leise und zog den Pfeil mit einer ruckartigen Handbewegung wieder heraus. »Übung macht den Meister!«

Er zog seine bunte, mit einer langen Pfauenfeder geschmückte Kappe vom Kopf und legte sie vor sich auf das allmählich feucht werdende Gras. Vorsichtig deponierte er die Armbrust darauf, dann holte er hinter dem Baumstamm, an dem er die Zielscheibe angebracht hatte, eine Sporttasche hervor und begann, sich wieder umzukleiden. Forschend blickte er sich um, doch weit und breit war niemand zu sehen. »So Freunde«, er schürzte die Lippen und nickte bedeutungsvoll. »In der Ruhe liegt die Kraft! Und wer das nicht glauben will, der wird es fühlen, wenn er dann überhaupt noch etwas fühlt!« Knapp und boshaft lachte er auf, während er seine Zielscheibe wieder von dem Baumstamm nestelte ...

»Was? Das glaube ich nicht!« Verblüfft löste Horst den Blick vom Sportteil seiner Zeitung. Was hatte Claudia da grade am Frühstückstisch gesagt? Er musste sich verhört haben!

»Ist aber so!« Claudia ließ die Zeitung sinken und nickte ihrem Mann bedeutungsvoll zu. »Schwarz auf Weiß und ganz groß!«

»Wo steht das?! Komm, lass mal sehen!« Horst streckte kopfschüttelnd den Arm aus und winkte mit dem Zeigefinger.

Claudia reichte ihrem Mann den Lokalteil der »Heilbronner Stimme«. »Da schau, da steht's, gleich oben – als Aufmacher!«

Hastig las Horst den Text auf der ersten Seite des Lokalteils seiner Zeitung, dann faltete er das Blatt stirnrunzelnd zusammen. Schon die Überschrift sprang dem Leser spektakulär ins Auge. »Weinskandal im Unterland!« hieß es über dem vierspaltigen Artikel. Von einem Heilbronner Weingut war darin die Rede, das gestern Nachmittag von der Staatsanwaltschaft durchsucht worden war und bei dem man zahlreiche Flaschen Wein beschlagnahmt und zur chemischen Analyse mitgenommen hatte. Ausgerechnet eines der renommiertesten (und teuersten) Weingüter habe württembergischen Qualitätswein mit billigem italienischen Tafelwein gestreckt und überdies auch noch einfachen badischen Grauburgunder als teuren italienischen Pinot Grigio abgefüllt und verkauft. Ein Koppelgeschäft also, das es in sich hatte. Und dazu im selben Artikel ein

Foto von Siegfried Lörcher samt eines heftigen Dementis von Seiten des Weingutbesitzers. Dazu sei seit vorgestern ein Kellermitarbeiter des Weingutes spurlos verschwunden. Wahrscheinlich habe der rechtzeitig Wind von der bevorstehenden Durchsuchung bekommen, mutmaßte die Zeitung. Ein Kommentar über die dringend notwendige Distanzierung des württembergischen Weinbaus von solch schwarzen Schafen rundete die Berichterstattung der Zeitung über diesen neuen Weinskandal ab.

Horst stieß pfeifend den Atem aus. »Mein lieber Schwan! Das ist aber ein Hammer!«

»Und was für einer!«, pflichtete Claudia ihm bei. »Sag mal, hast du denn davon bei euch in der Direktion gar nichts mitbekommen?«

»Nicht das Geringste«, verneinte Horst. »Ich habe ja die letzten beiden Tage frei gehabt. Also das muss wirklich eine Nacht- und Nebelaktion gewesen sein. Donnerwetter, da haben tatsächlich alle dichtgehalten!«

»Ja, und was passiert jetzt? Wird der Lörcher jetzt eingebuchtet, was meinst du?«

»Kann ich mir nicht vorstellen! Schließlich ist es ja kein Gewaltverbrechen, wenn man an seinem Wein herumpanscht, wenigstens rein gesetzlich nicht. Im Prinzip gehört der Kerl natürlich gerädert und gevierteilt, wenn das stimmt, was in der Zeitung steht!« Horst überlegte. »Er hat ja dann wohl auch die Kellerbücher manipuliert und dadurch stimmt dann ja auch seine Einkommensteuer hinten und vorne nicht! Also, so gesehen kann es dann natürlich passieren, dass sie ihn in Gewahrsam nehmen. Wenn die Jungs von der Steuerfahndung das hochrechnen, was dem Staat dadurch an Steuereinnahmen entgangen ist, da könnten die natürlich leicht auf Steuerhinterziehung in den Hunderttausenden kommen. Und da hockst du dann ja schneller im Knast, als dir lieb sein kann!«

»Allerdings!« Claudia nickte. »Wenn man das immer so liest, wie schnell man wegen Steuerhinterziehung im Gefängnis landet, während irgendwelche Totschläger und Vergewaltiger frei in der Weltgeschichte herumlaufen, dann wundere ich mich wirklich immer wieder über die deutsche Justiz! Aber den Staat um Steuern zu bescheißen, scheint tatsächlich ein übleres Verbrechen zu sein, als jemanden um die Ecke zu bringen!«

Horst zuckte die Schultern. »Das sehen wir ganz genau so. Aber was will man machen, so ist es eben. Mich würde jetzt nur interessieren, weshalb dem sein Weinbautechniker dann gleich verschwunden ist, dem kann doch eigentlich am allerwenigsten passieren!«

»Wer weiß, vielleicht hat der Lörcher ja ein ganz reines Gewissen und dieser, wie heißt er noch, was steht da? Ehrenberger, ja, richtig, dieser Ehrenberger hat die ganze Schweinerei angerichtet, ohne dass der Lörcher davon etwas gewusst hat, und deshalb ist er jetzt auf und davon!«

»Unmöglich! Wenn die wirklich in diesem Riesenstil gepanscht haben, dann muss das der Lörcher ganz einfach mitgekriegt haben! Das kann er keinem Staatsanwalt der Welt weismachen, dass da mindestens 50.000 Liter Wein verschnitten worden sind, ohne dass er eine Ahnung davon gehabt hätte! Nein, nein, das nimmt ihm keiner ab!«

»Ist natürlich schon ganz schön clever, das mit dem italienischen Verschnitt!« Claudia nickte anerkennend.

»Blöd sind die weiß Gott nicht, das war ja dann wohl alles von langer Hand vorbereitet: Erst die »Allianz der Sterne«, mit denen man auch offiziell italienischen Wein hier verkaufen konnte – vom edlen Partnerweingut halt, von dem man ein Kontingent sogar noch selber ganz legal hier abgefüllt hat – und dann die Panscherei mit billiger Massenware! So ein italienischer Tankwagen fällt in diesem Fall ja gar nicht auf. Nicht undumm, diese Masche!«

»Wenn es überhaupt ein italienischer Tankwagen war! Der kann genauso gut einen Spezi von einer hiesigen Spedition da runter schicken, dann ist es noch unverdächtiger!«

»Ist aber natürlich auch riskanter«, gab Claudia zu bedenken. »Das hieße dann ja, dass er zumindest einen weiteren Komplizen hier im Raum gehabt haben müsste ...«

»... und der stellt natürlich eine zusätzliche Gefahrenquelle dar. Wenn der nämlich mitbekommt, was da läuft und in welchem Stil das abläuft, dann wird der ganz schön die Hand aufhalten! Und wenn der Lörcher das nicht zahlt, was er will, dann gibt es halt einen kleinen anonymen Tipp an die Polizei!«

Claudia bedachte ihren Mann mit einem anerkennenden Blick. »Mensch, Horst, da sieht man halt doch, wo du arbeitest. Genau so könnte es gewesen sein! Der anonyme Tippgeber, von dem sie hier schreiben, das war der Fahrer des Tanklastzuges! Genau!«

Horst hob lächelnd die Hände, um der Kombinationsgabe seiner Ehefrau Einhalt zu gebieten. »Immer langsam mit den jungen Pferden! Das ist alles pure Spekulation, da bewegen wir uns auf ganz, ganz dünnem Eis! Noch wissen wir ja eigentlich so gut wie gar nichts. Also, wenn du den Artikel noch einmal ganz genau durchliest, was steht denn dann eigentlich noch drin?«

»Aber Horst! Das ist doch eindeutig! Der Lörcher hat gepanscht, seine rechte Hand ist über alle Berge, das Kellerbuch merkwürdigerweise verschwunden und er steht da und sagt, dass das alles gar nicht wahr sei!« Claudia musterte ihr Gegenüber verständnislos. »Da steht es doch: Schwarz auf Weiß! Und der Weinbauverband ist doch auch schon auf Distanz gegangen, lies doch!«

Horst verdrehte die Augen. »Was sollen die auch anderes tun! Die müssen doch so schnell wie möglich zeigen, dass das ein Einzelfall ist, sonst gibt es einen Flächenbrand, wie damals beim Glykol! Nein, wegen dieser Stellungnahme kann man gar keine weiteren Schlüsse ziehen. Die hat so kommen müssen und die kommt auch jedesmal so! Der württembergische Weinbau ist sauber, punktum! Aber immerhin leben wir ja in einem Rechtsstaat und deshalb ist auch der Lörcher noch längst nicht überführt! Ich wundere mich ja sowieso, dass der so blöd gewesen sein soll. Der weiß doch, dass ihn alle auf dem Kieker hatten, wegen seiner »Allianz der Sterne« – und dann dieses Risiko mit der Panscherei einzugehen? Also wirklich!« Er lehnte sich zurück und legte die Hände in den Nacken.

Eine Zeit lang herrschte Stille in der Küche. Claudia hatte sich die Zeitung wieder gegriffen und las den Artikel langsam ein weiteres Mal durch. Nachdenklich kaute sie anschließend auf den Lippen. »Hmm. Also, wenn ich deine Einwände so berücksichtige, dann hast du tatsächlich nicht ganz Unrecht! Bewiesen ist wirklich noch lange nichts! Merkwürdig ist nur das Verschwinden von diesem Ehrenberger und weshalb der Lörcher das Kellerbuch nicht rausrückt!«

»Vielleicht hat er es ja wirklich nicht! Jetzt lass uns halt den Spieß einmal umdrehen!« Horst beugte sich vor und sah Claudia fest in die Augen. »Jetzt gehen wir mal davon aus, dass es sich in Wahrheit um eine Intrige gegen den Lörcher handelt. Der ist ja wie gesagt alles andere als beliebt bei seinen Kollegen! Was, wenn die da meinen Kollegen den anonymen Hinweis mit der Panscherei zugespielt hätten und dann eben auch noch dafür gesorgt hätten, dass das Kellerbuch verschwindet? Dann steht der Lörcher ja von Anfang an bei den Ermittlungen mit abgesägten Hosen da! Kein Mensch wird ihm das Märchen vom verschwundenen Kellerbuch abnehmen!«

»Aber Horst! Wir sind doch nicht in Sizilien, bei der Mafia! Ich bitte dich!«

»Meinst du?« Horst lachte bitter auf. »Also was man da in den letzten Jahren so alles mitbekommt, an das ich früher in hundert Jahren nicht geglaubt hätte, ich sage dir, die Balkanisierung von Deutschland schreitet fort und zwar schneller, als du denkst!«

»Aber erstens ist die Mafia in Sizilien und zweitens sind wir hier in Heilbronn ...«

»Oh, heilige Unschuld!« In gespielter Verzweiflung faltete Horst die Hände und sandte einen frommen Blick zum Himmel. »Die Mafia ist längst nicht mehr nur in Sizilien und die Mafia ist längst auch nicht mehr nur eine italienische Organisation. Mafiose Strukturen gibt's überall, auch in unserem wunderschönen Ländle. Nur nennen wir sie da halt manchmal ein bisschen anders, aber lassen wir das jetzt einmal! Was mich allerdings jenseits von allem anderen wundert, ist, dass die »Stimme« tatsächlich den Namen des Weinguts herausgeblasen hat! Die sind doch sonst viel vorsichtiger!«

»Stimmt! Das habe ich mir auch gedacht! Aber andererseits haben Sie ja auch die Stellungnahme vom Lörcher im Blatt, der hat es also zugegeben, dass die Staatsanwaltschaft bei ihm war und Proben beschlagnahmt hat. Dadurch sind die ja wieder auf der sicheren Seite ...«

»Stimmt schon! Aber dass der Lörcher derart amateurhaft reagiert und tatsächlich eine Stellungnahme abgibt«, Horst wiegte skeptisch den Kopf. »Der scheint ganz schön mit den Nerven runter zu sein ...«

»Oder er hat damit die Flucht nach vorne angetreten,« mutmaßte Claudia. »Was hätte es ihm denn gebracht, so zu tun, als sei nichts gewesen. Es hätte doch trotzdem jeder gewusst, um wen es sich handelt, auch wenn die Zeitung den Namen weggelassen hätte. Die schreiben das doch immer so deutlich-undeutlich, dass jeder, der sich auch nur einigermaßen auskennt, weiß, wen die Staatsanwaltschaft da am Wickel hat!«

»Stimmt auch wieder! Auf jeden Fall bin ich gespannt, wie das weitergeht!« Nachdenklich massierte sich Horst das Kinn. »Vielleicht haben wir ja dadurch auch wieder eine neue Spur im Fall Neubauer! Wer weiß .... nachdem sich die beiden ja spinnefeind waren! Aber auch das ist eine Theorie, die verträgt das laute Schnaufen noch nicht! Immerhin, ich freue mich heute richtig darauf, in die Direktion zu kommen!« Horst erhob sich vom Frühstückstisch und drückte Claudia einen dikken Kuss auf die Wange. »Also dann, mach's gut! Bis heute Abend!« Er nahm den Autoschlüssel von der Kommode und verließ das Haus. Der Tag versprach spannend zu verlaufen.

*

»Und? Was hat sich neues getan?« Claudia kam Horst schon im Hausflur entgegen und wischte sich die vom Spülen nassen Hände an ihrer Jeans ab. »Habt ihr an die Sache einen Knopf dranmachen können?«

»Ihr ist gut!«, brummte Horst sichtlich unzufrieden und ließ die Autoschlüssel auf die Kommode fallen. »Ich habe mit dem Fall ja leider nichts zu tun, obwohl ich mich angeboten habe!«

»Wie, damit nichts zu tun? Die haben dich doch sicherlich informiert, die Kollegen!«

»Ja schon, aber ich wäre halt wirklich gern auch mit dabei bei den Ermittlungen! Aber der Alte läßt mich nicht!« Wütend hieb Horst mit der Faust auf den Küchentisch. »Da sülzen sie einem das ganze Jahr so etwas vor von Ressort übergreifender Zusammenarbeit und dann, wenn du dich anbietest, dann heißt es ›nein danke‹!«

»Aber du hast doch in dem Bereich wahrscheinlich am meisten Ahnung in der ganzen Direktion!« Claudia wollte es nicht glauben.

»Ahnung! Pah! Seit wann interessiert bei uns Sachverstand!« Horst klatschte ärgerlich die Hände zusammen. »Nein, nein. Seit der Zimmermann bei uns das Sagen hat, kriege ich keinen Fuß mehr auf den Boden! Der hat ganz sicher den Auftrag von seinen schwarzen Brüdern, mich kaltzustellen, und das gelingt ihm ja auch bestens! Ich habe mich den Kollegen angeboten und die hätten mich auch gerne dabei, wie sie sagen, aber der Ede hat uns einen Strich durch die Rechnung gemacht!« Ede war der Spitzname, mit dem die Kommissare ihren seit ein paar Wochen amtierenden neuen Vorgesetzten in der Polizeidirektion bedacht hatten. Aller interner Protest gegen die Ernennung des unbeliebten Scharfmachers, der bis dahin stellvertretender Chef bei der Polizeidirektion Ludwigsburg gewesen war, hatte nichts genützt. Als der beliebte liberale Kriminalrat der PD Heilbronn in Ruhestand gegangen war, hatte man nicht im Traum daran gedacht, dass vom Innenministerium nun ein derart eisiger Wind in Richtung Heilbronn wehen würde. Ganz eindeutig, die Jungs von der harten Truppe hatten hierbei die Hände im Spiel gehabt und den neuen Boss durchgedrückt. Gleich in den ersten Tagen von dessen Amtszeit war Horst heftig mit ihm zusammengerasselt. »Ich solle ihm ja nicht mit der Mordtheorie von Kaltenberg kommen. Da seien wir ja eh schon der Spott von ganz Bayern und außerdem solle ich mich im Gegenteil viel lieber um mein Disziplinarverfahren kümmern, das mir demnächst blühen würde, hat das Arschloch gemeint. Als wenn so was wichtiger wäre als konkrete Ermittlungsergebnisse!«

»Grausam! Da gebe ich dir Recht!« Claudia stellte sich hinter ihren frustriert am Tisch hockenden Mann und massierte ihm die Schultern. »Aber wie ich dich kenne, weißt du trotzdem, was du wissen wolltest!«

»Natürlich, ist ja klar! Die Kollegen haben mir alles gesagt! Aber mir stinkt halt, dass ich das wieder nur so unter dem Tisch erfahren kann und dass ich wieder Verstecken spielen muss! Warum geht das nicht offen und ehrlich!« Wieder hieb er wütend mit der Faust auf den Tisch.

»Unser Küchentisch kann sicher nichts dafür!« Claudia drückte ihre Wange an Horsts Backe und umschlang ihn innig. »Nun schnauf mal ganz langsam durch und dann erzählst du mir, was Sache ist! Der Depp ist nämlich diese ganze Aufregung nicht wert, oder?«

»Da hast du auch wieder Recht!« Horst tastete nach Claudias Händen. »Nur das mit dem Durchatmen geht halt schlecht, wenn einem die eigene Ehefrau beinahe den Brustkorb zerquetscht«, grinste er schelmisch.

»Blödmann!« Claudia richtete sich lächelnd auf und versetzte Horst einen zärtlichen Klaps auf den Hinterkopf. »Aber jetzt scheint es dir ja wenigstens wieder besser zu gehen, wenn du schon wieder solche Kommentare absondern kannst! Also, was weißt du inzwischen?«

»Eigentlich nicht viel«, zog Horst die Stirn in Falten. »Irgendwie ist die Geschichte wirklich sonderbar: in mehrerer Hinsicht gleich. Die Kollegen sagen, dass auch die Familie Ehrenberger, also die Frau und die beiden Kinder von dem verschwundenen Kellereitechniker, äußerst beunruhigt ist. Die würden einen absolut glaubwürdigen Eindruck vermitteln, die sind wirklich fix und fertig mit den Nerven. Sie scheinen überhaupt keine Ahnung von dem Ganzen zu haben, der Ehrenberger ist wirklich Hals über Kopf verschwunden, ohne Ankündigung, ohne Spuren zu hinterlassen! Noch nicht einmal mitgenommen hat er was von zuhause, sagt seine Frau! Und dann überleg mal, es ist Ende Oktober: Hochbetrieb in den Kellern! Also wenn da einer einfach so verschwindet ...«

»Hmm, schon komisch!« Claudia rieb sich nachdenklich die Nase. »Also entweder sind das dann ganz gute Schauspieler oder der Lörcher und sein Techniker haben das wirklich ganz allein gedeichselt! Respekt!«

»Scheint schon irgendwie so gewesen zu sein! Das kann ja fast kein Zufall mehr sein, dass der Ehrenberger und das Kellerbuch da über Nacht einfach so verschwinden, zufällig einen halben Tag, bevor die Durchsuchung durch die Staatsanwaltschaft vorgenommen wird.«

»Genau! Das heißt dann aber auch, dass da jemand bei euch rechtzeitig noch einen Tipp rübergeschickt hat, oder?«

Horst wiegte nachdenklich den Kopf. »Möglich! Da gibt es sicherlich die merkwürdigsten Verbindungen, vorstellbar wäre irgendein Spross einer alten Heilbronner Wengertersfamilie, der mit dem Lörcher noch über 25 Ecken herum verwandt ist, beispielsweise. Doch trotzdem spricht das den Ehrenberger auch nicht frei – im Gegenteil! Das ist ja wie ein Schuldanerkenntnis: erst einen Tipp zu bekommen und dann in einer Nacht- und Nebelaktion mit dem Kellerbuch zu türmen, von daher ist die Sache eindeutig!«

»Ganz schön clever, die Beiden!« Claudia nickte anerkennend. »Denn wenn der Ehrenberger samt den Unterlagen auf und davon ist, dann kann der Lörcher seelenruhig die ganze Schuld auf seinen Mitarbeiter schieben und so tun, als habe er von nichts gewusst ...«

»... nur glaubt ihm das keiner! Das kann nicht sein, das ist unmöglich!«, wehrte Horst entschieden ab.

»Möglich oder nicht möglich! Was euch fehlt, das sind Beweise! Und die sind ja in Form der Unterlagen zusammen mit dem angeblich Hauptschuldigen verschwunden! Du weißt doch, was das heißt: Im Zweifel für den Angeklagten. Das wird dir jeder Anwalt genüsslich aufs Butterbrot schmieren, wenn ihr dem Lörcher direkt ans Leder wolltet. Das wird nicht einfach werden!« Claudia lehnte sich auf ihrem Stuhl zurück und runzelte nachdenklich die Stirn.

Horst atmete einmal tief durch, bevor er den Gesprächsfaden wieder aufnahm. »Stimmt schon! Du hast ja Recht! Der Lörcher sieht sich als das Opfer von gezielten Intrigen aus der Branche, das ist klar und darauf hebt er auch überdeutlich ab. Was in diesem Zusammenhang übrigens merkwürdig ist, die Kollegen haben, sagen sie, tatsächlich nur ein paar Flaschen von diesem angeblichen italienischen Pinot Grigio gefunden. Es handelt sich zwar mit ziemlicher Sicherheit tatsächlich nur um billigen badischen Tafelwein, den sie beim Lörcher schnell mal mit einem schönen Etikett veredelt haben, aber merkwürdig ist das schon, dass da nur ein paar Flaschen vorhanden waren, findest du nicht?«

»Was soll daran merkwürdig sein?«, zuckte Claudia die Schultern. »Der hat halt bereits alles verkauft, und deshalb ist sein Lager jetzt leer, so einfach ist das!«

»Nein, ganz so einfach ist es eben nicht!«, machte Horst eine abwehrende Handbewegung. »Der Lörcher hat diesen Pinot Grigio nämlich erst seit vorletzter Woche auf seiner neuen Weinliste. Das kann gar nicht sein, dass der damit schon ausverkauft ist, unmöglich!«

»Und was sagt er selber dazu? Deine Kollegen haben ihm das doch sicherlich längst vorgehalten! Was meint er?«

»Der! Ha! Was soll der schon sagen!« Horst breitete in einer hilflosen Geste die Arme aus. »Der weiß natürlich wieder mal von gar nichts und ist so unschuldig wie ein frischgeborenes Lamm! Er habe noch gar keinen Wein von dieser Charge da gehabt, der werde erst geliefert, hat er behauptet. Außerdem habe er jetzt gerade genug damit zu tun, das Lesegut zu verarbeiten, da könnten wir ihm seinen Keller jetzt sowieso nicht einfach zumachen! Das sei eine Katastrophe, so ein Polizeieinsatz um solch eine Jahreszeit. Und der Artikel, um den es geht, der stehe jetzt erst mal als Service auf der Preisliste, geordert werde dann später! Nicht mal zum Probieren für die Kundschaft habe er Flaschen aus Italien bekommen, sagt er!«

»Da waren doch aber welche, hast du doch grade eben gesagt!«

»Genau!« Horst nickte heftig. »Da behauptet der, er wisse von nichts! Also ich sage dir, das ist schon eine blödsinnige Geschichte, ich frage mich nur, wie lange der bei diesen ganzen Abstrusitäten bleiben will. Da steht Wein auf der Preisliste, den es gar nicht gibt, dann findet man Wein bei ihm, den es folglich also gibt, aber so gar nicht geben darf. Das verstehe, wer will ...«

»Dreh- und Angelpunkt ist der Ehrenberger, eindeutig! Den müsst ihr kriegen, dann habt ihr den Beweis!«

»Exakt! Ich denke, das ist auch nur eine Frage der Zeit. Der Mann hat schließlich Familie, und ich kann mir nicht denken, dass eine professionelle Organisation hinter ihm steht, die seine Flucht organisiert hat! Das war eine Nacht- und Nebelaktion. Die Kollegen haben ihn bereits zur Fahndung ausgeschrieben, falls er sich vor lauter Heimweh nicht bald schon freiwillig stellt ...« Horst verschränkte die Arme hinter dem Kopf. »Wir brauchen also nur zu warten, dann wird sich das Netz um den Lörcher von ganz alleine zusammenziehen, du wirst schon sehen ...«

Claudias Miene signalisierte ihre Skepsis. »Na, sei dir da mal nicht zu sicher! Schließlich ist ja Italien mit im Spiel. Und wenn da je die Mafia die Hände mit drin hat, dann ist die Flucht eben doch professionell über die Bühne gegangen und der Ehrenberger hockt längst irgendwo in Palermo oder sonst wo in Italien!«

»Jetzt mach aber mal halblang«, lachte Horst kopfschüttelnd. »Wohl zu viel Krimis in letzter Zeit gesehen, was? Womöglich taucht jetzt gleich noch irgendwo der Pate auf und dann gibt's einen Bandenkrieg – wegen ein paar hundert Litern Wein im Heilbronner Süden! Also wirklich!«

»Abwarten!« Claudia verzog angesichts der Reaktion ihres Mannes beleidigt das Gesicht. »Es wäre nicht das erste Mal, dass ich doch Recht behalten hätte ...« Sie machte eine kurze Pause, bevor sie die nächste Frage stellte. »So, das ist das eine! Was aber ist mit dem Mord in Kaltenberg? Hat das jetzt etwas damit zu tun, oder nicht? Bist du da weitergekommen? Wahrscheinlich nicht, oder?«

Horst schaute zerknirscht zum Himmel. »Nichts, überhaupt nichts! Da kannst du recherchieren und Fragen stellen, in welche Richtung auch immer, mehr als ein mitleidiger Blick von den Kollegen kommt leider nie dabei heraus! Ich glaube ja zwar nicht daran, dass Protnik mit seiner Theorie von der rechten Szene auf der richtigen Fährte ist, aber mehr als Vermutungen, dass es dabei um Auseinandersetzungen in der Weinbauszene geht, kann ich schließlich auch noch nicht bieten!«

»Aber du willst doch nicht etwa aufgeben, oder?«

Horst zuckte resigniert die Achseln. »Aufgeben? Nein! Aber wo weiter machen, das ist momentan die Frage! Ich weiß einfach nicht, wo ich den Hebel ansetzen soll!«

»Kommt Zeit, kommt Rat, wart nur ab.« Claudia hatte sich erhoben und klatschte unternehmungslustig in die Hände. »Weißt du was, jetzt geh ich in den Keller und hole uns eine gute Flasche Lemberger, einverstanden?«

»Was für ein wunderbarer Vorschlag!« Horst schnalzte genießerisch mit der Zunge und lehnte sich erwartungsvoll zurück.

Kapitel X

»Horst! Der Michael ist am Telefon!« Claudia streckte ihrem gemütlich auf dem Wohnzimmersofa liegenden Mann das Telefon entgegen. »Der sagt, ihr hättet für übernächstes Wochenende etwas ausgemacht?«

»Stimmt! Geht aber nicht!« Horst richtete sich auf und streckte die Hand aus. »Komm, gib mal her, ich sage es ihm selber!« Damit nahm er das Mobilteil des Telefons in Empfang. Er hatte den Hörer noch nicht richtig an die Ohren gelegt, da donnerte es ihm auch schon entgegen.

»Was geht schon wieder nicht? Jetzt mach du bloß keinen Rückzieher, du hast es mir schließlich versprochen! Und versprochen ist versprochen, sagst du doch selber immer!« Protnik war schon jetzt der Vorwurf in Person, obwohl der Kerl doch gar nicht wusste, was Horst dazu veranlasst hatte, ihre gemeinsame Wochenendplanung über den Haufen zu werfen!

»Sputnik! Jetzt halt doch erst mal die Luft an«, lachte Horst in das Telefon. »Warte doch erst mal ab, was ich dir zu sagen habe!«

Doch der Freund und Kollege am anderen Ende der Leitung hatte ganz offensichtlich bereits auf Entrüstung geschaltet. »Abwarten? Ich? Ich bin doch derjenige, der bei dir anruft und dann von Dritten erfahren muss, dass du unsere Abmachung platzen lässt! Du hast es doch nicht einmal für nötig befunden, bei mir anzurufen!«

Horst hielt den Hörer grinsend einen halben Meter vom Ohr entfernt und schickte Claudia einen vielsagenden Blick hinüber. Nach einiger Zeit geriet die Tonflut hörbar ins Stocken, das ärgerliche Gequake aus dem Telefon war beinahe gänzlich abgeebbt und war anscheinend schierer Verwirrung gewichen. »Hallo ... hallo ... ist denn da niemand mehr am Apparat ... hallo?«

»Schon gut, Sputnik, ich bin noch dran!«, beschwichtigte Horst den anderen, als er es wagte, den Hörer wieder in die gewohnte Telefonierposition zu bringen. »Ich habe bloß keine Lust, mir das Trommelfell zu ruinieren, bei deiner Vorwurfsorgie!«

»Also, das ist doch das Allerletzte!«, schon wieder war die beleidigte Leberwurst in Ulm anscheinend drauf und dran, raketengleich durchzustarten.

»Protnik!«, bellte nun auch Horst in das Telefon. »Jetzt ist aber wirklich genug, sonst lege ich auf!«

Die Drohung wirkte Wunder. Augenblicklich verstummte der andere, beinahe zumindest. »Ich sag ja schon nichts mehr, ich sag überhaupt nichts mehr ...«

»Jetzt übertreib nicht gleich wieder!« Vielsagend tippte sich Horst an die Stirn. »Also, pass auf, es ist nämlich folgendermaßen: Ich gehe zwar am nächsten Wochenende zum Weingipfel, aber dienstlich und nicht privat ...«

Bevor er weitersprechen konnte, schoss, wie auf ein fiktives Stichwort, urplötzlich das Leben in den zerknirschten Protnik zurück. »Na ist doch prima! Dienstlich! Noch besser! Dann sparen wir schon das Eintrittsgeld!«, donnerte es begeistert aus der Leitung.

Es war nicht zu fassen! Wie der Kerl aber auch immer in Windeseile auf seine abstrusen Schlussfolgerungen kam! »Langsam, Michael, ganz langsam! Ich sage doch dienstlich! Ich soll da das Landeskriminalamt bei einer Recherche unterstützen! Da geht es um Weinpanscherei im großen Stil, international, und da soll ich ein paar von den Kollegen auf die Sprünge helfen, weil doch beim Weingipfel die meisten von unseren Spitzenweingütern auf einem Fleck versammelt sind!«

»Eben! Deswegen wollten wir doch dort hin!« Für Protnik schien die Sache immer noch glasklar zu sein. Doch plötzlich schien er zu stutzen. »Aber wieso denn du? Hat es da Mord und Totschlag gegeben, haben sie deine Mordthese von Kaltenberg jetzt doch endlich gefressen, oder wie? Und wieso hast du mir das dann nicht gleich ...«

»Gemach, gemach!«, unterbrach ihn Horst energisch, bevor der Kollege ein weiteres Mal beleidigt durchstarten konnte. »Weder noch! Ich bin ganz einfach dazu verdonnert worden, kollegiale Hilfestellung zu leisten, so ist das! Du kannst dich doch noch an diese blödsinnige Auseinandersetzung erinnern, weshalb mir der Kollege da ein Disziplinarverfahren an den Hals hängen wollte!«

»Ja und? Verdient hättest du es ja!« Die Kanaille konnte aber auch wirklich keine Tretmine auslassen!

»Ha, ha! Selten so gelacht! Aber ich sage dir, das war gar nicht mehr zum Lachen in der letzten Zeit! Da hat es wirklich alles gebraucht, denn der Ede, der hätte mich wirklich gern wegen diesem Mist am Kragen gepackt. Also, wenn der Personalrat da nicht so einwandfrei hinter mir gestanden wäre ... Auf jeden Fall, sozusagen zur Wiedergutmachung, soll ich jetzt mein freies Wochenende opfern und den Freunden vom LKA beim Thema Wein auf die Sprünge helfen. Ein bisschen nachgeben solle ich halt, hat der Personalrat gemeint, und wenn ich als Weinexperte, als der ich selbst in Heilbronn gelte, da statt freier Tage auf dem Weingipfel Dienst schieben müsse, dann sei die Strafe ja nicht allzu hart! Gut, das habe ich eingesehen, und das ist der Grund, weshalb ich nicht mit dir dorthin kann! Habe ich selbst übrigens erst gestern erfahren, ehrlich!«

»Soso! Die Botschaft, die vernehm ich wohl, aber glauben tu ich was anderes, oder so ähnlich!« Da schau her, Protnik bemühte sich seit Neuestem, rudimentäre Reste von Allgemeinbildung zu versprühen! Unglaublich der Kerl! »Aber wieso soll ich denn dann nicht trotzdem mitkommen? Du wolltest mich doch ohnehin in Sachen Wein weiterbilden, und wenn du es jetzt mit den Typen vom LKA eh schon tust ... Da kommt's doch auf einen mehr oder weniger sicher nicht an ...«

Wieso eigentlich nicht? Protnik hatte so Unrecht auch wieder nicht! »Na ja, es kommen nur zwei von denen, also gut: dann schließt du dich halt an, einverstanden!«

»Na bitte! Man muss nur mit den Leuten reden!« Protnik war Feuer und Flamme. »Und das mit dem Eintritt, wieviel kostet's, sagst du?«

Horst wusste, was gleich kommen würde. »25 Mark waren es letztes Jahr, ich denke, es wird wieder so viel sein!« Wenig genug eigentlich, dachte er im Stillen bei sich, wenn man berücksichtigte, dass der Eintrittspreis (samt Probierglas) dazu berechtigte, sich an den Ständen von sämtlichen 50 württembergischen Spitzenweingütern so oft einschenken zu lassen, wie man wollte. Die ganze Bandbreite der prämierten württembergischen Weingüter rauf- und runterzuprobieren: Herz, was willst du mehr?!

Und da kam sie, die Frage, die sich vorher ja bereits angedeutet hatte: »Also, was meinst du, da komme ich doch dann sicherlich mit euch dienstlich rein, oder?«

Für Horst waren solche Szenen regelmäßig der Beweis, dass es sich bei Protniks Vorfahren tatsächlich – im Gegensatz zu den meisten anderen Russland*deutschen* – tatsächlich um Deutsche handeln musste, genauer gesagt um Schwaben! Um Urschwaben! Horst vermutete den Bereich zwischen Kornwestheim und Ditzingen, wo sie ihm immer am penibelsten vorkamen, und am sparsamsten, um das Wort Geiz in diesem Fall zu vermeiden. Er lachte in den Hörer. »Gut, das werden wir schon hinkriegen! Aber sag bloß nicht, dass ich dich hineingeschleust habe, sonst habe ich schon wieder so ein Ding an der Backe!«

»Ehrenwort! Natürlich nicht! So, gut, dann werde ich das jetzt der Uschi verklickern müssen ...«

Jetzt war es Horst, der seinem Gesprächspartner entschieden ins Wort fiel. »Also, ausgemacht war, dass wir beide allein dorthin gehen! Falls du dich noch daran erinnern kannst!« Nein, bloß nicht schon wieder diese Heimsuchung in Person des Bebele als Besuch bekommen! Sie hatten doch klar und deutlich abgemacht, dass Protnik alleine zum Weingipfel kommen würde. Horst hatte dies seinem Kollegen damit schmackhaft gemacht, dass der in diesem Falle doch schließlich wesentlich mehr zu sich nehmen könne, ganz ohne die ständigen missmutigen Bremsversuche des Bebele.

»Natürlich haben wir das! Ich weiß gar nicht, was du eigentlich immer gegen die arme Uschi hast!«, tönte es Horst beleidigt entgegen. »Ich weiß noch ganz genau, was wir ausgemacht haben! Und ich will doch bloß deshalb an diesem Wochenende mit ihr einen Ausflug machen, als Entschädigung für den Weingipfel, sonst gar nichts! Sie soll euch ja gar nicht zur Last fallen, die arme Uschi!«

Erleichtert atmete Horst durch. »Ist schon gut! Ich hab doch nur gemeint, weil wir selber die ganze Zeit ziemlich stark eingespannt gewesen sind, die ganze Familie. Also gut, alles abgemacht. Wann kommst du?«

Kapitel XI

»Na, das schmeckt aber!« Freudestrahlend zwinkerte Protnik seinem Gegenüber zu und biss mit Herzenslust in seinen Hamburger, während ihm die Soße aus den Mundwinkeln tropfte.

»Wunderbar! Ich kann mir gar nichts Ästhetischeres vorstellen!«, höhnte Horst und warf einen angewiderten Blick auf die zähe weißliche Flüssigkeit, die sich in kürzester Zeit auf dem Tablett vor Protnik angesammelt hatte.

»Das geht halt nicht anders!« Fröhlich griff Protnik zu einer der stapelweise neben ihm liegenden Papierservietten und wischte den Fleck beiseite. Anschließend versenkte er die Serviette in dem großen Pappbecher, aus dem er vorher in Windeseile seine Cola light geschlürft hatte. »Das wäre auch einmal so eine Idee für ›Wetten dass‹: Ich wette, dass es keiner schafft, fünf Big Mac hintereinander zu essen, ohne dass nicht bei jedem ein Salatblatt oder ein Stück Zwiebel herunterfällt oder die Soße wegfließt! Man müsste es halt noch besser ausformulieren als Wette«, sinnierte der Hamburgerfan nachdenklich.

Horst überzeugte das nur wenig. »Du liebe Güte, Sputnik! Das ist für mich der Untergang des Abendlandes, sonst gar nichts! Das ist doch kein Essen, das ist doch eine granatenmäßige Schweinerei ...«

»... eben! Und deshalb eine um so größere Kunst, die langer Übung bedarf, bis man so einen Big Mac ganz ohne zu kleckern vertilgt hat! So gut wie unmöglich, glaube ich! Wäre wirklich keine schlechte Wette! Ich glaube, darüber sollte ich mir mal ernsthafte Gedanken machen!«

Protnik grinste schelmisch. »Ich kann dann ja dich als Wettpaten vorschlagen!«

»Untersteh dich! Dass man so ein Zeug überhaupt essen kann! Und die Pommes! Haben sie die mit Spülwasser gekocht? Das sind doch keine Pommes!«

»Die besten Pommes weit und breit!« Genüsslich nahm sich Protnik mit den Fingern eines der Kartoffelstäbchen und tunkte es in das Ketchup, das er vorher auf eine seiner Servietten gespritzt hatte. Bei Horst bildete sich beim bloßen Anblick des rötlichen Dramas am ganzen Körper eine Gänsehaut. Wie ein Blutbad auf dem Esstisch, durchzuckte ihn ein Gedanke. Er würde aufpassen müssen, dass sein Ekel nicht ernste Konsequenzen nach sich zog!

»Siehst du, so weit ist es schon gekommen. Jetzt haben sie euch da, wo sie euch immer schon haben wollten. Ihr wisst gar nicht mehr, wie lecker richtig gute Pommes frites schmecken! Ihr glaubt schon, Pommes müssten so schmecken, wie dieses Zeugs hier! Und dann auch noch Cola light dazu, brrr!« Wieder konnte Horst beobachten, wie sich die Haare an seinem Unteram aufstellten. Wieso hatte er sich von Protnik nur dazu überreden lassen, hier bei McDonalds noch schnell vor dem Weingipfel einen kurzen Imbiß einzunehmen? Nur, weil der hungrige Protnik spekulierte, dass er auf dem Gipfeltreffen in der »Harmonie« tiefer in die Tasche greifen müsste. Und weil man die beiden Kollegen vom LKA sowieso am Haupteingang der Staatsanwaltschaft treffen wollte! Als Protnik das Fastfood-Restaurant erblickt und gleichzeitig registriert hatte, dass bis zu ihrem Treffen noch fast eine Viertelstunde Zeit übrig war, hatte es für ihn kein Halten mehr gegeben, und

Horst war dem Vielfraß schicksalsergeben hinterhergetrottet.

»Na ja, ich gebe zu, dass der Burgerking die besseren Pommes macht!«, mampfte der Kollege mit vollen Backen. Mit Daumen und Zeigefinger griff er in die nächste Pappschachtel, deren Inhalt aus undefinierbaren dominostein-großen frittierten blassbraunen Würfeln bestand. Bedeutungsvoll hielt er einen der Würfel direkt vor Horsts Nase. »Da, riech mal! Die Chicken Nuggets hier, sensationell! Viel besser als beim Burgerking, wo du noch ständig auf den Knochen rumkauen musst!« Genießerisch tunkte er den braunen Würfel in ein Plastikdöschen mit einer wässrigen Soße und schob sich das Stück anschließend ganz in den Mund. »Sensationell! Willst du nicht auch mal?«, brabbelte er schmatzend.

»Nein danke, mir ist schon schlecht!« Horst konnte kaum den frittierten Hühnerbrei anschauen, ohne dass sich seine Magennerven bemerkbar machten.

»Dann eben nicht!« kommentierte der Sputnik achselzuckend die entschiedene Ablehnung und warf sich die beiden letzten Würfel gleichzeitig hinter die Zähne.

»Unglaublich!«, schüttelte Horst den Kopf. »Und dann bei jedem Lebensmittelskandal wieder hysterisch werden! Wir Deutschen sind schon ein merkwürdiges Volk!«

»Ach was!«, wischte sich Protnik den Mund und gleichzeitig auch die Argumente des Kollegen beiseite. »Wer Big Mac isst, bekommt kein BSE, soviel ist sicher! Alles aus Argentinien nämlich!«

»Oh, heilige Einfalt vom Lande!« Horst faltete die Hände. »Sonst glaubst du doch auch nicht alles! Denk doch nur mal an dieses sogenannte Fleisch. Erst wird alles kurz und klein gehackt, damit man nicht mehr merkt, was so alles drin ist, dann wird's womöglich zentrifugiert, wieder neu geformt und ... ach was. Komm, gehen wir, bevor es mir wirklich schlecht wird!« Er merkte am Kribbeln in der Magengegend deutlich, es wurde Zeit für ihn, zu gehen. Horst erhob sich ruckartig und verließ mit raschen Schritten das Lokal.

*

»Also, ganz so pünktlich hätten wir auch nicht zu sein brauchen! Da bitte, keine Menschenseele weit und breit! Da hätte ich mir glatt noch einen Cheeseburger hinter die Kiemen schieben können!«, maulte Protnik und wischte sich mit einer weiteren Papierserviette den Mund ab, während sie einsam vor dem Haupteingang der Staatsanwaltschaft warteten und nach den beiden für diese Uhrzeit angekündigten Kollegen vom Landeskriminalamt Ausschau hielten.

Die Minuten vergingen, doch niemand näherte sich den wartenden Kommissaren. Ungeduldig blickte Horst zum wiederholten Mal auf seine Armbanduhr. »Also, ich versteh das nicht! Ich habe doch der Sekretärin klipp und klar gesagt, wo wir auf die beiden Kollegen warten! Und es hieß, sie wüssten, wo die Staatsanwaltschaft zu finden ist! Eine Viertelstunde schon über die Zeit drüber!« Kopfschüttelnd patrouillierte er weiterhin vor dem Eingang auf und ab.

»Fünf Minuten noch, einverstanden? Dann gehen wir los!« Gelangweilt gähnend lehnte Protnik an der Hauswand. »Hab ich einen Durst aber auch! Ich brauch jetzt dringend etwas zum Trinken!«

»Kein Wunder, nach der Riesenmenge an gesalzenen Pommes und Hamburgern! Die tun da extra viel Salz rein, damit du mehr von diesem süßen Zeugs da in dich reinschüttest! Und davon kriegst du gleich nochmal so viel Durst! Ganz schön clever, die Jungs!« Spöttisch musterte Horst seinen Kollegen. »Aber nicht, dass du meinst, du könntest beim Gipfeltreffen deinen Durst mit dem Wein löschen, der dort ausgeschenkt wird! Wenn die das merken, dann fliegst du unter Garantie gleich wieder raus!«

»Flüssigkeit ist Flüssigkeit,« murmelte Protnik unwirsch. »Und wenn ich Durst habe, du meine Güte, dann habe ich halt Durst! Siehst du, da haben wir es wieder. Das ist der Vorteil beim Bier. Es schmeckt nicht nur gut, sondern es löscht auch noch den Durst! Und euer Wein dagegen? Da kriegt man höchstens welchen!«

»Es lebe der Unterschied!« Horst hob mit dankbarer Geste die Hände. »Und wenn man dann womöglich noch an einen trockenen gerät, dann ist es vollends passiert, nicht wahr?!«

»Komm, hör auf! Verarschen kann ich mich selber!« Ärgerlich schnippte sich Protnik ein imaginäres Staubkorn vom Ärmel. »Also, was ist jetzt? Das akademische Viertel ist längst vorbei! Lass uns gehen!«

»Ich versteh das nicht! Wieso macht man denn etwas definitiv aus, wenn die sich nicht daran halten?« Ärgerlich vergewisserte sich Horst durch einen neuerlichen Blick auf die Uhr, dass jetzt tatsächlich schon über 20 Minuten ins Land gegangen waren, ohne dass einer der Kollegen aufgetaucht wäre. »Typisch LKA! Immer ganz vorne mit dabei, immer eine Extrawurst gebraten kriegen und dann nie da sein, wo man sein soll!«

Auch Protnik machte aus seinem Herzen keine Mördergrube. »Exakt meiner Meinung! Wenn ich denke, was ich mit diesen Brüdern schon alles für Schwierigkeiten gehabt habe! Na ja, kein Wunder andererseits, wenn man sieht, wer da alles so landet!«

»Also komm!« Horst machte eine entschiedene Kopfbewegung hin zur Straße. »Wir schlendern jetzt ganz langsam in Richtung ›Harmonie‹ und schauen uns ab und zu um, vielleicht kriegen wir sie dann ja doch noch zu Gesicht! Und wenn nicht, dann machen wir kräftig einen drauf! Versprochen!«

Er streckte den Arm aus und präsentierte Protnik seine flache nach oben gewendete Hand. Der verstand sofort und schlug krachend ein. »Na bitte! Alles wird gut! So wird's gemacht! Und in der Zwischenzeit erzählst du mir mal ganz genau, was du den Typen eigentlich zeigen sollst und was denn nun das Besondere an diesem Weingipfel sein soll!«

»Also, das Erste ist ganz einfach: Ich soll denen mal die verschiedenen Weingüter zeigen und beim einen oder anderen erklären, was ich über die Weine weiß. Es ist nämlich so. Hier in Heilbronn in der ›Harmonie‹, da präsentieren sich die 50 besten Weingüter aus dem Bereich des württembergischen Weinbauverbands! Alle auf einem Haufen sozusagen, alle in seltener Eintracht nebeneinander. Und bei allen kannst du, das ist wirklich das Tolle an der Geschichte, nacheinander probieren. Da hast du dann also wirklich den direkten Vergleich und kannst sagen, welcher Wein dir von welchem Weingut tatsächlich am besten schmeckt! Und das Ganze nennt sich dann eben ›Gipfeltreffen des Württembergers‹ – in aller schwäbischen Unbescheidenheit!«

»Aha!« Protnik schien in der Tat beeindruckt und pfiff bedeutungsvoll durch die Zähne. »Mein lieber Scholli! Die 50 besten Weingüter von Württemberg ...«

»Na ja! Wenn man's bei Tageslicht betrachtet, dann handelt es sich eher um die 50 meistprämierten«, warf Horst dazwischen.

Irritiert blieb Protnik stehen. »Wo ist da denn der Unterschied? Das ist doch schließlich dasselbe, oder?«

»Nein, nicht ganz!« Horst wiegte nachdenklich den Kopf. »Die Meistprämierten müssen nämlich nicht unbedingt die Besten sein. Können sein, ja, aber müssen nicht unbedingt!«

»Aha!« Aber diesmal hatte Protnik rein gar nichts verstanden. Verständnislos glotzte er seinen Kollegen an. »Tut mir leid, aber in Philosophie war ich nie besonders fit!«

»Schon in Ordnung«, lachte Horst. »Ich gebe ja zu, für einen Außenstehenden ist das alles auch weiß Gott nicht einfach zu durchblicken. Also, Tatsache ist, dass es vor Jahren schon einmal heftige Eruptionen im württembergischen Weinbau gegeben hat und dass damals einige von den ambitioniertesten Weingütern aus der Landesweinprämierung ausgestiegen sind. Die haben sich dann teilweise in anderen Verbänden zusammengeschlossen, Verband der Prädikatsweingüter und so. Die sagen praktisch schon auf ihrem Etikett, dass jeder, der dort als Mitglied aufgenommen wird, für einen gewissen, natürlich hohen, Qualitätsstandard bürgt. Und die, die machen eben nicht mehr bei der Weinprämierung mit, werden deshalb logischerweise dort auch nicht ausgezeichnet und können folglich auch nicht beim Gipfeltreffen dabei sein, denn da werden nur, aber ›nur‹ in Anführungszeichen, die 50 Besten von der Landesweinprämierung präsentiert. So ist das nämlich!«

»Und da soll ein Mensch noch durchblicken! Jetzt dämmert mir allmählich, wo das Problem liegt im Weinbau: diese tausend verschiedenen Begriffe, Preise und Vereinigungen! Siehst du«, Protnik breitete bei seinem Resümee die Arme aus und nickte Horst vielsagend zu. »So was gibt es sonst nirgendwo: nicht in Frankreich, nicht in Spanien und schon gar nicht in Italien! Da liegt der Hase im Pfeffer! Soll ich dir einmal sagen, was ich als Verbraucher ...«

»Bitte nicht!«, wurde er von einem in diesem Moment laut aufstöhnenden Horst Meyer unterbrochen. »Bitte lass diesen Kelch an mir vorübergehen!«

»Was habe ich denn jetzt schon wieder falsch gemacht? Warum soll ich dir denn nicht verklickern, wie ich ...« Doch im selben Moment, als er mit seinem Blick Horsts nach vorne ausgestrecktem Arm folgte, hatte Protnik verstanden. »Nein! Das darf ja wohl nicht wahr sein! Horst, schüttle mich! Ich fürchte, ich habe Halluzinationen!«

Doch das Einzige, was Horst schüttelte, war sein Kopf. »Ich fürchte, du siehst klar und deutlich dasselbe, was ich auch sehe!« Er fuhr sich mit der Rechten über die Augen, wie um einen Schleier von sich zu wischen, doch das Bild blieb auch danach dasselbe. Da stand er also: Alfred Unterhauser, Kriminaldirektor im Stuttgarter Landeskriminalamt. Unterhauser in voller Lebensgröße! Ihr ehemaliger Chef bei der Ulmer Mordkommission, der es durch rücksichtslosen Ellbogeneinsatz verbunden mit einer lupenreinen und linientreuen Parteimitgliedschaft in atemberaubendem Tempo geschafft hatte, eine Karrierestufe nach der anderen zu erklimmen. Von tiefer gehendem Sachverstand weitgehend unbehelligt war er so bis ins Landeskriminalamt vorgedrungen und bekleidete mittlerweile den Rang eines Kriminaldirektors. Den einzig positiven Effekt bei der atemberaubenden Karriere ihres Vorgesetzten hatten Horst und Protnik damals darin gesehen, dass sie den Kerl damit vom Hals bekommen hatten. Doch immer wieder hatte er in den letzten Jahren ihre Bahnen gekreuzt, und es gab kein einziges Zusammentreffen mit dem LKA-Mann, das die beiden in guter Erinnerung behalten hätten.

Protnik blies die Backen auf und stieß langsam die Luft aus. »Na, herzlichen Glückwunsch! Das wird ja ein lustiger Nachmittag werden! Ich fürchte nämlich, das ist der, auf den wir schon die ganze Zeit über warten!«

»Bloß das nicht!« Doch auch Horst war klar, dass es sich bei der Gestalt im beigen Trenchcoat, die allem Anschein nach erregt mit dem Handy am Ohr telefonierend vor dem Portal der »Harmonie« auf- und abmarschierte, weder um eine Fata Morgana, noch um einen Zufall handeln konnte.

»Wetten, dass doch«, knurrte Protnik mit zusammengebissenen Zähnen.

Im selben Moment hatte sie Unterhauser bemerkt. Er blieb abrupt stehen, bellte noch einen letzten kurzen Befehl in sein Handy und stemmte die Hände in die Hüften. Mit zusammengekniffenen Augen musterte er die beiden Neuankömmlinge. »Aha!« Das klang gerade so, als habe er einen lang gesuchten Gewaltverbrecher dingfest gemacht! »Da sind Sie ja endlich! Wo um alles in der Welt haben Sie denn die ganze Zeit gesteckt?«

»Also erst einmal guten Tag, Herr Unterhauser!« Horst bot dem anderen die Hand, die der Direktor jedoch geflissentlich übersah. »Na, dann eben nicht«, brummelte Horst missvergnügt und wappnete sich endgültig für einen alles andere als vergnügungssteuerpflichtigen Nachmittag. »Dann halt anders herum!« Er baute sich kerzengerade vor Unterhauser auf und deutete in die Richtung, aus der sie gekommen waren. »Dort drüben, bei der Staatsanwaltschaft, haben wir über 20 Minuten lang auf Sie gewartet, Herr Unterhauser! Um 15 Uhr hätten wir uns dort treffen sollen, so war es ausgemacht!«

Unwillig schnaubte der Mann vom LKA durch die Nase. »Staatsanwaltschaft!« Es klang aus seinem Munde, als ob das Wort an sich schon etwas Giftiges wäre. »Wer redet denn von der Staatsanwaltschaft meine Herren! Hier«, er deutete mit strengem Gesichtsausdruck auf den Eingang der Heilbronner Festhalle. »Hier, direkt vor Ort sollten wir uns um 15 Uhr treffen. 15 Uhr null null, wohlgemerkt!«, meinte das Aas noch hinzufügen zu müssen.

»Also, ich habe das ganz anders im Hinterkopf. Und schließlich habe ich ja meiner Sekretärin direkt den Vorschlag gemacht, dass sie den Treffpunkt Staatsanwaltschaft vereinbart. Was sie mir dann auch bestätigt hat. Außerdem war da die Rede von zwei Herren vom LKA, der Leiter der Ermittlungen hieß allerdings Bacher, und nicht Unterhauser! Irgendetwas scheint da wohl bei Ihnen durcheinander gekommen zu sein! Wer weiß«, Horst hob verlegen grinsend die Hände, »vielleicht sind ja gar nicht wir miteinander verabredet, vielleicht warten Sie ja auf einen unserer Kollegen und wir dagegen, wir haben tatsächlich ein ganz anderes Zusammentreffen, nämlich doch noch mit dem Kommissar Bacher vom LKA!«

»Hat sich was mit anderem Zusammentreffen!« Unterhauser spuckte verächtlich vor sich auf den Boden – eine Ungezogenheit, die Horst früher regelmäßig zur Weißglut getrieben hatte. »Der Bacher ist krank geworden und ich bin für ihn eingesprungen. Eigentlich wollte ich ja gar nicht mit, obwohl ich die Ermittlungen leite.« Bei diesem Eingeständnis blickten sich die beiden Kommissare vielsagend in die Augen. Typisch Unterhauser, die anderen mutterseelenallein die Drecksarbeit machen zu lassen, aber offiziell die Ermittlungen zu leiten und hinterher die Lorbeeren abzukassieren! »Nun ja, was macht man nicht alles als verantwortungsbewusster Kriminaldirektor«, seufzte der Faulenzer Mitleid erregend. »Nun bin ich eben alleine hier, und schon werde ich von Ihnen versetzt, Meyer!«

»Lassen wir das lieber, Herr Unterhauser!« Es hatte keinen Zweck, sich auf eine Auseinandersetzung mit dem Typen einzulassen, gestand Horst sich zähneknirschend ein. Also dann, Augen zu und durch! »Wie kann ich Ihnen denn nun konkret behilflich sein? Worum geht es denn nun ganz genau?«

»Wie immer, wenn ich mit von der Partie bin, um organisierte Kriminalität, in großem Stil natürlich!«, warf sich der Angeber in die Brust. »Da ist kürzlich ja ein Weingut im Badischen aufgeflogen, das in großem Stil billigen Tafelwein zu italienischem Spitzenwein umdeklariert hat. Jahrelang ist das anscheinend schon vermutet worden und jetzt haben wir vor einigen Wochen zugegriffen. Da ist dann herausgekommen, dass die Mafia die Hände kräftig mit im Spiel hat und dass sie genau dasselbe Spiel nun auch in Württemberg betreibt. Ja, und als dann neulich dieser Mensch mit seiner ›Allianz der Sterne‹ ins Zwielicht geraten ist, da haben wir einen ersten Anhaltspunkt gefunden, um zu ermitteln. Obwohl ja immer noch nichts wirklich Habhaftes dabei war. Und der Weinbautechniker, wie hieß er noch gleich ...«

»Ehrenberger«, kam Horst ihm zu Hilfe.

»Richtig, der Ehrenberger! Der ist ja immer noch flüchtig! Und deshalb haben wir uns dazu entschlossen, einmal direkt in Heilbronn bei dieser wunderbaren Gelegenheit zu ermitteln. Deshalb hat der Kollege Bacher auch um Hilfestellung durch einen Weinexperten gebeten. Wenn ich freilich geahnt hätte, um wen es sich dabei handelt ...« Unterhauser machte eine kurze Pause, während ein boshaftes Lächeln um seine Mundwinkel spielte. Dann jedoch kniff er mit einem Mal kritisch die Augen zusammen und fixierte Protnik misstrauisch. »Aber was tun eigentlich Sie hier, Protnik? Sagen Sie bloß, Sie sind jetzt auch in Heilbronn gelandet!«

»Schön wär's«, seufzte der so Angesprochene. »Aber in Wirklichkeit bin ich immer noch in Ulm! Ich habe mich nur für dieses Wochenende mit dem Herrn Meyer zum Weingipfel hier verabredet. Das war schon lange so ausgemacht. Und wo er jetzt sowieso hier sein muss, da haben wir dann beschlossen, dass ich halt gleich mitkomme. Es wird ja wohl keine Ewigkeit dauern, denke ich mal!«

»So, denken Sie!« Unterhauser verschränkte die Arme vor der Brust und wippte mit den Füßen. »Dann denken Sie mal bloß nichts Falsches! Es handelt sich hier nämlich um polizeiliche Ermittlungen, und nicht um irgendein Freizeitvergnügen der weinseligen Art! Und wenn Sie denken, Sie könnten sich da einfach an uns ranhängen wie eine Klette und so den Eintrittspreis sparen, dann haben Sie sich schon mal getäuscht. Hier wird bezahlt, und zwar von jedem!«

»Von jedem? Wieso das denn?«

»Weil ich schließlich nicht jedem Weinbauern gleich zu Beginn meiner Recherchen ins Ohr brüllen muss, dass das LKA in der Szene ermittelt! So einfach ist das! Ich weiß zwar nicht, wie so etwas in Heilbronn gehandhabt wird ...« Unterhauser deutete auf den Eingangsbereich der »Harmonie«, auf den mittlerweile zahlreiche Besucher zustrebten. »Was glauben Sie, das würde sich doch wie ein Lauffeuer herumsprechen, dass ich hier bin!«

»Zugegeben!« Widerwillig musste Horst dem Direktor beipflichten. Er warf Protnik einen bedauernden Blick hinüber und nickte dann in Richtung der Festhalle. »Also gut, dann gehen wir mal! Anschließen wird sich der Kollege Protnik ja wohl dürfen ...«

»Meinetwegen! Solange er uns nicht in die Quere kommt.«

Protnik war drauf und dran, eine scharfe Erwiderung zu formulieren, als im selben Moment ein freudestrahlender Zeitgenosse mit ausgebreiteten Armen auf sie zustürmte. »Ja, der Herr Kommissar! Auch einmal beim Weingipfel zugegen!« Er streckte Horst die Hände entgegen. »Bitte schön, Herr Kommissar! Legen Sie mir die Handschellen an und verhaften Sie mich! Die Polizei, dein Freund und Helfer – allzeit bereit!« Der Mann lachte so laut und dröhnend, dass sich eine ganze Anzahl von verwunderten Besuchern umdrehte und irritiert die Szene betrachtete.

»Na bravo!«, zischte Unterhauser böse. »Da kann ich ja gleich wieder umdrehen!«

»Aber, aber Herr Polizeirat! Ein kleines Späßle werden Sie mir doch nicht übel nehmen, oder? Erst einmal trinken wir jetzt einen, kommen Sie, ich führe Sie zu meinem Stand!« Er zupfte den sichtlich angesäuerten Unterhauser am Ärmel und schubste ihn vor sich her in die bereits jetzt gut gefüllte Halle. Wo hatte Protnik den Mann denn schon einmal gesehen? Er überlegte krampfhaft, doch es wollte ihm nicht einfallen. »Und was ist mit dem Herrn Kommissar und seinem Kollegen? Auf geht's, Freunde, Platz da für die Polizei!«

Das konnte ja heiter werden! Doch sei es, wie es wolle. Zumindest Unterhausers Tarnung war gründlich in die Binsen gegangen! Insgeheim musste Protnik schmunzeln und ein rascher Blick auf Horst zeigte ihm, dass den dieselben Gedanken bewegten.

Vor dem Stand des Weingutes »Rebenhof« blieb der aufgedrehte Mensch stehen. Und jetzt dämmerte es Protnik, um wen es sich bei ihrem Gastgeber handeln musste. Es war niemand anders als Rudolf Daub, der Inhaber des Weingutes, den er im Sommer zusammen mit Horst schon einmal besucht hatte. Du meine Güte, der Kerl hatte aber wirklich ein phänomenales Gedächtnis, wenn er sich noch Monate später an ihn erinnerte.

»So, die Herrschaften, was soll's denn sein? Ach Entschuldigung, ich habe mich bei dem Herrn ja noch gar nicht vorgestellt! Daub mein Name, Rudolf Daub, der Besitzer des bescheidenen Weingutes ›Rebenhof‹. Das ist mein Stand, wenn Sie wissen, was ich meine!« Fröhlich streckte er dem Kriminaldirektor die Hand entgegen. Der drückte die angebotene Rechte unwillig. »Unterhauser, angenehm!«

»So – also, Herr Unterberger! Was darf es sein? Ein Gläschen Winzersekt zur Begrüßung vielleicht, oder ...«

»Unterhauser!«, verbesserte der Gast aus Stuttgart den Weingutbesitzer schon sichtlich angefressen, wie die beiden Kommissare freudig bemerkten.

»Wie meinten Sie so richtig?« Irritiert wandte Daub sich um.

»Unterhauser! So heiße ich! Unterhauser, nicht Unterberger!«, polterte dieser grimmig.

»Ach so, ja, natürlich!« Impulsiv schlug sich Daub mit der flachen Hand an die Stirn. »Unterhauser! Selbstverständlich! Wäre ja auch zu komisch gewesen, Unterberger, gell! Und dazu noch auf einer Weingala wie der unseren! Also dann, gib uns allen erst mal einen Sekt, Marika!« Daub wandte sich an die junge Frau hinter dem großen Holzfass, auf dem wunderschön etikettierte Sektflaschen aufgereiht waren.

Zufrieden lächelnd nahm Daub kurz darauf die vollgefüllten Sektgläser in Empfang und reichte sie seinen mehr oder minder freiwilligen Gästen weiter. »So, bitte schön! Das haben wir uns jetzt verdient! Sehr zum Wohl die Herren!« Er prostete Horst und Protnik zu, dann wandte er sich zu Unterhauser hinüber. »Auf Ihr spezielles Wohl, Herr Unterberger!«

Horst verschluckte sich und schaffte es gerade noch, sein Sektglas auf das Holzfass zu stellen, als ihn der Husten überwältigte. »Ja sag mal Horst, du verträgst wohl gar nichts mehr!« Protnik hieb dem hustenden Kollegen mit seiner dicken Pranke mehrmals kräftig auf den Rücken. Schließlich hob Horst die Hände und keuchte atemlos. »Vielen Dank! Aber du sollst mich nicht erschlagen, Protnik! Ist schon gut«, dennoch hustete er neuerlich. »Es geht schon wieder!« Vorsichtig nahm er das Sektglas wieder in die Hand und ließ die Flüssigkeit langsam in seine vom Husten trockene Kehle rinnen.

»Alles in Ordnung mit Ihnen, Herr Meyer?« Besorgt sah ihm Daub in die Augen. »Das wäre nämlich keine gute Werbung für mich, wenn Sie an meinem Stand einfach so erstickt wären, nicht wahr!« Ein schelmisches Grinsen zuckte über seine Miene.

»Alles in Ordnung! Vielen Dank für Ihre Besorgnis!« Auch Horst grinste nun zurück. »Aber sagen Sie doch mal, bei wem hätte mich denn Ihrer Meinung nach der Schlag treffen dürfen?«

»Da drüben kommt er schon!« Daub nickte mit dem Kinn nach links und Horst verstand sofort, wen der Mann vom Rebenhof damit meinte.

Wenige Augenblicke später baute sich der wie immer gut gekleidete Mitfünfziger vor der Gruppe auf, den Protnik zum ersten Mal beim Weindorf in diesem September gesehen hatte. Der Kommissar aus Ulm wunderte sich allmählich selbst, wie viele Menschen er mittlerweile doch schon in Heilbronn kannte.

»Und die Polizei, dein Freund und Helfer muss natürlich auch wieder herumschnüffeln, logisch!« Mit zornrotem Kopf schleuderte Siegfried Lörcher, der Besitzer des gleichnamigen Weingutes, grußlos seine Bemerkung in die Runde. »Und natürlich wieder beim Rebenhof, ist doch klar! Was hat der schon wieder über mich erzählt? Sag schon, du Drecksack, du elender! Was hast du wieder an Lügen über mich verbreitet?« Er machte einen schnellen Schritt vorwärts und packte den überraschten Daub am Kragen.

»Loslassen! Sofort loslassen!« Horst und Protnik stellten ihre Gläser ab und packten den rasenden Lörcher mit geübtem Griff an den Oberarmen. Nur unter Aufbietung ihrer ganzen Kraft schafften sie es, ihn von Daub zurückzuziehen. Es dauerte eine ganze Weile, bis sie den grauhaarigen Mann unter Kontrolle hatten. Nur langsam gaben sie ihm mehr Bewegungsfreiheit. Rings um sie herum waren die Besucher des Weingipfels kopfschüttelnd stehen geblieben. Um diese Uhrzeit schon der erste Randalierer! Wo doch diese Veranstaltung mehr für Genießer gedacht war, und nicht für Schluckspechte, die aber in immer größerer Zahl hierher kamen, um sich einen preiswerten »Edelrausch« mit den besten Tropfen, wie sie es nannten, zu verpassen. Aber nein, der eine oder andere erkannte den verhinderten Ringkämpfer. Hinter vorgehaltener Hand tuschelten sie den Namen des Weingutbesitzers. Erst die Schlagzeilen in der Zeitung, dann jetzt die Randale auf dem Weingipfel – und sein Stand war in diesem Jahr auch leer geblieben. Ganz eindeutig, der Mann war am Ende!

Mit einer unwirschen Handbewegung schüttelte Lörcher die beiden Kommissare von sich ab. Ein erschreckter Ausruf folgte, unmittelbar danach zersplitterte ein Weinglas klirrend auf dem Boden.

Protnik fluchte: »Sauerei! Was soll denn das?« Hektisch wischte er sich mit der Hand das vom Rotwein nasse Hemd, doch es war zu spät. Durch seine unkontrollierte Bewegung hatte Lörcher einem der seitlich neben ihm stehenden Beobachter der Szenerie das voll gefüllte Rotweinglas aus der Hand geschlagen, dessen Inhalt sich ausgerechnet über Protniks Brust ergossen hatte.

Verlegen fingerte Lörcher ein weißes Taschentuch aus seiner Hose. »Das ... das wollte ich nicht! Das tut mir aber leid!« Schweißperlen standen auf seiner Stirn, während er mit dem Taschentuch versuchte, Protniks Hemd einigermaßen trocken zu tupfen.

»Lassen Sie das doch! Das ist vergebliche Liebesmühe!«, wehrte Protnik ärgerlich ab. »Das Hemd ist versaut, das sieht man doch! Ausgerechnet Rotwein!«

»Tut mir wirklich leid! Ich komme selbstverständlich für den Schaden auf! Ich ...« Der vor wenigen Augenblicken noch tobende Mann stand wie ein Häuflein Elend vor den anderen. Doch bevor er in seiner Entschuldigung fortfahren konnte, wurde er von Daub grob an der Schulter gepackt. »Raus jetzt! Auf der Stelle! Sonst hole ich wirklich die Polizei, das verspreche ich dir!« Damit versetzte er ihm einen kräftigen Schubs. Ohne ein weiteres Wort wankte der Grauhaarige davon.

»Puhh!« Kopfschüttelnd sah ihm Daub hinterher, während er gleichzeitig seinen Hemdkragen glattstrich und die Krawatte zurecht rückte. »So ein Blödmann! Erst panschen und dann anderen Leuten an den Kragen gehen! Hätte er sich vorher überlegt, was er da angerichtet hat! Unglaublich! So, Herr Unterberger«, damit wandte er sich wieder dem Kriminaldirektor zu, der angesichts seines neuerlich falsch ausgesprochenen Nachnamens zusammenzuckte, als habe ihn urplötzlich ein harter Schlag in der Magengrube getroffen. »Auf den Schreck aber sollten wir uns noch einen genehmigen, was meinen Sie!« Ohne die Antwort abzuwarten, drehte er sich zu der Bedienung von vorhin hinüber. »Komm, Marika, jetzt wollen wir was Edles probieren: einen 98er Riesling Spätlese! Was sagen Sie dazu?«

Protnik stupste Horst vorsichtig an. »Ich fürchte, den interessiert gar nicht, was wir sagen!« flüsterte er leise.

Horst nickte und nahm, unfähig zur geringsten Form des Widerstands, sein Glas in Empfang, denn er ahnte, was ihm gleich blühen würde. Es wäre mehr als erstaunlich, wenn ihm der Inhalt seines Glases zusagen würde. Denn Daub, der »Rebenhof« und ein guter Riesling, das waren Begriffe, die sich nach Horsts Meinung gegenseitig geradezu ausschlossen. Aber, nun gut, Augen zu und durch!

»Sehr zum Wohlsein die Herren! Auf Ihr Wohl, Herr Unterberger!«

Allein der Gesichtsausdruck von Unterhauser war es wert, diesen Angriff – und es handelte sich tatsächlich um einen solchen – auf die Geschmacksnerven über sich ergehen zu lassen! Horst prostete Protnik verstohlen grinsend zu. Der hob bedeutungsvoll die Augenbraue und zwinkerte fröhlich zurück.

»So, vielen Dank auch, Herr Daub! Es war ein ausgezeichneter Tropfen! Aber leider müssen wir jetzt weiter!« Mit einer energischen Handbewegung stellte Unterhauser das leere Weinglas auf das Holzfass und winkte seine beiden Begleiter hinter sich her. »Auf Wiedersehen!«

Ohne sich noch einmal umzusehen, bahnte sich Unterhauser einen Weg durch die Menge und blieb erst stehen, als der Stand des Rebenhofs außer Sichtweite gelangt war. »Was für ein Blödmann!«, grollte der Kriminaldirektor ungehalten. »Und das also soll ein Spitzenwein sein? Um den macht man so ein Aufsehen? Den würde ich ja nicht einmal als Essig durchgehen lassen!« Kopfschüttelnd massierte sich Unterhauser die Stirn.

»Na, eigentlich gilt dieser Wein als einer der besten in Württemberg. Sie müssen nur versuchen, ihn richtig zu genießen!« Es war eine regelrechte Augenweide für Horst, den erstaunten Blick des anderen zu genießen, als er voll in die Klamottenkiste der Weindegustation hineingriff. »Allein die goldene Farbe, wie der Wein im Glas funkelt. Dann der zarte Duft nach blühendem Holunder, der einzigartige Geschmack der in die Kehle rinnt und Assoziationen nach einem frühmorgendlichen Gang barfuß über eine Blumenwiese weckt ...« Horst schloss genießerisch die Augen und setzte noch einen drauf. »Man muss das erspüren, erleben, eins werden mit dem Wein im Glas! Ganz nach dem Motto: Wer Augen hat, zu sehen, der sehe ...« Er öffnete langsam die Augenlider. »Das will natürlich erlernt sein, das gebe ich zu! Aber es lohnt sich, es ist der Olymp des Genießens!«

Unterhauser war vollkommen verwirrt darüber, wie er den Vortrag des Kommissars einzuschätzen hatte: War es Wahnsinn, war es der Versuch, ihn auf den Arm zu nehmen, oder handelte es sich etwa tatsächlich um die hohe Kunst des Genießens? Unwillig schüttelte er den Kopf. »Nein, Danke! Da bleibe ich lieber bei meinem Bier, da weiß man wenigstens, woran man ist! Pils bleibt Pils!«

»Das ist es ja eben! Jeder Wein schmeckt anders, entfaltet seine Einzigartigkeit immer wieder von neuem auf den Geschmackspapillen ...« Horst war sich klar darüber, er musste allmählich wieder auf den Boden der Tatsachen zurückkommen. »Aber gut, die Geschmäcker sind halt verschieden, lassen wir es also damit gut sein!«

»Ach, schaut mal, das ist der Stand von dem Lörcher!« Protnik deutete mit dem ausgestreckten Arm auf einen verwaisten Stand, an dem kein Personal, sondern nur einige wenige leere Weinflaschen zu sehen waren. »Allianz der Sterne« stand in großen Lettern auf dem Schild über der Rückwand.

»Der hat sich tatsächlich hierher getraut! Donnerwetter! Und das nach den Schlagzeilen in der Zeitung!« Horst staunte. Hatte Lörcher denn wirklich allen Ernstes geglaubt, sich auf dem Gipfeltreffen präsentieren zu können, als sei nichts gewesen?

»Na ja«, Protnik wiegte nachdenklich den Kopf. »Was soll er schon anderes tun? Er denkt sich halt offenbar, dass es besser ist, den Stier an den Hörnern zu packen und die Flucht nach vorne anzutreten. Besser, als den Kopf in den Sand zu stecken, ist das allemal!«

»Wenn es auch in diesem Fall ganz offensichtlich schief gegangen ist!«, gab Horst zu bedenken. »Anscheinend hat kein Mensch etwas von ihm wissen wollen, deswegen war er vorhin wahrscheinlich auch so sehr in Fahrt! Er hat gemerkt, dass sein Engagement hier für die Katz war, eher kontraproduktiv noch, im Nachhinein, tja und dann ist er eben ausgerastet!«

»Sehe ich genau so!« Protnik pflichtete seinem Kollegen bei. »Ich bin ja gespannt, wie das weiter geht! Aber Dreh- und Angelpunkt ist wohl tatsächlich der Kellereitechniker! Wenn ihr den nicht schnappen könnt, dann wird die Beweisführung tatsächlich schwierig. Haben Sie darüber eigentlich irgendwelche neueren Erkenntnisse, in Richtung Italien beispielsweise?«, wandte er sich nun an Unterhauser.

»Sie wissen aber verdammt gut Bescheid, mehr als Sie eigentlich aus laufenden Ermittlungen wissen dürften!«, setzte er mit einem tadelnden Seitenblick auf Horst noch hinzu.

»Aber Herr Unterhauser, ich bitte Sie! Ein Kollege!« Horst war nicht bereit, diesen Verweis einfach so auf sich sitzen zu lassen.

Unterhauser hob die Hände. »Kommen Sie! Kollege hin oder her! Sie wissen doch fast genauso gut wie ich, welche Wendungen mancher Fall plötzlich nehmen kann.«

»Also, wenn Sie glauben, dass der Kollege Protnik gepanscht hat, dann kann ich Ihnen versprechen, dass Sie auf dem Holzweg sind! Der versteht nämlich – höchstens – soviel vom Wein wie Sie. Auch der ist und bleibt ein unverbesserlicher Biertrinker!« Bevor Unterhauser die scharfe Replik absetzen konnte, die ihm ganz offenbar schon auf der Zunge lag, schob Horst nach. »Also, haben Sie eine Spur in Richtung Italien, was den Ehrenberger betrifft?«

»Natürlich nicht! Wir stehen ja auch erst ganz am Anfang unserer Ermittlungen! Wir wissen nichts!« Die Antwort des Kriminaldirektors war für Horst alles andere als überraschend. Was sollte der denn auch schon wissen, ausgerechnet der. Doch ein solches Eingeständnis seiner völligen Ahnungslosigkeit konnte der natürlich nicht einfach so ohne weiteres im Raum stehen lassen. »Natürlich habe ich bereits eine Theorie, die ich nun Stück für Stück verifizieren werde ...«

Zum Glück für Horst und Protnik kam ihnen genau in diesem Augenblick ein weiteres bekanntes Gesicht entgegen gelaufen und so musste Unterhauser die Fortsetzung seiner Lobeshymne auf die eigenen kriminaltechnischen Fähigkeiten schneller unterbrechen, als ihm das ganz offensichtlich lieb war, das konnte man ihm ansehen.

»Ja, der Herr Meyer! Das ist aber schön, Sie hier zu sehen! Herzlich willkommen!« Fritz Beitinger, der Besitzer des gleichnamigen Weingutes, schüttelte Horst herzlich die Hand. »Grüß Gott, die Herren! Kommen Sie, wir gehen zu meinem Stand hinüber, ich habe da einen köstlichen Tropfen!«

Eher widerwillig folgte der alles andere als begeistert dreinblickende Unterhauser den anderen an den hübsch dekorierten Stand des Weingutes Beitinger. »Das ist einer der besten im ganzen Land!«, raunte Horst mit vor Freude glänzenden Augen den anderen zu, während Beitinger mit zufriedenem Lächeln einen vielversprechenden dunklen Rotwein in die Gläser füllte.

»So, zum Wohl die Herren! Herr Meyer, Herr Protnik, Herr Unterberger!«

Fast hätte sich Horst wieder verschluckt, konnte sich aber gerade noch beherrschen. Auch Protnik versteckte ein breites Grinsen hinter dem Weinglas, während Unterhauser in stummer Resignation die Augen rollte und den Inhalt des Glases dann auf einen Zug in sich hineinschüttete.

Ein leichtes Stirnrunzeln von Beitinger signalisierte Horst, dass der Wengerter den Frevel des Banausen registriert hatte, aber zu höflich war, um den Gast auf sein merkwürdiges Trinkverhalten bei einem solch edlen Tropfen hinzuweisen.

»Fantastisch!« Horst schnalzte anerkennend mit der Zunge. »So etwas findet man selten! Donnerwetter! Kompliment, Herr Beitinger!«

»Danke schön! Aber Sie wissen ja, das Kompliment hätte eigentlich unser Erich Neubauer verdient, mein Kellermeister«, fügte er für die anderen erklärend hinzu. »Aber der ist leider in diesem Sommer bei einem schrecklichen Unfall ums Leben gekommen!«

Für einen Moment herrschte betretenes Schweigen in der Runde. »Ja, wirklich schade um den Mann. Ich meine, als Mensch und als Weinexperte!« Horst nahm einen weiteren Schluck zu sich. Langsam verteilte er den Wein in seinem Mund und ließ ihn anschließend in winzigen Schlukken durch die Kehle rinnen. Er schmatzte genießerisch. »Also wirklich, einer der besten Lemberger, weltweit!«

»Na ja!« Beitinger lächelte milde. »Wollen wir mal nicht übertreiben. Das ist ja auch fast keine Kunst, denn schließlich gibt es Lemberger ja nur bei uns in Schwaben!«

»... und in Österreich als ›Blaufränkischer‹! Und der ist auch nicht ohne!«, setzte Horst hinzu.

»Richtig! Aber wenn er Ihnen schmeckt, dann bin ich zufrieden. Es stimmt aber wirklich, ganz ohne Eigenlob, das ist ein fantastischer Tropfen geworden! Du meine Güte, in welche Regionen hätten wir noch vorstoßen können, der Erich und ich!« Traurig schüttelte Beitinger den Kopf. »Aber, es hat halt nicht sollen sein ...«

»Haben Sie eigentlich inzwischen einen adäquaten Ersatz für den Herrn Neubauer gefunden?«, erkundigte sich Horst interessiert.

Beitinger lachte bitter auf. »Wenn das so einfach wäre! Experten von seinem Kaliber sind dünn gesät! Klar, die Bewerber um seinen Posten rennen mir regelrecht die Türe ein, aber ein Ersatz für den Erich«, er schüttelte wieder den Kopf, »da war bisher keiner dabei! Niemand von denen konnte ihm auch nur im entferntesten das Wasser reichen! Was hat der denn aber auch unbedingt immer diesen Blödsinn mit den Ritterspielen mitmachen müssen. Er könnte noch am Leben sein, wenn er die Finger davon gelassen hätte ...«

Irritiert nahm Horst sein Gegenüber scharf ins Visier: »Wie meinen Sie das?«

»Na, ganz einfach. Wäre er nicht ständig auf diesen Ritterturnieren herumgesprungen, dann wäre ihm auch nichts passiert!« Beitinger hob mit einer hilflosen Geste die Schultern. »Glauben Sie mir, da war auch nicht alles Gold, was glänzt!«

»Heißt das ... wollen Sie damit etwa andeuten, dass ...?« Horst war sprachlos. Eine solche Wendung hatte er absolut nicht erwartet. Das war ja ein Hammer!

Der Wengerter stand mit gerunzelter Stirn vor ihnen und musterte Horst eine Zeit lang nachdenklich. Dann begann er zögernd zu sprechen. »Gar nichts will ich andeuten! Ich möchte damit nur sagen ... ich meine ...« Er rang sichtlich nach Worten. »Es ist nämlich so ... ach was, ich weiß auch nicht, wie ich es sagen soll. Wissen Sie was, lassen wir das doch am besten, es kommt ja eh nichts dabei raus!« Er machte eine wegwerfende Handbewegung und wandte sich zur Seite.

»Nein, nein, Herr Beitinger! So geht das dann auch wieder nicht! Man kann nicht einfach am Apfelbaum schütteln und sich dann wegdrehen, wenn die Äpfel allmählich herunterfallen!« Horst packte den anderen am Arm. »Also, was wollen Sie sagen?«

Beitinger stöhnte leise und verzog säuerlich die Mundwinkel. »Hätte ich doch bloß meinen Mund gehalten! Also gut, meine Herren, aber kommen Sie mit dort hinüber. Da sind wir eher ungestört als hier, wo die Wände Ohren haben. Ich möchte nämlich nicht, dass es hinterher heißt, ich hätte mit falschen Beschuldigungen um mich geworfen!«

Ohne sich darum zu kümmern, ob die anderen ihm folgten, strebte er in eine Ecke der Festhalle, wo das Gedränge nicht so dicht war, wie direkt bei den verschiedenen Weinständen.

»Also, Herr Beitinger, was ist nun?« Horst verlor allmählich die Geduld.

»Wissen Sie«, begann der Weingutbesitzer zögernd. »Meine Theorie verträgt ja das Schnaufen nicht. Aber andererseits weiß ich, dass sich der Erich in der Mittelalterszene auch nicht nur Freunde gemacht hat. Da geht es manchmal ganz schön wild her. Der eine behauptet vom anderen, dass er nur abkassieren wolle oder dass er nicht originalgetreu gewandet sei, und so weiter. Dann mischen da noch die Rechten mit – immer stärker übrigens, je mehr die Polizei aufwacht und im normalen Alltagsleben eher eingreift als früher. Die suchen sich bei den Ritterturnieren dann ihr Schlupfloch und machen halt als alte Germanen oder Fantasy-Ritter dort weiter, wo sie auf der Straße aufgehört haben. Sie müssten mal mitbekommen, was da abgeht, wenn die sich zugedröhnt haben: mein lieber Schwan, ich kann ihnen sagen ...« Beitinger machte eine bedeutungsvolle Pause.

»Da kann ich Ihnen nur zustimmen«, mischte sich Protnik zu Horsts Überraschung in die Unterhaltung ein. »Ich habe da in den letzten Wochen nämlich so nebenbei recherchiert. Da geht wirklich schwer etwas ab in der Szene. Eigentlich müssten da längst die Freunde vom Verfassungsschutz aktiv werden, aber ich fürchte, die wissen noch gar nicht, dass es diese Szene überhaupt gibt!«

Mit dieser Bemerkung handelte er sich einen missbilligenden Blick von Unterhauser ein, ließ sich jedoch nicht beirren. »Nein, es ist doch so! Da läuft etwas am Rande unserer Gesellschaft, von dem viele noch gar keine Ahnung haben! Und das alles unter dem Deckmäntelchen von braver edler Ritterromantik, Burgfräulein, Lagerleben, Zurück-zu-den-Wurzeln-Mythos und so weiter! Das ist das ideale Versteck für diese Typen! Wohlgemerkt«, damit wandte er sich wieder direkt an Horst und Beitinger, »die überwiegende Mehrzahl, ich würde sogar sagen 95 Prozent von all denen, die sich in der Mittelalterszene tummeln, sind völlig normal. Das heißt«, er zuckte mit den Schultern, »so normal, wie man halt sein kann, wenn man als Rittersmann durch das 20. Jahrhundert tappt! Aber was ich damit sagen will, die haben mit der braunen Soße nicht das Geringste zu tun, die werden nur, ohne dass sie es merken, von diesen hirnlosen Idioten als Tarnung benutzt! So ist das nämlich!« Er hielt inne und warf Horst einen sorgenvollen Blick hinüber.

»Ich glaube, Sie haben Recht mit dem, was Sie da sagen«, nickte Beitinger bedächtig. »Genauso ist es mir vorgekommen, wenn der Erich und ich manchmal montags zusammen zu tun hatten. Da war der regelrecht fix und fertig, aber wenn ich ihn gefragt habe, was los war, dann ist er mir meistens ausgewichen. Nur zwei- oder dreimal, als ich ganz genau gewusst habe, dass er wieder auf irgend so einem Turnier oder einem Mittelaltermarkt gewesen ist, da hat er dann zugegeben, dass es irgendwelche Probleme gegeben hat. Besonders diese Typen mit ihren Schottenröcken, die hat er regelrecht gefressen gehabt, mit denen ist er immer wieder aneinandergerasselt!«

»Donnerwetter!«, staunte Horst. »Das ist ja ein richtiger Hammer! Aber wieso erzählen Sie uns das jetzt erst, und wieso haben Sie nicht gleich nach dem angeblichen Unfall gesagt, was Sie wissen?«

»Was ich weiß?« Beitinger lachte trocken. »Sie haben die Antwort doch schon gegeben: Nichts weiß ich! Wissen Sie, wenn ich bei jeder Meinungsverschiedenheit, von der es bei uns in der Weinbaubranche ja auch mehr als genug gibt, jedesmal gleich ein Mordmotiv konstruieren würde, ja, wo kämen wir denn da hin? Nein, nein, da gibt es keine Beweise!« Er schüttelte energisch den Kopf. »Ich habe halt nur in der letzten Zeit immer wieder daran denken müssen! Es tut mir leid, aber ich kann mir halt keinen Reim auf diesen Tod machen! Auf diesen sinnlosen Tod!« Er verstummte und seine Augen begannen wässrig zu glänzen.

»Ich verstehe schon, was Sie meinen, Herr Beitinger!« Horst legte dem traurigen Mann mitfühlend die Hand auf die Schulter. »Dennoch, es wäre besser gewesen, wenn Sie damals eine offizielle Aussage gemacht hätten! Schade, jetzt ist die Akte geschlossen und ich kann mir nicht vorstellen, dass unsere bayrischen Kollegen zu diesem Zeitpunkt wegen so einem Statement das Fass nochmal aufmachen werden! Was meinst du, Michael?«

Doch bevor Protnik antworten konnte, schallte eine laute Stimme an sein Ohr: »Ja, da schau an, ein Geheimgipfel mitten auf dem Gipfeltreffen! Wo gibt's denn so was!« Der nicht mehr ganz nüchtern wirkende Mann ließ seine

Rechte auf Protniks Schulter niederfallen, so dass der alles andere als schmächtige Kommissar leicht in die Knie ging. »Na, Herr Polizist! Nicht mehr so ganz im Training, was?« Rudolf Daub klatschte begeistert in die Hände und lachte dröhnend. »Soso, Kollege Beitinger, du hast die Polizei also zu einer Sondervorführung verhaftet! Auch nicht schlecht!« Wieder lachte er laut, eine Spur zu laut für Horsts empfindliches Hörorgan.

Beitinger kniff unwillig die Augen zusammen. »Ach was, Blödsinn! Wir haben nur eine ruhige Ecke gesucht, bei dem ganzen Trubel hier drinnen!«

»Und das so ganz trocken und ohne Weinglas! Es soll ja schon mal einer verdurstet sein beim Weingipfel?« Daub schüttelte amüsiert den Kopf. »Na komm, du alter Geizkragen, schenk uns mal was Gescheites ein, aber nicht so einen staubtrockenen Semsakrebbsler wie beim letzten Mal!«

Bevor Beitinger zu einer scharfen Erwiderung ansetzen konnte, mischte sich Unterhauser in die Debatte: »Einen was?!«

»Semsakrebbsler!« Wieder lachte Daub dröhnend. »Wissen Sie denn nicht, was das ist, Herr Unterberger? Ein Semsakrebbsler?«

»Unterhauser!«, verbesserte der wieder falsch Angesprochene verdrossen. »Nein, tut mir leid, dieses Wort habe ich noch nie gehört!«

»Dann gehen Sie nur zum Beitinger, dann wissen Sie, was ich meine!« Begeistert klatschte Daub in die Hände.

»Rudolf, es reicht!« Beitinger hatte sich drohend vor dem angesäuselten Kollegen aufgebaut. »Egal wie besoffen du schon bist, aber das mit dem Semsakrebbsler langt jetzt! Verstanden?«

»Schon gut, schon gut!« Beschwichtigend hob Daub die Hände und tat anschließend so, als wenn er damit sein Gesicht vor Beitinger schützen wollte. Dann wandte er sich leise flüsternd an Unterhauser: »Semsakrebbsler: Das ist einfach was Trockenes, Saures! Da zieht es Sie hinterher die glatten Wände hoch, wenn Sie wissen, was ich meine!« Er warf dem Kriminaldirektor einen kumpelhaft-vielsagenden Blick zu. Der wusste zwar nicht, was gemeint war, nickte aber wissend, um den Kerl, der ihm für seinen Geschmack viel zu dicht auf die Pelle gerückt war, wieder loszuwerden.

»Ach übrigens, wenn wir schon so gemütlich beisammen stehen …«, mischte sich Horst in die Debatte. »Sie haben doch auch Erfahrung …«

»Sind wir denn nicht längst beim Du gewesen?«, wurde er von dem grinsenden Daub unterbrochen. »Ich bin doch der Rudolf und du, du warst der Hotte!« Einen Augenblick hielt er inne und fixierte Protnik nachdenklich. »Dann bist du doch der Matthias, gell?«

»Fast richtig ist auch daneben«, knurrte Protnik. »Michael heiße ich, nicht Matthias!«

»Sag ich doch!« Daub machte eine wegwerfende Geste. »Irgendwas mit M halt! Und wen haben wir denn da dann noch?« Nun konzentrierte er sich voll und ganz auf Unterhauser.

Dem war das sichtlich unangenehm. Geschah dem Kerl gerade recht, grinste Horst in sich hinein. Unterhauser schüttelte unwillig den Kopf. »Ich glaube nicht, dass wir schon Brüderschaft getrunken hätten …«

»Ach was!«, wischte Daub die Einwürfe bedenkenlos zur Seite. »Mitgefangen, mitgehangen! Das müsstet ihr bei der Polizei doch am besten wissen! Also komm, sag schon, wie heißt du? Ich bin der Rudolf!« Strahlend streckte er Unterhauser die Hand entgegen, die dieser mit angewidertem Gesichtsausdruck musterte. Der Kriminaldirektor machte freilich keine Anstalten, den Gruß zu erwidern.

Bevor die Situation womöglich eskalierte, griff Horst in das Geschehen ein. Er fasste Daub an der Schulter und drehte ihn sachte zu sich herüber. »Also, Rudolf! Ich hab da noch eine ganz andere Frage. Du bist doch auch immer wieder in Sachen Mittelalter unterwegs?«

Ein breites Grinsen lief über Daubs Gesicht. Er beschrieb eine formvollendete Handbewegung, gerade so, als wolle er sich einen imaginären Hut vom Kopf ziehen, und verbeugte sich anschließend tief. »Gestatten die Herren: Rudolf der Mundschenk! Stets zu Ihren Diensten!«

Protnik und Horst warfen sich vielsagende Blicke zu. »Also bitte! Rudolf der Mundschenk! Sag mal, du kennst dich doch, denke ich, recht gut in der Szene aus, oder?«

»Kann man so sagen«, strahlte Daub. »Was ist der Herren Begehr?«, warf er sich in die Brust. »Sagt, edle Herren, womit ich euch zu Diensten sein kann?«

»Schon gut, wir haben verstanden!«, lachte Horst. »Das ist das sogenannte Lutherdeutsch, nicht wahr?«

»Fürtrefflich geraten, edler Recke! Ein ordentlich Handgeklapper von der Turniergesellschaft sei dein Lohn!« Daub warf den anderen auffordernde Blicke zu.

»Rudolf, es ist gut!« Abwehrend hob Horst die Hände. »Wir wollten dich nur im Zusammenhang mit dem Erich Neubauer und der Mittelalterszene noch etwas fragen?«

»Aha, was denn?« Mit einem Schlag war der gerade noch so alberne Mann wieder ernst geworden. Mit zusammengekniffenen Augen musterte er den Kommissar. »Ich wüsste aber nicht, wie ich euch helfen könnte!«

»Es geht nur darum: Könnte es sein, dass der Erich ab und zu mal Probleme mit irgendwelchen rechtsorientierten Figuren in der Szene gehabt hat? Der Herr Beitinger meint, da sei ihm in der letzten Zeit einiges sauer aufgestoßen!«

Daub senkte den Kopf und stierte eine Zeit lang schweigend zu Boden. Dann wiegte er skeptisch den Kopf. »Möglich wäre es! Da hat es ja wirklich in letzter Zeit immer wieder Auseinandersetzungen gegeben, auch bei den Musikgruppen. Die einen, die verkörpern die reine Lehre der mittelalterlichen Musik, sagen sie zumindest. Und die anderen, die sind dafür wahnsinnig spektakulär, da geht echt die Post ab, da sind allerdings oft auch Drogen und alles Mögliche und Unmögliche im Spiel. Die erzeugen einen Höllensound, teilweise sogar mit E-Gitarren!«

»Mit E-Gitarren? Ich habe gar nicht gewusst, dass es im Mittelalter schon elektrischen Strom gegeben hat! Was hat das denn noch mit Mittelalter zu tun?«, fragte sich Horst.

»Eben! Natürlich rein gar nichts mehr!«, pflichtete Daub ihm bei. »Aber die sagen, sie seien die Fortsetzung des Mittelalters mit anderen Mitteln und ein mittelalterlicher Lautenspieler, der würde heutzutage auch zur E-Gitarre greifen. Die gab's halt nur früher nicht! Du kannst dir vorstellen, wie die sich streiten: Da fliegen die Fetzen! Klar, die einen sind die ruhigen, zweifelsohne originaleren, während die anderen bei den Zuschauern abräumen! Und wenn dann erst mal mit zigtausend Watt ins Publikum hineingeblasen wird, was glaubst du, was da los ist! Da fallen dir fast die Ohren ab, da ist man noch am Tag danach so gut wie taub!« Er deutete sich vielsagend an die Ohren. »Nomen est Omen!«

»Und die spektakulären, das sind doch hauptsächlich die Jungs aus dem Osten, Ostberlin vor allem, oder?« mischte sich nun auch Protnik in das Gespräch.

»Waren«, nickte Daub zustimmend. »Waren! Oder andersrum, die gibt es zwar schon noch und die sahnen auch nach wie vor gewaltig ab, aber mittlerweile gibt es auch schon reine Frauengruppen!« Er schnalzte mit der Zunge. »Ich sage euch, da ist genauso die Hölle los, wenn die Mädels in die Dudelsäcke blasen, das ist unglaublich!« Allein die Erinnerung an diese Art von Konzerten ließ ihn begeistert mit den Augen rollen.

»Man sollte es nicht für möglich halten, dass sich erwachsene Menschen mit so etwas in ihrer Freizeit beschäftigen!« Auch Unterhauser, der die Unterhaltung bisher mit verkniffener Miene verfolgt hatte, schaltete sich nunmehr ein.

»Jeder so wie er mag, oder? Man wird ja auch mal ein bisschen fröhlich sein dürfen! Die einen machen es am Fasching, die anderen eben bei den Ritterturnieren! Wo ist denn da der Unterschied?«, schnappte Daub verärgert in Unterhausers Richtung.

»Also wie auch immer, du hältst es nicht für unmöglich, dass der Neubauer da seine Probleme mit dem einen oder anderen gehabt haben könnte«, verfolgte Horst sein Thema weiter.

»Hätte, wollte, könnte!« Daub hob immer noch angesäuert die Hände. »Worauf wollt ihr denn eigentlich hinaus? Ich denke, das mit dem Erich war ein Unfall! Ich war doch selber dabei, als es passiert ist. Und du hast mir doch später dasselbe gesagt, wie die Polizisten am Unfallort. Das war ein furchtbarer Unfall, nicht mehr und nicht weniger!«

Horst wusste, er musste jetzt die Kurve kriegen, sonst bekäme die Geschichte eine Eigendynamik, die keinem recht sein konnte. »Nein, nein. Ist schon gut! Es war nur so eine Frage, weil wir uns eben mit dem Herrn Beitinger über seinen Wein und somit automatisch auch über Erich Neubauer unterhalten haben. Der hat den ganzen Jahrgang ja noch im Keller ausgebaut und so sind wir halt irgendwie auch auf das Thema Mittelalter gekommen!«

»Ach so!« Daub schien besänftigt. »Aber wenn euch das so interessiert: Im nächsten Mai gibt's ja wieder bei uns hier in Heilbronn im Deutschhof das große Mittelalter-Spektakulum! Da könnt ihr alles sehen: Bettler, Aussätzige, Ritter, Mönche, Krämer, Kreuzzugsprediger und so weiter! Das solltet Ihr euch mal merken. Gerade mit Kindern ist das wunderbar, so ein ganzer Tag im Mittelalter!«

»Unglaublich, was es alles gibt!«, schüttelte Unterhauser indigniert den Kopf. »Keine zehn Pferde brächten mich zu so einem Blödsinn!«

Daub drehte langsam den Kopf und musterte den Kriminaldirektor verächtlich von oben bis unten. »Na ja, dann lassen Sie es halt. Es ist eben nicht jeder zum Feiern geboren. Mag sein, dass sich ausgesprochene Biertrinker da besonders schwer tun, wenn es um ein bisschen Fantasie und Lebensfreude geht. Wie halt schon der Luther sagt: Aus einem verklemmten Arsch kommt selten ein fröhlicher Furz! Guten Tag, die Herren!« Sprach's und marschierte ohne ein weiteres Wort zu verlieren, mit erhobenem Haupt an der Gruppe vorbei, zurück zu seinem Weinstand.

*

»Also, das war wirklich große Klasse, das muss man dem Daub lassen! Ich hätte platzen können, vor Lachen!« Begeistert schlug sich Horst auf die Schenkel. Zusammen mit Protnik saß er im Wohnzimmer seines Hauses und ließ den Tag noch einmal Revue passieren. »Das war schon allererste Sahne!«

»Und wie der Unterhauser dann geguckt hat: wie eine ausgequetschte Zitrone, sensationell!« Auch Protnik kicherte amüsiert, als er sich an das Lutherzitat zurückerinnerte, das Daub dem Kriminaldirektor vor den Latz geknallt hatte. »Das muss ich mir merken – unbedingt!«

»Herrlich! Vor allem passt es auf dieses Arschloch, im wahrsten Sinn des Wortes!«

»Und immerhin war dem Kerl dann die Petersilie derart verhagelt, dass er die Flucht ergriffen hat! Außer Spesen nichts gewesen. Oder glaubst du, dass er bei diesen merkwürdigen Ermittlungen in irgendeiner Form weiter gekommen sein kann?«

»Im Leben nicht!« Horst war sich ganz sicher. »Das war schlichtweg für die Katz! Na ja, auch egal, so haben wir wenigstens noch ein paar schöne Stunden gehabt und ich habe meine Strafzeit abgearbeitet! Hat dir nun wenigstens ein Wein ausnahmsweise auch mal geschmeckt? Komm, sag schon ehrlich!« Gespannt auf Protniks Antwort beugte Horst sich vor.

»Na ja! Wenn ich wirklich ehrlich bin ...« Protnik wiegte abschätzend den Kopf. »Also der vorletzte, der war wirklich klasse!« Anerkennend verzog er die Mundwinkel. »Doch, wirklich! Nicht so ein saures Gesöff wie die meisten anderen!«

»Du liebe Einfalt, ich hätte es mir ja denken können!« In gespieltem Entsetzen faltete Horst die Hände und sandte einen verzweifelten Blick zum Himmel. »Natürlich der Eiswein! Es kann dir anscheinend halt nicht süß genug sein! Na ja, die Geschmäcker sind halt verschieden!«

»Eben, wie gesagt: Deine ganzen trockenen Spätlesen und so, die können mir gestohlen bleiben.« Protnik schleckte sich genießerisch die Lippen. »Aber ab und zu so ein Fläschchen Eiswein, das könnte mir schon gefallen!«

»Logisch! Hauptsache teuer, gell! Hast du eigentlich eine Ahnung davon, was so eine Flasche von dem Eiswein kostet, den du da in dich reingeschüttet hast?« Horst sah, dass Protnik natürlich keinen Schimmer davon hatte.

»Na ja, es war zwar nur so ein kleines Fläschchen ... ein halber Liter, schätze ich?« Fragend sah er zu Horst hinüber.

»0,375 Liter, also noch weniger!«, half der ihm auf die Sprünge.

»So wenig! Da lohnt sich ja kaum das Schlucken! Also gut, geschmeckt hat er ja wirklich! Ja, da würde ich glatt zehn Mark dafür ausgeben! Doch, wirklich!« Zufrieden über den Beweis seiner feinschmeckerischen Ader lehnte sich Protnik in seinem Sessel zurück und wartete auf Horsts Antwort. »Jetzt sag schon Hotte, gar nicht so schlecht geraten, wie?«

»Was soll man da noch sagen?!« Hilflos hob Horst die Arme und sandte einen neuerlichen frommen Blick zur Decke! »Himmel hilf ihnen, denn sie wissen nicht, was sie tun! Weißt du, was das in Wirklichkeit kostet: 80 Mark, mindestens! Zehn Mark – von wegen!«

»80 Mark!?« Protnik hob es fast aus seinem Sessel. »Für so einen Mund voll Zuckerwasser! Hotte, ich bitte dich!«

»Ist aber so!« Resigniert beendete Horst ein für allemal seine Bemühungen, aus dem Freund und Kollegen einen Weinzahn zu formen. »Komm, Sputnik, lassen wir das! Du bleibst bei deinem Weizen und ich habe dadurch immerhin Gewissheit, dass ich nicht Perlen vor die Säue werfe, wenn du meinen Wein so mir nichts, dir nichts hinunterschüttest! Einverstanden?«

»Aber wie!« Protnik schüttelte den Kopf, noch immer fassungslos über den Preis des Eisweins. »Also bei aller Freundschaft, irgendwie habt ihr doch alles was weg von Schillers Räubern, ihr Weinzähne, oder wie man das nennt!«

»Meinetwegen«, lachte Horst. »Aber jetzt noch mal zu morgen. Hast du Lust, mit uns noch einen Ausflug ins

Neckartal zu machen? Dann halt mit der ganzen Familie?«

»Warum nicht? Kommt drauf an, wo ihr hinfahrt!«

»Also, ich habe das den Kindern schon lange versprochen, das ist auch noch so eine Kaltenberg-Nachwirkung. Wir wollten auf die Burg Hornberg bei Mosbach. Das ist die Burg von dem Götz von Berlichingen. Und morgen soll ja die Sonne scheinen, das wäre doch dann ein schöner Ausflug, was meinst du? Erst mit dem Auto neckarabwärts, dann mit der Fähre in Haßmersheim auf die andere Uferseite, das gönne ich mir jedesmal, wenn ich dort in der Gegend bin. Dann lassen wir das Auto unten in Neckarzimmern stehen und könnten ja entlang der Weinberge zu Fuß zur Burg hochlaufen. Ist zwar ein bisschen steil, aber wunderschön! Einverstanden?«

»Einverstanden! Dann muss ich halt der Uschi morgen Abend beichten, dass sich unsere Ermittlungen leider etwas in die Länge gezogen haben«, grinste Protnik.

»Was nicht einmal völlig gelogen ist«, ergänzte Horst. »Denn auf der Burg Hornberg, da veranstalten sie ja regelmäßig mittelalterliche Rittermale. Und wenn wir Glück haben, dann ist da morgen so eine Veranstaltung, da kann man zumindest am Anfang zuschauen. Und somit wären wir dann schon auch wieder – beinahe wenigstens – dienstlich unterwegs!«

»Also dann, auf zu neuen Taten! Gute Nacht, bis morgen früh dann!« Protnik erhob sich gähnend und schlurfte müde in Richtung Gästezimmer. Doch er fand noch lange keinen Schlaf. War es der Weißwein, der ihn wach hielt, oder die immer wiederkehrende Erinnerung an die zahlreichen offenen Fragen im Zusammenhang mit Neubauers tragischem Ende. Wo lag denn nun der Schlüssel zur Lösung des vertrackten Falles: eher in der Mittelalterszene oder doch mehr in der Weinbaubranche? Eines war klar: in beide Gebiete musste er – genauso wie Horst – noch wesentlich tiefer eintauchen, um den Dingen auf den Grund zu kommen. Wenn es sich nicht doch nur um einen tragischen Unfall gehandelt hatte ...

»... er aber, sag's ihm, er kann mich im Arsche lecken!« Breit grinsend stupste Horst seinen Kollegen in die Seite, als das berühmte Zitat gefallen war. »Na bitte, das haben wir doch toll erwischt!«

Auch Claudia und die Kinder strahlten vor Begeisterung, dass sie es zufällig geschafft hatten, rechtzeitig im Hof der Burg Hornberg anzukommen, als gerade der Empfang der mittelalterlichen Tafelrunde beginnen sollte. Gerade hatte sich der Darsteller des Götz von Berlichingen in die Brust geworfen und mit bedeutungsschwerer Stimme den Satz in das Publikum gedonnert, auf den alle nur gewartet hatten: sicherlich eine der berühmtesten Formulierungen der Literaturgeschichte – weltweit! Wie oft der »Götz« wohl schon dieses Zitat herausgeschmettert hatte, bestimmt schon mehrere hundert Mal, denn es war noch immer dieselbe imposante Gestalt mit dem metallenen Brustpanzer und der eisernen Hand, die Horst schon in früheren Jahren hier gesehen hatte.

»Und hier hat der Ritter früher tatsächlich gewohnt, Papa?« Fabian war fasziniert von dem mittelalterlichen Gepränge, von den wehenden Fahnen, von den bunt gekleideten Knappen und von der ganzen Atmosphäre. Mit dem richtigen Mittelalter hatte das alles natürlich herzlich wenig zu tun, das war Horst schon früher klar geworden, aber so wollten und mochten es die Leute. In der Überzeugung, einen Tag fast wie im Mittelalter verlebt zu haben, gingen die Besucher anschließend freudestrahlend wieder nach Hause. Weshalb also sollten die Manager des

Hotels ihr erfolgreiches Schauspiel dann ändern? Es verhielt sich hier doch in Wirklichkeit nicht anders, als in Rothenburg ob der Tauber, der berühmten mittelalterlichen Stadt, die Touristen aus Amerika und Japan ja in hellen Scharen anzog. Auch die erlebten das Mittelalter sauber und adrett: so, wie es in Wirklichkeit eben nie gewesen war. Und dann kehrten sie heim, erzählten voller Stolz von der wunderbaren Romantik einer mittelalterlichen Stadt in Deutschland, worauf sich neue Besucherscharen aufmachten, um das einmalige Flair von Rothenburg in sich aufzunehmen.

»Papa, Papa!« Ungeduldig zerrte Fabian an Horsts Hose. »Hat der jetzt da gelebt?«

»Ja, das hat er, und zwar viele Jahrzehnte lang! Er hat hier sogar mal Hausarrest vom Kaiser gehabt und hat die Burg fast zehn Jahre lang nicht mehr verlassen dürfen!«

»Ehrlich?« Erstaunt schaute Fabian auf. »Das war aber sicher langweilig. Die ganze Zeit immer nur da oben sitzen müssen! Was hat er denn angestellt?«

Bevor Horst zu einer Antwort ansetzen konnte, wurde er von lauter Musik unterbrochen. Die mittelalterliche Musikgruppe begleitete die Gäste nun zum Rittermahl in das Burgrestaurant. Die Schalmeien, Dudelsäcke und Trommeln verursachten einen Höllenlärm und dennoch, man konnte gar nicht anders, sondern musste förmlich mit den Füßen im Rhythmus stampfen.

»Die Musik geht einem wirklich durch und durch«, lachte Claudia und hakte sich bei Horst unter. »Hast du gesehen, wie die sich nennen? Da vorne auf der Fahne steht es: »Des Teufels Blasbälger«! Passt irgendwie, findest du nicht auch?«

Allerdings, und wie das passte! Und wenn man dann noch die einzelnen Typen dazu sah: der eine mit zwei Hörnern auf dem glattrasierten Schädel, der andere am ganzen (nackten) Oberkörper tätowiert, dann der Trommler, der nur mit einer Art Wolfspelz gekleidet war. Furchterregende Gestalten! Kein Wunder, dass Nina sich enger an ihren Vater drückte und vorsichtshalber nach seiner Hand tastete.

»Essen die jetzt eigentlich wirklich mit den Händen?« fragte Claudia, die am liebsten der Gesellschaft gefolgt wäre. Schon irgendwie faszinierend, dieses mittelalterliche Gepränge, selbst dann, wenn man wusste, dass es so in dieser Art natürlich nie stattgefunden hatte. Aber dennoch ...

»Nein, glaube ich nicht! Hier auf der Burg Hornberg ist man da vornehmer, ein gewisser Stil soll beibehalten werden, habe ich mir sagen lassen! Eigentlich schade, Sputnik, oder? Da könnte man doch einmal so richtig die Sau rauslassen! Protnik? Wo steckt der denn?« Suchend sah Horst sich um, doch von Protnik fehlte mit einemmal jede Spur.

»Der Onkel Michael ist vorhin dort hinüber«, deutete Fabian mit dem ausgestreckten Arm zum oberen Burgtor. »Der hat sich, glaube ich, die mittelalterlichen Knappen anschauen wollen!«

»Immer eine Extrawurst für den Sputnik!«, stöhnte Horst, der mit den Sondereinlagen seines Freundes oft genug auf Kriegsfuß gestanden hatte. Zum Beispiel immer dann, wenn der Kerl urplötzlich, wie jetzt auch wieder, spurlos verschwunden war und Horst ahnungslos zurückgelassen hatte. »Aber egal, wir wollten ja eh noch dort hoch! Da ist nämlich der ganz alte Teil der Burg, da gibt es ein richtiges Verlies, da liegt sogar ein Gerippe unten!«

»Ein Gerippe?! Wo?« Fabian war Feuer und Flamme, während Nina den Druck um die Hand ihres Vaters verstärkte.

»Da oben! Kommt, ich zeige es euch!«

Rasch waren die Meyers am Eingang zum Ruinenteil der Burg angekommen und Horst suchte in seinem Geldbeutel gerade nach dem nötigen Kleingeld, um das Drehkreuz passieren zu können, als Protnik lächelnd zu ihnen stieß. »Na, da seid ihr ja!«

»Wir?« Verblüfft schaute Horst auf. »Du warst es doch, der verschwunden ist! Komm, rück wenigstens mal ein bisschen Kleingeld raus! So eine Scheiße aber auch, dass es überall Eintritt kostet!«

»Na ja, umsonst kann man so was ja schließlich auch nicht erhalten!«, zeigte Claudia Verständnis für das Eintrittsgeld.

»Man kann aber auch die Kirche im Dorf lassen und nicht gleich dermaßen zuschlagen!«, knurrte Horst verstimmt. »Schließlich sind es ja am Schluss doch wieder die Steuerzahler, die über das Denkmalamt die Renovierung bezahlen! Typisch, genau wie in der Industrie heutzutage: Gewinne werden privatisiert und Verluste sozialisiert! Da halten dann immer schnell alle die Hand auf!«

»Was willst du denn machen. Einstürzen lassen kann man so eine Burg ja schließlich auch nicht, wenn da schon der Götz von Berlichingen gelebt hat!«, gab Claudia zu bedenken.

»Alles klar, aber wenn wir normale Sterbliche die Sache letztendlich schon mit unseren Steuergeldern bezahlen, dann muss es doch nicht auch noch Eintritt kosten! Außerdem haben diese Aasgeier unsereinen jahrhundertelang ausgesaugt bis aufs Blut, da können sie jetzt ruhig mal wieder etwas zurückgeben!«

»Als wenn du dabei gewesen wärst damals!« lachte Claudia.

»Wer weiß!« Horst runzelte bedeutungsvoll die Stirn. »Könnte ja sein, dass ich in irgendeiner früheren Inkarnation als mittelalterlicher Rittersmann durch die Weltgeschichte getrabt bin!«

»Na, eher als Ochsenknecht!« Protnik fehlte einmal mehr wieder jegliches Feingefühl, um sich in Horsts Fantasiewelt hineinzufinden.

»Das musst du gerade sagen, du Halbmongole aus dem Osten! Wo warst du denn eigentlich so plötzlich?«

Protnik deutete hinter die Burgmauer. »Ich bin mal den beiden Waffenknechten hinterher gelaufen. Da hat einer von denen so eine Armbrust dabei gehabt, die hat mich interessiert. Ich hab ihn ein bisschen ausgefragt, was das für ein Ding ist. Ich sage dir, da ist Musik drin!« Protnik pfiff anerkennend durch die Zähne.

»Wie ... Musik drin?« Horst verstand überhaupt nicht, worauf der Kollege hinauswollte.

»Das ist eine richtige echte Waffe, ich sage dir, da bleibt kein Auge trocken, wenn der dich ins Visier genommen hat!«

»Ach so!« Jetzt ging auch Horst ein Licht auf. »Du meinst, du hast einfach mal so auf den Busch geklopft ...«

»Richtig«, nickte Protnik. »Also ich verstehe beispielsweise überhaupt nicht, wieso man für so ein Ding keinen Waffenschein braucht! Fast jeder Besitzer von irgend so einem besseren Spatzengewehr braucht einen, aber das ist gegen diese Armbrust ein laues Lüftchen, sag ich dir! Die haben eine derartige Durchschlagskraft. Im Mittelalter, hat der Schütze erzählt, haben sie mit diesen Armbrüsten sogar gepanzerte Ritterrüstungen durchschlagen! Der finale Todesstoß, kein Problem mit so einer Waffe! Und hochpräzise sind die Dinger außerdem. Natürlich nur dann, wenn der Schütze eine dementsprechend ruhige Hand hat!«

»Was das heißt, das habe ich ja in Kaltenberg sozusagen live und in Farbe miterleben müssen«, knirschte Horst verdrossen mit den Zähnen. »Aber sind wir dadurch schlauer geworden, mit dieser Erkenntnis?«

»Nicht unbedingt!«, räumte auch Protnik ein. »Aber es kommt noch besser. In Heilbronn und drum herum scheint es ja mittlerweile eine echte Szene zu geben, in Sachen Mittelalter. Denk nur mal an Bad Wimpfen, was es da alles gibt!«

In der Tat war die hochmittelalterliche Kaiserpfalz der Staufer seit Jahren schon Schauplatz von historischen Musikinszenierungen und Schauspielen. Wobei hier meistens die eher weniger spektakulären Musikgruppen auftraten, die eher der puren reinen Lehre den Vorzug gaben. Als stinklangweilige Blockflötenensembles wurden sie deshalb von den wilden Vertretern ihrer Zunft verächtlich bezeichnet.

Protnik spreizte die Finger und zählte auf, was es im Heilbronner Umland in Sachen Mittelalter alles zu finden gab. »Bad Wimpfen, dann die Ritterturniere in Angelbachtal, der Götz hier in Hornberg und in Jagsthausen, ein mittelalterlicher Musikinstrumentenbauer in Heilbronn, ein Kettenhemdenmacher in Neckarsulm, zwei professionelle Musikgruppen, die sogar davon leben, die einen davon ...«

»Genug, ich gebe mich geschlagen!« Horst hatte keine Lust, die ganze Litanei des stolzen Rechercheurs über sich ergehen zu lassen. Das musste man dem Protnik allerdings zugestehen, wenn er sich in einen Fall erst einmal verbissen hatte, dann konnte ihn niemand mehr davon losreißen!

»Das ist aber noch nicht alles! Warte halt mal und wink nicht gleich wieder ab!«, kommentierte Protnik genervt, als er Horsts abwehrende Handbewegung wahrnahm. »Der dickste Hund kommt nämlich noch. Der Armbrustschütze, der war nämlich ziemlich angefressen, weil er heute gar nicht selber kommen wollte. Aber der Mensch, der ihm ab und zu aushilft, der hat ihn heute einfach versetzt!«

Protnik hielt inne und machte eine gewichtige Pause, während Horst ihn ungeduldig fixierte. Der Kerl sollte gefälligst endlich zur Sache kommen, schließlich waren die Kinder schon ganz heiß darauf, endlich das versprochene Gerippe im Burgverlies zu entdecken. »Jetzt sag schon«, herrschte er den Sputnik deshalb ziemlich unfreundlich an. Er hätte wohl doch besser auf die Begleitung des Kollegen verzichtet und einem lupenreinen Familienausflug den Vorzug gegeben!

»Immer mit der Ruhe!«, wehrte Protnik ab. »Halt dich fest. Der andere, der unseren Armbrustschützen versetzt hat, ist nämlich ein Mann aus Heilbronn!«

»Was du nicht sagst!« Horst konnte und wollte den spöttischen Unterton in seiner Stimme erst gar nicht überspielen.

»Und es handelt sich um jemanden, der eigentlich in der Weinbranche tätig ist«, ließ sich Protnik nicht beirren.

»Donnerwetter! Welch grandiose Erkenntnis! Das sind im Raum Heilbronn über den Daumen gepeilt mindestens 5000 Leute!«

»Aber nur einer, der Rudolf Daub heißt!«, ließ Protnik jetzt die Katze aus dem Sack.

Und tatsächlich, jetzt verschlug es auch Horst für einen Moment die Sprache. »Daub? D e r Daub?« Er konnte es zunächst nicht glauben.

»Genau! D e r Daub!« Zufrieden mit dem Erfolg seiner Aussage nickte Protnik Anerkennung heischend.

»Na, da schau einer an: der Daub als Armbrustschütze!« Horsts Gedanken begannen sich zu überschlagen. Wenn der Daub also ab und zu auch als Armbrustschütze unterwegs war ... der Mord an Neubauer war eindeutig mit dem aus einer Armbrust abgeschossenen Pfeil verübt worden ... Daub war damals ebenfalls in Kaltenberg gewesen ... Hatten die beiden vielleicht noch eine alte Rechnung offen? Das war ja eine gänzlich neue Variante: Horst spielte in Windeseile die verschiedensten Modelle durch ...

»Na und?«, lies sich da mit einem Mal Claudia vernehmen. »Der Daub hat doch gar nie bestritten, in Kaltenberg dabei gewesen zu sein. Konnte er auch schlecht, weil wir ihn ja alle in seinem kurzen Röckchen gesehen haben. Und wir wissen doch auch, welches Faible er für das Mittelalter hat! Wieso soll er da nicht am einen oder anderen Wochenende aushelfen und anstatt als Knappe eben als Armbrustschütze durch die Gegend laufen? In Kaltenberg, da war er auf jeden Fall als Knappe unterwegs. Das hast du doch genauso gut gesehen wie ich, Horst!«

Das klang logisch, musste sich Horst eingestehen. Und bei Protnik war es anscheinend nicht anders. Zumindest war die siegessichere Miene, die der zur Schau gestellt hatte, mit einem Schlag einem nachdenklichen Gesichtsausdruck gewichen. Da war wohl wieder einmal viel zu schnell der Gaul mit ihnen durchgegangen!

»Du kannst einem aber auch wirklich jeden Auftritt versauen, Claudia!«, maulte Protnik beleidigt. »Jetzt hätte alles so schön gepasst ...«

»... wie es im richtigen Leben halt nie passt!«, nahm Claudia den Faden auf und strich fürsorglich über Protniks Hinterkopf. »Schade um die schöne Theorie, das gebe ich zu. Aber wie heißt es immer wieder: grau ist alle Theorie!« Mit einer entschiedenen Kopfbewegung winkte sie die beiden zu dem Drehkreuz, an dem die Kinder schon ungeduldig warteten.

Kapitel XIII

Die ganze Woche war äußerst fade und unergiebig verlaufen. Gleichzeitig hatten sich die Tage in der Polizeidirektion gedehnt wie Kaugummi. Eine Besprechung hatte die nächste gejagt. Das Thema Umorganisation der einzelnen Abteilungen hatte die Kräfte in Beschlag genommen, die man sinnvollerweise besser auf die Verbrechensbekämpfung konzentriert hätte. Aber der neue Chef musste halt noch unter Beweis stellen, dass neue Besen besonders gut kehrten. Und das Erbe seines Vorgängers konnte, ja durfte nicht gut sein, wie hätte er sich ansonsten denn profilieren können, etwa mit Sachverstand? Woher nehmen und nicht stehlen, war es Horst voller Zorn mehr als einmal durch den Kopf geschossen, als er seine Zeit in einer der zahlreichen Sitzungen vertrödelte, ohne die es heutzutage anscheinend nicht mehr ging. Schlimm, dass man immer bereits vor Beginn dieser Zusammenkünfte wusste, dass man den Raum viele Kaffeetassen (allzu viele!) und noch mehr Stunden später genauso schlau verlassen würde, wie man ihn betreten hatte! Aber auch das war offenbar der Trend der neuen Zeit. Wenn die heutigen Chefs schon keine Ahnung mitbrachten, dann schafften sie es wenigstens mit hektischer Betriebsamkeit, eine derartige Unruhe in den Alltagsbetrieb mit einzubringen, dass es keinem mehr auffiel, wie wenig Sachverstand da eigentlich mitschwang.

»Höchste Zeit, dass ich mal wieder etwas vernünftiges schaffe!«, hatte Horst gestöhnt, als die Woche endlich vorüber war.

»Das heißt, du gehst morgen in den Weinberg und tobst dich aus, während ich die Einkäufe und den Hausputz erledigen soll, habe ich das richtig verstanden?« Claudia hatte ihre kritischste Miene aufgesetzt, als sie diese Schlussfolgerung gezogen hatte.

»Jetzt tu bloß nicht so! Du weißt doch so gut wie ich, dass ich kein Macho bin! Wie oft habe ich schon am hellichten Sonntag das Haus gesaugt und das Essen gekocht, während du noch deine Arztbriefe erledigt hast?« Horst wollte den Vorwurf so nicht auf sich sitzen lassen und wählte den direkten Angriff als beste Art der Verteidigung.

Mit durchschlagendem Erfolg: »Ist ja schon gut«, gab sich Claudia lachend geschlagen. »Ich habe ja nur gemeint, dass du das dann auch gleich so direkt sagen sollst und nicht lange drum herum redest! Außerdem bist du mir nach so einem Tag im Weinberg viel lieber, wenn du müde und kaputt von der körperlichen Arbeit nach Hause kommst! Da bist du wesentlich verträglicher, und auch zahmer, als nach so einem Bürotag mit einem halben Dutzend Tassen Kaffee im Bauch!« Sie drückte ihrem Mann einen zärtlichen Kuss auf die Wange. »Geh du ruhig morgen und bring den Weinberg auf Vordermann! Ich bin ja gespannt, wann wir endlich mal den ersten Ertrag bekommen!«

»Wenn ich dieses verdammte Vogelpack einzeln abgeschossen habe, dann!«, zischte Horst, immer noch stinksauer, wenn er an seine schönen Trauben dachte, die von einem Tag auf den anderen im Magen der Stare gelandet waren.

»Wenn du da nur nicht mit dem Naturschutz und den Grünen ins Gehege kommst«, lachte Claudia.

»Hat sich was mit Naturschutz! Schließlich bin ich der einzige Ökowengerter weit und breit, der einzige, der keine Spritzmittel verwendet! Also, wenn schon Naturschutz, dann aber bitte mit aller Konsequenz! So ist das doch!«, war Horst wieder bei seinem Lieblingsthema gelandet. Es wollte ihm einfach nicht in den Sinn, weshalb nicht mehr solcher Hobbywinzer, wie er es war, Traubensorten anbauten, die pilzresistent waren und deshalb nicht mit Pflanzenschutzmitteln behandelt werden mussten. Nachdem es doch mittlerweile solche Sorten mit hervorragenden Qualitätseigenschaften zu kaufen gab!

»Du brauchst doch gar keine Spritzmittel! Selbst wenn deine Trauben nicht resistent wären, die Abdrift von den Wengertnachbarn würde völlig ausreichen, um auch unseren Wengert zu versorgen«, hieb Claudia, die genau wusste, wo Horsts wunde Stellen zu finden waren, noch extra in die Kerbe.

*

Die frische Luft im Weinberg tat wirklich gut. Es war ein kalter Tag, an schattigen Stellen war auf dem Boden noch Raureif vorhanden, während die Sonne bereits aus einem stahlblauen Himmel herunter schien. Horst schloss die Augen und atmete tief durch. Im nächsten Leben würde er in die Weinbranche gehen, so viel stand fest. Er stützte sich auf die Mistgabel und betrachtete die gesegnete Landschaft vor ihm. Weinbergsmauern, Obstgärten, die Eisenbahnlinie nach Stuttgart, der Neckar, der sich träge durch das Unterland schlängelt und ganz hinten am Horizont die Löwensteiner Berge. Schön, einfach schön! Bei aller Arbeit, die es so mit sich brachte, es war richtig gewesen, sich den kleinen Weinberg oberhalb von Klingenberg anzuschaffen. Allen misstrauischen Blicken der Wengertnachbarn zum Trotz würde Horst es denen schon zeigen. Wenn er den ersten Wein erst einmal ausgebaut hatte, dann würden die Bauklötze staunen und ihren ewigen Trollinger vergessen! Hoffte er jedenfalls, aber soweit war es (leider) noch lange nicht.

Er musterte den trockenen Reisighaufen vor dem Weinberg mit einem prüfenden Blick. Ja, das müsste heute eigentlich gehen. In den letzten Wochen hatte es genug geregnet, die Erde war also feucht und ein Flächenbrand war nicht zu befürchten, wenn er das Schnittholz jetzt entzündete, was er in dem trockenen Sommer in diesem Jahr bisher nicht gewagt hatte. »Kripomann als Flammenteufel!« Nein danke, auf diese Art von Schlagzeile konnte er getrost verzichten. Aber heute, heute war auch der Wind günstig für sein Vorhaben. Es herrschte leichter Ostwind, der den Rauch von Klingenberg über die Ebene hinwegtreiben würde. Keine Gefahr also, mit irgendwelchen übelmeinenden Sheriffs in Konflikt zu geraten.

Horst steckte die Mistgabel in die Erde und holte Papier und den Benzinkanister aus der Weinbergshütte. Das Zeug würde heute sicherlich brennen wie Zunder – schließlich lag das Schnittholz schon seit dem zeitigen Frühjahr hier, dementsprechend trocken war es ja wohl auch. Es schien Horst sogar, als sei es in den letzten Wochen noch einmal zusammengesunken. Aber das konnte ja eigentlich kaum sein, denn schließlich handelte es sich um Schnittholz, und nicht um Kompost oder Pferdemist.

»Ja, ja, Herr Nachbar! Schaffen isch ein Gschäft, nicht wahr!«, drang da eine knorzige Stimme an sein Ohr. »Da zündeln wir halt lieber ein bissle, anstatt den Mist zu verteilen, gell!«

Auch das noch! Jetzt hatte er die Zecke auch noch auf der Pelle. Horst stand der Sinn absolut nicht nach einem Gespräch mit seinem Weinbergsnachbarn. Denn erstens wusste der Kerl grundsätzlich immer alles besser, und zum zweiten hatte er auch keine Lust, sich von dem pensionierten Dünnbrettbohrer die Zeit stehlen zu lassen. Doch verprellen durfte man diese Leute auch nicht, sonst würde es wie ein Lauffeuer im Dorf unten herumgeschwätzt, was für ein unfreundlicher Quadratschädel den Wengert hier bewirtschaftete. Und deshalb musste er versuchen, gute Miene zum bösen Spiel zu machen und den anderen gleichzeitig abzuwimmeln, so schnell das eben möglich war. Nur hatte der, wie sich gleich herausstellte, offenbar wieder einmal Zeit im Überfluss.

»Was ist denn aus ihren Trauben geworden, Herr Nachbar?«, erkundigte sich der andere scheinheilig, obwohl der, darin war sich Horst ganz sicher, genau wusste, was passiert war.

»Die haben die Vögel gefressen«, knurrte er böse. »Einen Tag, bevor ich das Netz draufmachen wollte!«

»Ja ja, das ist uns auch schon mal passiert! Das war am ... lassen Sie mich überlegen«, nachdenklich kratzte sich der andere am Kopf. »Richtig, das war seinerzeit im Jahr

1965, am 28. August, nein, halt, am 29. August. Da haben uns die Vögel auch den halben Ertrag weggefressen, bis wir gemerkt haben, was passiert ist.«

»Schlimm, gell. Aber man lernt ja daraus! Nächstes Jahr bin ich früher dran, das weiß ich sicher!«

»Ja, damals hat es halt noch keine solchen Netze gegeben. So unpraktisch die sind, aber auf jeden Fall helfen sie einem, wenn schon kein Feldschütz da ist. Aber der lohnt sich ja nicht, für unsere paar Weinberge hier. Das ist da drüben am Heuchelberg natürlich was ganz anderes, gell!« Der Nachbar deutete hinüber zu den steilen mit Reben bepflanzten Hängen des Heuchelbergs. »Uns ist das dann nochmal passiert, das war dann 1972, am 2. September, oder nein, war das der 4. September?« Nachdenklich zog der Nachbar die Stirn in Falten, während Horst voller Spannung darauf wartete, um welchen historischen Tag es sich denn nun tatsächlich handelte.

»Lassen Sie mich überlegen,« sinnierte der andere. Nur zu, dachte Horst, während er versuchte, seine innere Unruhe im Zaum zu halten. Nicht dass womöglich noch der Gang der Weltgeschichte durch ein falsches Datum durcheinandergeriet.

»Ja richtig! Jetzt habe ich es!« Freudestrahlend klatschte der Nachbar in die Hände. »Es war der 4. September, da bin ich ganz sicher. Weil mein Bruder, der Hans, der hat zwei Tage später Geburtstag. Sie kennen ihn doch sicher?«

Nein, Horst kannte ihn nicht und macht eine dementsprechende Geste.

»Das ist so ein kleiner Dunkelhaariger mit Vollbart, wissen Sie. Der hat beim Knorr in Heilbronn geschafft, bis er im letzten Jahr pensioniert worden ist. Der war da im Wareneingang beschäftigt, oder nein, halt, vorher war er an der Pforte, bis er dann die andere Arbeit übernommen hat. Mit 58 ist er in Vorruhestand gegangen, auch nicht schlecht, oder?«

Himmel hilf! Horst fiel die Selbstbeherrschung allmählich schwer.

»Also der Hans, der hat am 6. September Geburtstag und da habe ich ihm schon ein paar frühreife Trauben bringen wollen und dann – nein, Moment mal, das muss dann erst 1973 gewesen sein. Weil damals ist mein Kleiner in die Schule gekommen und das war 1973. Ja richtig, jetzt haben wir es: 1973 ist es das letzte Mal passiert. Am 4. September um genau zu sein, oder war's doch erst am 5.?«

Der Kerl war ein einziges Fragezeichen! Horst verlor allmählich die Geduld. »Na ja, auf jeden Fall wird mir das nicht mehr passieren! Im nächsten Jahr habe ich meinen Ertrag, das steht fest! Da mache ich das Netz schon Mitte August drauf, dann kann nichts mehr passieren!«

»Sagen Sie das nicht!« Der Nachbar war wieder mal die Skepsis in Person. »Wenn ich daran denke, wie oft uns noch ein Hagel dazwischen gekommen ist oder ein Spätfrost in der Blüte, seit man die Ölöfen nicht mehr aufstellen darf! Ich sag's Ihnen! 1976 zum Beispiel, das muss im Juli gewesen sein, ich glaube, es war der 25 ...!«

Oh, bitte nicht mehr! Horst entschloss sich zur Flucht nach vorne. Er ließ den Kerl in aller Seelenruhe seine Zahlenkolonnen herunterrattern und schraubte in der Zwischenzeit den Benzinkanister auf.

»Au, da müssen Sie aber aufpassen, dass Ihnen nichts passiert! Legen Sie lieber eine lange Spur und bleiben Sie weit genug weg von dem Haufen, nicht dass Sie mit in Flammen aufgehen! Ich weiß noch, als ich noch ein Kind war, das war Mitte der dreißiger Jahre, 1936 glaube ich, oder nein, halt 1937 ...«

Horst nickte scheinbar aufmerksam zuhörend, ließ sich jedoch nicht weiter beirren. Er schüttete eine ordentliche Menge Benzin mitten auf den Haufen, damit es auch ja richtig brennen würde, sicher war eben sicher, und legte dann eine Spur bis zum rund fünf Meter entfernten Feldweg. Dann schraubte er den Kanister wieder zu und stellte ihn in sicherem Abstand zu dem Reisighaufen beiseite. In der Hosentasche kramte er nach der Streichholzschachtel.

»Aha, jetzt wird's ernst«, konstatierte der Nachbar mit Kennerblick, nachdem er allem Anschein nach die Suche nach dem richtigen Datum auch dieses Mal erfolgreich beendet hatte.

Horst rieb das Streichholz an der Zündfläche und hielt es an das Ende seiner Benzinspur. Mit lautem Knall entzündete sich der Haufen, in Sekundenschnelle stand er lichterloh in Flammen.

»Hoppla! Und schon brennt's!«, bemerkte der Schlaumeier mit Kennerblick. »Jetzt fehlen nur noch ein paar Würstle, dann könnten wir ein richtiges Grillfest veranstalten!«

Horst hoffte inständig, dass der Kerl seine Idee in die Tat umsetzte und sich ein paar rote Würste besorgte. Denn so hätte er ihn wenigstens eine Zeit lang vom Hals. »Also, wenn Sie wollen, gerne! Ich gebe Ihnen das Geld mit und schnitze in der Zwischenzeit zwei Stecken, während ich Brandwache halte. Was meinen Sie dazu?«

Doch dem Nachbarn hatte es merkwürdigerweise die Sprache verschlagen. Er war mit einem Schlag aschfahl geworden und deutete mit ausgestrecktem Arm zitternd auf den brennenden Reisighaufen. »Da ... da ... was um Gottes willen ist denn das!«

Was war denn jetzt schon wieder? Unwirsch drehte sich Horst in die Richtung, in die der andere den Arm ausstreckte und dann gefror ihm das Blut in den Adern. Nein, das war kein Scherz mehr, so etwas konnte man auch nicht mehr als Ulk durchgehen lassen. Das Schnittholz war in dem hoch lodernden Feuer rasch in sich zusammengefallen und gab so den Blick frei auf seinen Gänsehaut erregenden Inhalt: Ein Arm reckte sich aus den Flammen in den Himmel!

Horst wischte sich angesichts der grauenvollen Szenerie den Schweiß von der Stirn. Wer auch immer auf diese blödsinnige Idee gekommen war, die Vogelscheuche hier unter seinem Reisighaufen zu deponieren, der gehörte am Kragen gepackt und ordentlich verdroschen. Nein, das ging entschieden zu weit! Er bedachte den Nachbarn mit einem kritischen Blick, doch den hatte die unheimliche Überraschung dermaßen in Angst und Schrecken versetzt, dass es sich bei ihm unmöglich um den Urheber des makabren Scherzes handeln konnte.

Am ganzen Leib zitternd stand der Mann vor der Flammenwand und starrte fassungslos auf die immer deutlicher sichtbar werdenden Konturen der Vogelscheuche. Aber die war auch dermaßen realistisch, es konnte einem wirklich schlecht werden, bei diesem Anblick!

Und dann roch er es! Ganz allmählich zunächst nur, doch dann immer deutlicher! Horst schnüffelte vorsichtig, bis ihn schlagartig die Erkenntnis packte. Von wegen Vogelscheuche! Hier verbrannte ein Mensch vor ihnen in den Flammen. Die Finger des Toten krümmten sich in diesem Augenblick nach innen, gerade so, als würden sie sich unter höllischen Feuerqualen zusammenkrampfen! Jetzt konnte er es ganz deutlich riechen: verbranntes Fleisch, pfui Teufel! Eine Leiche lag bei ihm im Reisighaufen, er hatte eine Leiche angezündet! Ein Scheiterhaufen wie im Mittelalter! Ein Fanal! Ein flammendes Inferno!

Panik ergriff den Kriminalkommissar. Was um alles in der Welt konnte er jetzt bloß tun? Richtig, die Flammen löschen, und zwar so schnell wie möglich!

Er rüttelte den leichenblassen Mann neben sich grob. »Sie müssen mir helfen! Kommen Sie! Wir müssen Wasser holen!«

»Das nützt doch nichts mehr!«, murmelte der andere leise. »Der ist bereits tot – mausetot!« Kopfschüttelnd bewegte er sich keinen Millimeter von der Stelle.

»Das spielt doch jetzt keine Rolle«, brüllte Horst ihm ins Gesicht. »Wir müssen das Feuer löschen, um die Spuren zu sichern, die vielleicht noch vorhanden sind!« Er sprintete zu seiner Hütte hinüber, um dort die Wassereimer an der großen Regentonne zu füllen. Zum Glück hatte er das Fass noch nicht geleert und winterfest gemacht. »Jetzt kommen Sie schon!«

Doch der andere stand eindeutig unter Schock, von ihm war keine Hilfe zu erwarten. Verzweifelt tauchte Horst die Eimer in das eiskalte Wasser und füllte sie bis an den Rand. Bis er dieses Feuer gelöscht hatte, war der Tote darin sicherlich bereits bis zur Unkenntlichkeit verbrannt. »So eine Scheiße aber auch!« Er schnappte die beiden Eimer und rannte los.

*

»Was für ein Tag!« Aufstöhnend ließ Horst sich auf das Sofa im Wohnzimmer sinken.

»Soll ich dir was zu trinken bringen?«, musterte Claudia ihren Ehemann besorgt.

»Nein danke«, wehrte er mit einer schwachen Handbewegung ab. »Selbst dazu ist mir im Augenblick die Lust vergangen!«

»So etwas Brutales aber auch!« Fassungslos schüttelte Claudia den Kopf. »Eine Leiche im Reisighaufen, wer kommt denn auf so was?«

»Kein Mensch natürlich!« Horst hielt sich die Hände vor das Gesicht und massierte seine Stirn. »Ich habe mir noch irgendwie gedacht, dass der Haufen komisch aussieht. Als wenn er zusammengesunken sei, aber dass man da einen hineingeschoben hat, also wer kann das schon ahnen?!«

»Niemand, das haben doch auch wohl deine Kollegen so gesehen, oder?«

»Natürlich! Das heißt, du kannst es dir ja denken, wie der Leingartner, das Arschloch da, hämisch gegrinst hat. Grade so, als ob ich den Kerl selber abgemurkst und hier verbrannt hätte.« In Horst kochte die kalte Wut hoch, als er an das Gesicht seines Intimfeindes dachte, das dieser bei der Vernehmung gezogen hatte.

»Na ja, der will dich doch nur provozieren! Lass dich um Gottes willen ja nicht darauf ein! Versprochen?«

»Versprochen!« Horst machte eine wegwerfende Handbewegung. »Ist der Kerl ja auch gar nicht wert, da gebe ich dir recht!«

»Was meinst du, war das Absicht, dir den Toten unterzujubeln oder reiner Zufall?« Claudia biss sich nachdenklich auf die Unterlippe. »Eigentlich kann es solche Zufälle ja kaum geben, oder? Ausgerechnet bei einem Kriminalkommissar eine Leiche zu deponieren, wer kommt schon auf so eine Schnapsidee?«

Horst war sich da nicht so sicher. »Oder andersrum, das ist die besonders raffinierte Variante. Und ich zünde den Toten dann auch noch an, also dreister geht es gar nicht mehr!« Einen Moment lang spürte er, wie ihm bei der Erinnerung an den aus dem Feuer herausragenden Arm eine Gänsehaut den Rücken hinunterjagte.

»Meinst du, es war vielleicht sogar eine Warnung?« Claudia fixierte ihn mit ernster Miene.

»Wer soll mich denn weswegen warnen? Und bringt man dafür extra jemanden um, also nein, das glaube ich nicht!« Entgegen seiner vor Claudia so demonstrativ zur Schau gestellten Selbstsicherheit hatte sich Horst genau dieselbe Frage aber an diesem Nachmittag schon mehrere Male selbst gestellt. Hatte er den Scheiterhaufen vielleicht sogar als einen Hinweis auf die rauen Sitten im Mittelalter anzusehen – dass es ihm womöglich genauso ergehen würde, falls er seine Recherchen nicht einstellte? Oder konnte er das etwa als Beleg dafür werten, dass er sich auf der richtigen Spur befand und dass der Tod beim Ritterturnier tatsächlich kein Unfall gewesen war?

»Und es handelt sich um einen Mann? Das ist sicher?«

Horst nickte: »Das hat der Arzt noch an Ort und Stelle bestätigt. Ganz eindeutig eine männliche Leiche! Hoffentlich finden die bald heraus, um wen es sich handelt, damit wir wenigstens den Hauch eines Anhaltspunktes haben, was das Ganze soll!«

Die Nacht verlief unruhig. Beide Meyers lagen im Bett nebeneinander und starrten nachdenklich zur Decke. Keiner wagte es, die Gedanken auszusprechen, die sie in der Dunkelheit heimsuchten. War es eben doch eine Warnung gewesen, waren sie in Gefahr, sollten sie am besten zunächst einmal die Kinder in Sicherheit bringen? Und die drängendste aller Fragen: Wo lag die Ursache für diese Drohung, falls es sich tatsächlich um eine Drohung handelte?

Kapitel XIV

»Da, jetzt ist es passiert! Endgültig!« Horst eilte am darauffolgenden Montagmorgen, aufgeregt mit der Zeitung wedelnd, in die Küche und präsentierte Claudia die Schlagzeile, die groß und deutlich von der ersten Seite der »Heilbronner Stimme« ins Auge stach: »Kellermeistersterben geht weiter! Rätselhafter Tod im Feuer – Weingutbesitzer verhaftet!«

»Jetzt haben wir den Salat!« Er reichte Claudia die Zeitung weiter und ließ sich kopfschüttelnd auf einem Küchenstuhl nieder. »Die haben die ganze unselige Maschinerie in Gang gesetzt und ich bin außen vor, weil ich direkt in die Geschichte involviert war! So eine verdammte Scheiße! Das hätte ich nie und nimmer so gehandhabt! Wenn es Spuren gegeben hat, dann sind die jetzt endgültig verwischt worden!« Wütend hieb er mit der Faust auf den Küchentisch, dass die Tassen klirrten.

»Aber das ist ja irre!« Claudia ließ verblüfft die Zeitung sinken. »Also tatsächlich der Ehrenberger, der die letzten drei Wochen vermisst war! Ist er also doch tot, und liegt dann ausgerechnet bei dir im Reisighaufen!«

»Lies weiter, das ist noch längst nicht alles!« Horst schlug sich mit der flachen Hand an die Stirn. »Ich kann's dir auch so erzählen. Die Idioten haben als Konsequenz darauf gleich den Lörcher verhaftet, dringender Tatverdacht heißt es da!«

»Hm, ganz von der Hand zu weisen ist das doch nicht, oder?« Claudia deutete mit dem Zeigefinger auf den Artikel. »Hier steht, dass sie bei dieser Gelegenheit das Weingut nochmal durchsucht haben und diesmal auch das Kellerbuch gefunden haben, aus dem die Manipulationen klipp und klar hervorgehen. Ehrenberger war der Mitwisser und musste deshalb verschwinden!«

»So eine Räuberpistole glaubst du doch selber nicht!« Wieder tippte sich Horst eindeutig an die Stirn. »Glaubst du, der ist so blöd, bringt den Ehrenberger um die Ecke, legt ihn mir dann auch noch quasi vor die Füße und vergisst dann, sein Kellerbuch rechtzeitig zu vernichten? Nie und nimmer!« Er sprang auf und ballte die Fäuste. »Nein, so einfach ist das alles nicht! Und wie soll ich jetzt die Spur finden, die zu der Geschichte in Kaltenberg führt, kannst du mir das verklickern?«

Claudia tippte vielsagend auf die Schlagzeile der Zeitung. »Da steht's doch, schwarz auf weiß: »Kellermeistersterben geht weiter!« Das ist es: Anscheinend tobt in der Branche wirklich ein Kampf auf Leben und Tod! Wenn beispielsweise der Neubauer dem Lörcher auf die Schliche gekommen wäre und der den deshalb umgebracht hat? Und als dann der Ehrenberger aussteigen wollte oder ihn erpresst hat, dann war er an der Reihe? So könnte es doch gewesen sein!« Claudia unterstrich ihre Überzeugung mit nachdrücklichem Kopfnicken.

»Dann soll der Lörcher also den Neubauer mit einem gezielten Schuss aus der Armbrust über mindestens 100 Meter Entfernung erledigt haben? Nein«, Horst schüttelte energisch den Kopf. »Schau den doch mal an, das schafft der nie und nimmer! Dazu musst du eine Bombenkondition haben und eine absolut ruhige Hand noch dazu!«

»Dann hat er halt einen Killer damit beauftragt«, ließ Claudia sich so schnell nicht von ihrer Theorie abbringen.

Horst lachte kurz und trocken. »Einen Killer! Das wird ja immer toller! High Noon im Unterland!«

»Jetzt sei doch nicht so destruktiv!« Verärgert stemmte Claudia die Hände in die Hüften und musterte Horst mit kritischem Blick. »Das ist High Noon im Unterland! Allein, was bisher schon alles passiert ist. Das hättest du dir doch auch nie und nimmer träumen lassen, oder?!«

»Schon«, pflichtete Horst seiner Ehefrau widerstrebend bei. »Aber dennoch, irgendwie will mir das mit dem Lörcher einfach nicht hinunter!«

»Mal sehen, wer am Ende Recht behält! Ich wecke jetzt mal die Kinder auf. Höchste Zeit für Fabian, in die Schule zu gehen!« Claudia verließ die Küche und stieg die Treppe zum Kinderzimmer im oberen Stockwerk ihres Hauses hinauf.

*

»Und der Unterhauser hat wirklich Terror gemacht? Nicht zu fassen!« Claudia schüttelte amüsiert den Kopf, als die beiden Meyers am Abend im Wohnzimmer zusammensaßen und die Ereignisse dieses Montags rekapitulierten.

»Hat er, und wie!« Horst lachte glucksend, als er an die Szene zurückdachte, wie der Kriminaldirektor vom LKA wutentbrannt die Polizeidirektion Heilbronn gestürmt hatte.

»Es sei sein Fall und seine Verhaftung, hat er vor unserem Ede getobt! Er sei gerade dabei gewesen, einen Haftbefehl zu formulieren, als er habe erfahren müssen, dass wir den Lörcher bereits festgenommen hätten!«

»Da sind ja die beiden Richtigen zusammengerasselt! Parteifreund gegen Parteifreund, da schau an!« Claudia rieb sich vergnügt die Hände. »Klar! Der Fall beginnt interessant zu werden! Die Öffentlichkeit ist brennend daran interessiert, wie es weitergeht. Da kann man sich direkt einen Orden verdienen!«

»Eben!« Horst klatschte in die Hände. »Und siehe da, schon zählt die alte Nibelungentreue rein gar nichts mehr, wenn es darum geht, sich der Öffentlichkeit als Strahlemann zu präsentieren! Der Ede hat gebrüllt, Mord sei schlimmer als Steuerhinterziehung und deshalb bleibe der Lörcher erst einmal deswegen in Untersuchungshaft!«

»Aha! Und wenn das mit der Mordanklage nicht ausreicht, dann springt der Unterhauser ein und lässt ihn wegen Steuerhinterziehung schmoren!«, schmunzelte Claudia.

»Genau so ist es und so wird es auch kommen. Das mit dem Mord wird man dem Lörcher nicht so einfach beweisen können. Deshalb muss der Haftrichter den Lörcher meiner Meinung nach beim Haftprüfungstermin auch frei lassen. Aber dann steht ja schon der Unterhauser mit dem Haftbefehl wegen Steuerhinterziehung da und lässt ihn auf der Stelle wieder einbuchten. Nur, dass dummerweise dann keine Schlagzeilen mehr zu ernten sind: die hat bereits unser Ede abgeräumt! Pech für den Unterhauser, und genau das macht ihn ja auch so stinkig!«

»Geschieht ihm wirklich recht, obwohl ich es deinem Chef auch nicht unbedingt gönne ...« Bevor Claudia ihren Satz zu Ende bringen konnte, läutete das Telefon.

Horst beugte sich vor und drückte den grünen Knopf des Mobilteils. »Ja, hallo! Ach Protnik! Du bist es! Hast du also auch schon gehört, was heute bei uns los war?«

Er lauschte aufmerksam, was der Freund aus Ulm am anderen Ende der Leitung zu sagen hatte. Mit einem Mal wurde sein Gesichtsausdruck ernster. Claudia registrierte es mit Unruhe.

»Und du bist dir ganz sicher? Du meinst, das war Absicht? Ach du große Güte! Nicht auch das noch!« Der Kriminalkommissar schüttelte abwehrend den Kopf, bevor er weitersprach. »Hallo Michael! Wie? Geklingelt hat es gerade bei dir? Also gut, wir telefonieren morgen wieder miteinander! Aber sei bloß vorsichtig Michael, hast du gehört? Ja. Tschüss bis morgen!« Nachdenklich legte Horst das Handy zurück auf den Wohnzimmertisch. Schweigend starrte er vor sich auf den Boden.

»Nun sag schon, was ist denn mit Protnik?« Claudia spürte, dass etwas Bedrohliches vorgefallen sein musste.

Horst hob den Kopf und sah Claudia ernst in die Augen. »Du glaubst es nicht, aber Protnik meint, er habe eine Drohung erhalten!«

»Was soll das denn heißen, er meint, eine Drohung erhalten zu haben?« Unwirsch runzelte sie die Stirn. »Hat er nun oder hat er nicht?«

»Tja, wahrscheinlich schon!« Horst spreizte beschwichtigend die Finger seiner Rechten, bevor Claudia explodierte. »So einfach ist das nicht. Also, hör zu, folgendes ist passiert: Der Michael, der glaubt ja immer noch an seine Theorie von der braunen Soße, an der sich der Neubauer die Finger verbrannt hat. Und deshalb hat er in den letzten Tagen immer wieder in dieser Richtung recherchiert und auch den einen oder anderen Lockvogel gesetzt. Ja, und jetzt kommt's: Heute Nachmittag, als er vom Mittagessen gekommen ist, da steckte an seiner Windschutzscheibe ein Feuerzeug!« Horst machte eine kurze bedeutungsvolle Pause.

»Ja und? Ein Feuerzeug halt! Wird irgend ein Blödmann da hingesteckt haben!«

»Möglich! Oder auch nicht. Auf dem Feuerzeug stand nämlich der Name einer Musikgruppe: Druidenfeuer heißen die, und die kommen eindeutig aus der rechten Ecke, in der Protnik ja die ganze Zeit ermittelt hat! Kann das noch wirklich Zufall sein?«

Claudia hielt sich instinktiv die Hand vor den Mund und musterte ihren Ehemann mit entsetzter Miene. Wie ein Menetekel hing der Name der Musikgruppe über ihnen und verpestete die Luft im Wohnzimmer: Druidenfeuer!

»Vielen Dank, dass wenigstens Sie mir geglaubt haben!« Der grauhaarige Mann, in dessen Gesicht sich die Ereignisse der letzten Tage und Wochen mit tiefen Falten eingegraben hatten, schüttelte Horst kraftlos die Hand. Feuchter Schweiß klebte an seiner Handfläche, ein weiteres Anzeichen dafür, wie sehr ihn die zweiwöchige Untersuchungshaft und die stundenlangen Verhöre ganz offensichtlich mitgenommen hatten. Nein, das war nicht mehr der stolze Weingutbesitzer, der mit seiner »Allianz der Sterne« die Konkurrenz in der Unterländer Weinbranche das Fürchten lehren wollte. Siegfried Lörcher hatte sich quasi über Nacht in einen gebrochenen alten Mann verwandelt!

»Ist schon gut, Herr Lörcher! Tun Sie mir bitte nicht zu viel Ehre an!« Verlegen schaute Horst zu Boden, es war ihm peinlich, den anderen in diesem Zustand vor sich zu sehen. »Wissen Sie, wenn ich ehrlich bin, weiß ich immer noch nicht ganz genau, was ich von der ganzen Sache halten soll. Klar scheint mir nur zu sein, dass das alles keinen Sinn macht! Ich kann einfach nicht glauben, dass Sie so einfältig gewesen sein sollen. Wenn Sie ihren Kellermeister schon verschwinden lassen, dann doch nicht ausgerechnet bei mir im Weinberg!«

Lörcher war bei diesen Worten mehrmals schmerzlich zusammengezuckt, als hätten ihn diese Überlegungen getroffen wie Peitschenschläge.

»Nein«, Horst schüttelte entschieden den Kopf. »Ich glaube auch nicht daran, dass Sie so dämlich wären und das Kellerbuch dann doch in einer Ecke Ihres Hauses aufbewahren, bis zwangsläufig die Polizei kommt und nach dem Tod des Kellermeisters ihren Betrieb auf den Kopf stellt. Damit mussten Sie ja schließlich rechnen. Und wenn Sie der raffinierte eiskalte Täter gewesen wären, den meine Kollegen zunächst in Ihnen vermutet haben, dann wäre Ihnen der Fehler mit dem Kellerbuch doch nie und nimmer passiert! Wenn man all das berücksichtigt, dann bleibt eben von der Mordvariante nicht mehr viel übrig! Das mit der Steuerhinterziehung ist eine ganz andere Sache ...«

Lörcher breitete in einer hilflosen Geste die Arme aus und nickte zerknirscht mit dem Kopf. »Steuerhinterziehung!«, schnaubte er unwillig. »Da, schauen Sie sich meinen Betrieb einmal an. In den letzten Jahren habe ich gebaut, renoviert und investiert wie ein Wilder! Was glauben Sie, was ich pro Monat an Zins und Tilgung aufbringen muss! Wie ich nun diese Lawine, die da jetzt auf mich zurollt, bewältigen soll, das ist mir absolut schleierhaft. Nachzahlungen womöglich in Millionenhöhe hat mir der Mann vom LKA, wie heißt er noch ... dieser Unterberger ... angedroht! Ich weiß gar nicht, wie ich das jemals aufbringen soll!« Wieder glitzerte es verdächtig in seinen Augen, die ausdruckslos in die Ferne schauten.

»Na ja«, versuchte Horst den Mann zu trösten. »Jetzt sind Sie ja erst mal raus aus dem Gefängnis. Also länger hätte Sie kein Untersuchungsrichter im ganzen Land mehr drin gelassen, nachdem die Mordanklage absolut unhaltbar war und sich auch der Unterhauser mit seiner Weinpanschtheorie und den daraus resultierenden Schlussfolgerungen ja noch auf sehr sehr dünnem Eis bewegt! Das passt doch alles hinten und vorne noch nicht zusammen.«

Lörcher zuckte hoffnungslos mit den Schultern. »Das sagen Sie«, meinte er zweifelnd. »Aber Ihre Kollegen und erst recht die Weinbranche, was meinen Sie, wie die mir jetzt alle am Zeug flicken werden! Ob ich das jemals überstehen werde? Da schauen Sie!« Wieder machte er eine weit ausladende Geste und betrachtete sein Weingut bitter. »Keine Menschenseele weit und breit! Wir haben heute den 15. Dezember und kein Kunde ist auf dem Hof zu sehen! Normalerweise brummt um diese Zeit der Bär, da kommen Sie kaum hinterher mit dem Verkaufen – und jetzt?« Er holte tief Luft und schüttelte betrübt den Kopf. »Nein, Herr Meyer! Ich fürchte, das wird nichts mehr: da kann ich mir am besten gleich einen Strick nehmen ...«

»Herr Lörcher, ich bitte Sie!« Horst trat einen Schritt auf den verzweifelten Mann zu und rüttelte ihn an der Schulter. »Jetzt lassen Sie den Kopf nicht hängen, das wird schon wieder! Die Banken, mit denen können Sie doch reden, denen ist es doch auch lieber, wenn Sie ein paar Monate Zins und Tilgung aussetzen, bis Sie wieder flüssig sind, anstatt dass alles den Bach runter geht. Davon hat doch dann gar niemand etwas! Warten Sie nur, in ein paar Monaten ist Gras über die Sache gewachsen ...«

»Schön wär's!« Lörcher zog einen Briefumschlag aus seiner Manteltasche und hielt ihn Horst unter die Nase. »Da, schauen Sie, das ist der nächste Hammer und auch der Beweis, dass ich das Panscher-Image so schnell nicht mehr los werde!«

Neugierig nahm Horst den Umschlag, auf dem das Signet der Stadt Heilbronn zu erkennen war, und las den Inhalt des kurzen Schreibens an das Weingut Lörcher.

Ungläubig starrte er auf das Papier in seinen Händen. »Nein, das glaube ich nicht! Das kann doch wohl nicht wahr sein!«

»Ist es aber, leider!«, nickte Lörcher ernst. »Die haben doch schon lange auf eine solche Gelegenheit gewartet, um mich aus dem Weindorf hinauszuwerfen. Seit ich die ›Allianz der Sterne‹ gegründet habe. Damals hat das Spießrutenlaufen begonnen. Das seien ja nicht mehr nur Heilbronner Weine, die ich verkaufen würde und so ginge das nicht. Sie glauben gar nicht, wie mächtig die Lobby meiner Berufskollegen ist, wenn sie erst mal einen im Visier haben! Da haben Sie nicht den Hauch einer Chance mehr! Ich gebe zu, das habe ich völlig unterschätzt. Aber jetzt, jetzt haben sie mich am Wickel. Zu unserem tiefsten Bedauern ...« Seine Stimme klang zugleich traurig und wütend. »Gejubelt haben die, als sie das Schreiben aufgesetzt haben, darauf können Sie Gift nehmen! Endlich haben sie es geschafft und mich aus dem Weindorf getrieben! Tja«, er klatschte die Hände zusammen und sah Horst offen an »und deshalb, Herr Meyer, wird mich diese Geschichte bis weit ins nächste Jahr hinein begleiten, zumindest bis in den September, zum Weindorf. Da wird dann ein neues Weingut auftauchen und in der Zeitung wird dann wieder der Hinweis erscheinen, dass sie mich ja im Winter wegen den Weinpanscherei-Vorwürfen hinausgeworfen hätten. Und das geht dann wieder in der Szene rum und so kann ich alles, was vielleicht in der Zwischenzeit an Gras über die Sache gewachsen wäre, glatt wieder vergessen! So ist das, leider!«

»Aber Sie legen doch sicher Einspruch gegen diesen Rauswurf ein, oder?«

»Nein, werde ich nicht tun!« Lörcher schüttelte entschieden den Kopf. »Das hat überhaupt keinen Wert! Das ist ein Gremium aus Mitgliedern der Stadt und dem Verkehrsverein, wo die Kollegen natürlich gut vertreten sind. Und außerdem, so ein Vertrag, der kann jährlich gekündigt werden, da habe ich also gar keine Chance. Formalrechtlich ist das alles in Ordnung, eine Klage dagegen wäre vergebliche Liebesmühe. Nein, ich denke, ich muss meine Kräfte jetzt anderweitig konzentrieren, wenn ich überhaupt nochmal Boden unter die Füße bekommen will ...« Er machte eine nachdenkliche Pause, gerade so, als überlege er bereits krampfhaft, wie er sein Weingut doch noch aus der Krise führen könnte.

»Haben Sie da schon eine Idee?« Horst war bei all seinem vor Lörcher zur Schau getragenen Optimismus selbst überaus skeptisch, ob das gelingen würde.

»Na ja«, nachdenklich kratzte sich Lörcher an der Schläfe. »Auf jeden Fall muss ich mit meinen Allianz-Partnern reden. Es ist die einzige Chance, die ich sehe. Die müssten nun eben dafür sorgen, dass sie mehr als wir das einmal vertraglich vereinbart hatten, von meinem Wein abnehmen und verkaufen, das wäre eigentlich die einzige Möglichkeit, die ich sehe. Weit weg von Heilbronn, wo mein Name noch nicht in den Schmutz gezogen worden ist. Vielleicht habe ich nun endlich auch einmal einen Vorteil von der ›Allianz der Sterne‹, die ich schließlich erfunden habe. Bislang auf jeden Fall hat mich diese Idee nur nach unten gezogen, und zwar ganz gewaltig!« Er machte eine nachdenkliche Pause, in der er – so schien es Horst – zu sinnieren schien, um wieviel besser die letzten Jahre verlaufen wären, wenn er seine Vorstellung von der internationalen Partnerschaft der Weingüter nicht in die Tat umgesetzt hätte. Schließlich hob er den Kopf und fuhr sich mit einer energischen Handbewegung über die Augen, gerade so, als wolle er die düsteren Schleier hinwegfegen, die sich wie Mehltau über seine Existenz gelegt hatten. »Eine Frage hätte ich aber schon noch, Herr Meyer!« Forschend musterte der Weingutbesitzer sein Gegenüber. Allmählich schien doch wieder ein Teil der alten Energie in ihn zurückzuströmen.

»Bitte! Wenn ich sie Ihnen beantworten kann?« Horst war gespannt, was jetzt kommen würde.

»Na ja! Eigentlich eine Frage, die mich schon seit Tagen umtreibt: Wieso sind Sie der Einzige, der offensichtlich an meine Unschuld glaubt, und zwar in beiderlei Hinsicht? Anfangs hatte ich ja eher den gegenteiligen Eindruck, da schien es mir so, als würden Sie sich von dem Daub so richtig aufhetzen und einspannen lassen ...«

Aha, das war es also. Horst wiegte bedächtig den Kopf. »Tja, das ist mit Worten schwer zu sagen ... Vielleicht ist es einfach nur so ein Gefühl. Ich meine, Fakten sind ja weiß Gott wenige bisher auf dem Tisch, wenn wir von den paar beschlagnahmten Flaschen und dem so merkwürdig wieder aufgetauchten Kellerbuch einmal absehen. Ich weiß nicht ...« Er nahm den anderen nun ernst und forschend ins Visier. »Und der Rudolf Daub, der kann lange reden, schließlich ist der selber ja als Konkurrent befangen, da gebe ich also gar nichts drauf, auch wenn es vielleicht anfangs anders auf Sie gewirkt haben mag. Nein, ich glaube einfach nicht daran, dass Sie – entschuldigen Sie den Ausdruck – so blöd gewesen sein sollen. Und überdies lief das mit der ›Allianz der Sterne‹ ja doch auch wirklich prächtig, sonst wären Ihre Kollegen schließlich nicht so neidisch auf Sie gewesen. Neid ist etwas, das man sich bekanntlich erarbeiten muss und das deutet andererseits auch immer auf einen gewissen Erfolg hin! Klar, nun gibt es welche, die sagen, dass Sie dann eben plötzlich den Hals nicht mehr voll genug kriegen konnten. Aber ehrlich, das glaube ich nicht! Wie gesagt, es ist nur so ein Gefühl!« Achselzuckend verzog er die Mundwinkel. Was sollte er sonst auch anderes sagen?

»Danke, Herr Meyer!« Lörcher ergriff Horsts Rechte und drückte sie fest und dankbar. »Immerhin haben Sie die Argumentation der anderen durch Ihre Einwände auch sachlich erschüttert. Das war sicherlich alles andere als einfach, denn dazu bedarf es schon auch einer gehörigen Portion Standfestigkeit. Einer gegen alle ...«

Horst machte eine wegwerfende Handbewegung. »Ach wissen Sie, das ist nichts Besonderes für mich! Das bin ich schon gewohnt. Ich bin halt nicht von der Sorte, die immer gern mit den Wölfen heult. Auch wenn's meistens einfacher wäre. Da bin ich genau wie Sie sozusagen!«, lächelte der Kommissar verlegen.

»Finde ich trotzdem prima! Nochmals vielen Dank!« Wieder schüttelte Lörcher die Hand des Kommissars mit dankbarem Druck, dann sah er ihm forschend ins Gesicht. »Ich weiß ja, dass Sie vorsichtig sein müssen und dass Sie nicht in den Verdacht allzu großer Beeinflussung kommen dürfen. Deshalb kann ich Ihnen ja auch nichts anbieten ...« Lörcher hielt inne, während Horst augenblicklich ein alarmierendes Signal durchzuckte. Er drückte den Rücken durch und straffte sich. Kam etwa jetzt einer dieser miesen Bestechungsversuche, mit denen Tatverdächtige immer mal wieder probierten, die Polizei durch das Winken mit Geld – manchmal sogar sehr viel Geld – auf ihre Seite zu ziehen? Hatte er sich also doch völlig in Lörcher getäuscht? Bitte, das durfte nicht wahr sein!

»Aber weil ich weiß, dass Sie ja selbst ein richtiger Weinzahn sind, wollte ich Sie deshalb ganz gerne einmal zu einer Weinprobe einladen! Ich habe da noch ein paar Flaschen im Keller, also die würden ihnen sicherlich zusagen – und das ist ja wohl keine Bestechung, oder, was meinen Sie?«

Horst atmete innerlich erleichtert auf. Na, Gott sei Dank. Von wegen Bestechung: Wenn er ab und zu mitbekam, was die großen Tiere bei Ihnen immer so alles abschleppten, während sie die kleinen Beamten mit Argusaugen überwachten, also wirklich! Lächelnd erwiderte er den Händedruck. »Herzlich gern! Das wird wohl schon klar gehen! Dagegen kann man nicht viel einwenden. Das hat mich schon lange einmal gereizt, eine Weinprobe bei Ihnen. Wieso also nicht? Meinen Sie, ich könnte vielleicht noch jemanden mitbringen?«

Lörcher breitete einladend die Arme aus. »Aber natürlich, herzlich gerne! Ihre Frau sicherlich, und meinetwegen noch mehr Leute, falls sich überhaupt noch jemand zu mir wagt!«, setzte er mit zynischem Unterton hinzu.

»Ja, meine Frau wird sich sicherlich freuen. Aber ich hätte da noch einen Kandidaten, eigentlich fast ein hoffnungsloser Fall. Es ist ein Freund von mir, ein passionierter Biertrinker, der höchstens ab und zu mal einen Wein im Supermarkt kauft. Dem will ich schon lange mal mit auf den Weg geben, was er so alles verpasst, wenn er zu seinen Literflaschen mit den Schraubverschlüssen greift!«

»Logisch, den bringen Sie auch mit!« Lörcher tippte sich mit dem Finger an die Nase und überlegte kurz. »Habe ich den nicht schon mit Ihnen zusammen gesehen? So ein großer wuchtiger Mann, in ihrem Alter ungefähr?«

»Genau, den meine ich! Das ist ein alter Freund von mir, der eigentlich aus Russland kommt. Der hat sich die Geschmacksnerven wahrscheinlich schon früher mit Wodka ruiniert. Also gut, den werden wir mit Ihrer Hilfe mal einlernen!« Lörcher musste ja nicht unbedingt wissen, dass es sich bei Protnik um einen Kollegen handelte. Das hätte ja nur neue Unsicherheit bei dem anderen hervorgerufen. Und so konnte man das Angenehme mit dem Nützlichen verbinden, denn ehrlich gesagt, so ganz frei und reingewaschen von jedem Verdacht – also auch von dem des illegalen Weinhandels – schien ihm Lörcher dann ja auch noch nicht. »Ja, was meinen Sie, mein Freund wollte mich kurz vor Weihnachten sowieso noch besuchen. Geht's bei Ihnen womöglich am 23. Dezember?«

Lörcher lachte bitter auf und wies mit dem ausgestreckten Arm hinter sich. »Es geht! Leider ja! In jedem anderen Jahr vorher hätte ich Ihnen gesagt, das sei unmöglich! Aber heuer? Sehen Sie selbst: Still ruht der See!«

In der Tat: keine Menschenseele war auf dem Weingut zu sehen, über dem sich eine unnatürliche Stille ausgebreitet hatte. »Also gut, dann bis zum 23., sagen wir 18 Uhr?«

*

»Eigentlich schade, dass die Uschi nicht mitkommen konnte!« Manchmal hasste sich Horst für solche Bemerkungen, aber im Laufe der Zeit hatte auch er gelernt, dass solche mitfühlenden Randbemerkungen ungeheuer viel Sympathie erzeugen konnten, auch wenn sie alles andere als ehrlich gemeint waren. Aber so war nun einmal der Gang der Dinge. Horst registrierte den dankbaren Blick aus Protniks Augen, der ihm signalisieren sollte, wie gut es dem anderen tat, dass der Freund und Kollege die dicke Lebensgefährtin des Sputnik anscheinend ganz allmählich auch mit in sein Nachtgebet einschloss. Das kritische Stirnrunzeln im Antlitz seiner Ehefrau ignorierte Horst geflissentlich. »Na ja, man kann halt nicht alles haben! Wenn sie noch so müde und kaputt ist nach ihrer Grippe, dann verstehe ich das schon. Und außerdem haben wir so einen kostenlosen Babysitter ...« Weiter kam er nicht, denn im selben Moment erhielt er einen energischen Stoß in die Seite. Es handelte sich um Claudias Ellbogen. Horst hob beschwichtigend die Hände.

»Ja, also meine Herrschaften, dann hätte ich hier noch einen ganz besonderen Tropfen«, sprang dem bedrängten Kommissar da Siegfried Lörcher zur Seite, der lächelnd mit einer bereits geöffneten Bordeauxflasche in die Probierstube trat. Mit feierlicher Miene hielt er die Flasche in die Höhe und präsentierte seinen Gästen das Etikett. »Hier, sehen Sie, das ist ein 94er Lemberger Spätlese aus meiner besten Lage am Wartberg. Ich habe ihn zwei Jahre lang im Barriquefass gelagert, zu einer Zeit, als die meisten von meinen Kollegen noch nicht einmal gewusst haben, wie man Barrique richtig ausspricht!«

Typisch Lörcher, der alte Zyniker! Er musste eben immer noch einmal ein paar Seitenhiebe extra austeilen, er konnte offenbar nicht anders. Doch immerhin, ganz allmählich schien er wieder derselbe zu werden, als den Horst ihn bisher immer gekannt hatte: sprühend vor Energie und Tatendrang, immer eine Nase weiter vorn als die meisten seiner Kollegen! Und immer stolz auf die eigenen Produkte, auf die besten weit und breit, wie er sie immer wieder bezeichnete. Klar, dass ihm diese Charaktereigenschaft, dieses extreme Herausstellen der eigenen Vorzüge nicht nur Freunde in der Branche beschert hatte, aber so war er halt, der Siegfried Lörcher, der Gründer der »Allianz der Sterne«.

Noch beim Betreten des Weingutes hatte sie alle ein merkwürdiges Gefühl gefangen gehalten, ein Gefühl, über das sie schon vorab mehr als einmal ernsthaft diskutiert hatten. Ob es wirklich so eine gute Idee gewesen sei, sich von einem doch mindestens der Weinpanscherei Verdächtigen einladen zu lassen. Doch schließlich hatte der Optimismus die Oberhand gewonnen, verbunden mit einem gewissen kriminalistischen Interesse, das hatte Horst schließlich zugegeben. Immerhin war man dank dieser Einladung direkt in das Allerheiligste vorgedrungen, nämlich ganz privat in die Höhle des Löwen, falls es sich bei

Lörcher wirklich um den Löwen handelte. Das fast verlassen daliegende, trotz der Dunkelheit nur spärlich beleuchtete Weingut hatte auf sie einen alles andere als einladenden Eindruck gemacht und neuerliche Zweifel am Sinn dieser Weinprobe hervorgerufen.

Auch Lörcher selbst, der sie zunächst mit mürrischer Miene begrüßt und ihnen die düstere Umsatzbilanz der letzten Tage vor Augen geführt hatte, schien über seine vor knapp zwei Wochen ausgesprochene Einladung nicht unbedingt mehr sonderlich begeistert. Doch im Verlauf der nächsten halben Stunde hatte sich die Anspannung gelegt und war – sicherlich auch dank des bereits reichlich verkosteten Weines – einer angeregten Debatte über die Vorzüge und Geschmackseigenschaften des einen oder anderen edlen Tropfens gewichen.

»So, bitte schön!« Vorsichtig schenkte Lörcher die Gläser zur Hälfte voll.

»Nicht so viel, bitte!«, wehrte Claudia ab. »Ich glaube, ich vertrage einfach nicht mehr dasselbe Quantum wie früher!« Sie fuhr sich mit der flachen Hand müde über die Stirn.

Horst musterte seine Frau besorgt. »Ist dir nicht gut?«

»Nein, nein«, beschwichtigte Claudia. »Es war nur ein bisschen viel heute Morgen in der Praxis. Ich habe halt mit einem Mal so leichtes Kopfweh, weißt du. Wahrscheinlich hat es mich auch erwischt mit der Grippe. Würde ja passen, so kurz vor den Feiertagen!« Sie runzelte säuerlich die Stirn.

»Soll ich Ihnen einen Kaffee machen? Würde Ihnen das helfen?« Mitfühlend betrachtete Lörcher sie.

»Machen Sie nur keine Umstände meinetwegen! Ich setze lieber mal aus bei der Probe, dann wird es schon wieder gehen!« Es war Claudia anzusehen, wie peinlich ihr die Sorge war, die alle ihretwegen an den Tag legten.

»Das ist überhaupt keine Mühe! Wissen Sie, den Kaffee habe ich schon vorbereitet. Das machen wir meistens so, nach einer Weinprobe. Der ist nämlich bereits in der Thermoskanne! Und die Tassen stehen dort drüben im Schrank, samt Milch und Zucker!«

Horst registrierte erstaunt, wie einfühlsam der sonst eher als Rambo der Weinbauszene apostrophierte Lörcher sich doch geben konnte. Er gähnte verhalten. »Ich denke, wir lassen es nach dieser Probe dann auch gut sein. Irgendwie bin ich auch ziemlich müde, was sagst du, Michael?«

Protnik zog es vor, seine Antwort in ein Rätsel zu kleiden. Er wiegte den Kopf und musterte das Weinglas vor sich auf dem Tisch. Anscheinend hatte ihm der ganze Abend bisher noch keines jener Schlüsselerlebnisse beschert, das ihn auf der Stelle vom Lager der Biertrinker in das der Weinzähne hätte überwechseln lassen. Mit mehr oder minder ausdrucksloser Miene hatte er eine Probe nach der anderen in seine Kehle gekippt, ohne dass die anderen anschließend begeisterte oder zumindest anerkennende Kommentare vernommen hätten. Mit dem stoischen Gleichmut des sibirienerprobten Russlanddeutschen ließ er die Probe über sich ergehen. Und dabei waren ihnen doch wirklich und wahrhaftig erstklassige Gewächse kredenzt worden. Na ja, wenigstens würde von Protniks Seite kein entschiedener Widerstand kommen, falls sie sich zum Nachhausegehen entschlossen.

»Aber den hier trinken wir noch. Dann machen wir auf jeden Fall erst mal eine Kaffeepause, einverstanden?« Horst griff zum Weinglas und hielt es prüfend in die Höhe. »Eine tolle Farbe«, nickte er anerkennend. »Rubinrot, wie aus dem Bilderbuch!« Er setzte das Glas an die Nase und sog langsam das Aroma ein. »Ah! Unbeschreiblich! Dieser Duft, allein dieser Duft! Jetzt bin ich gespannt, was der Gaumen sagt!« Samtig und gehaltvoll kleidete der Wein förmlich die ganze Mundhöhle aus, als er ihn schlürfend einsaugte. Richtig ölig schien sich ihm dieser Lemberger zu präsentieren, ein dichtes Geschmackserlebnis, eine Mischung aus Vanilletönen, Erdbeere, Brombeere und Banane. Ja wirklich, sogar ein feines Bananenaroma meinte er zu verspüren. Horst lächelte beim bloßen Gedanken an Protniks Kommentar, wenn er ihm diese Eindrücke geschildert hätte und warf dem unbeeindruckt dasitzenden Kollegen einen verstohlenen Seitenblick zu, während er sein Glas feierlich wieder absetzte: »Das war erste Sahne! Donnerwetter! Ein solcher Wein ist fast nicht mehr zu toppen! Gratulation, Herr Lörcher!«

»Sag ich doch!« Um Lörchers Miene spielte ein überlegenes Lächeln. »Das sollen die anderen erst einmal hinbekommen, so einen Wein, bevor sie mir ständig auf den Füßen herumtrampeln! So, und nun machen wir eine kleine Pause für die Frau Meyer! Bitte schön, hier sind die Tassen und hier kommt auch schon der Kaffee!« Er öffnete die Tür eines mit wunderschönen Schnitzereien verzierten Holzschrankes und schenkte allen Anwesenden Kaffee ein. »Mit Milch und Zucker?«

Claudia schüttelte den Kopf. »Nein Danke! Nur Zucker, bitte!«

Auch Protnik und Horst wehrten ab. Sie hatten es sich in ihren vielen Jahren bei der Kripo angewöhnt, den Kaffee sogar »ohne alles«, also schwarz, zu sich zu nehmen.

Als erste griff Claudia nach ihrer Kaffeetasse und blies langsam ihren Atem in den dampfenden Kaffee, bevor sie mit vorsichtigen Schlucken trank. Erstaunt bemerkte Horst, wie seine Frau das Gesicht verzog als sie die Tasse auf den Tisch zurückstellte und sich angewidert schüttelte. Anscheinend war Lörcher der Kaffee ziemlich stark geraten.

Er nahm einen vorsichtigen Schluck von dem heißen Getränk. Tatsächlich! Das Zeug schmeckte wirklich ekelhaft! Fast wäre ihm ein dementsprechender Kommentar herausgerutscht, doch er konnte sich gerade eben noch zügeln.

»Ist etwas mit dem Kaffee nicht in Ordnung?«, erkundigte sich Lörcher, dem der Gesichtsausdruck seiner Gäste natürlich nicht verborgen geblieben war.

»Nein, nein – schon gut!«, wehrte Claudia ab, der es sichtbar peinlich war, dass Lörcher etwas gemerkt hatte. »Ich bin so starken Kaffee, wie Sie ihn machen, nur anscheinend nicht gewohnt! Vielleicht sollte ich doch ein bisschen Milch hineintun!«

»Bitte schön!«, schob Lörcher ihr ein Fläschchen mit Kondensmilch über den Tisch. »Das ist mir jetzt aber wirklich peinlich. Meine Frau macht zwar schon immer einen starken Kaffee, aber wir kaufen ihn immer beim Kaffeehaus Hagen, die rösten ihren Kaffee ja noch selber. Der Hagen hat den mit Abstand besten Kaffee, wenn auch nicht den billigsten. Da lassen Sie jeden Kaufhaus-Kaffee stehen, wenn Sie den getrunken haben. Und ich sage ja, so ist unser Motto, von allem nur das Beste, deshalb auch dieser Kaffee. Da soll es mir dann auf den Preis auch nicht ankommen, das ist eigentlich um kein Haar anders, als bei uns in der Weinbranche! Komisch, sonst ist der doch immer gut bekömmlich ...« Lörcher machte ein bekümmertes Gesicht, während er sich nun auch eine Tasse aus dem Schrank holte.

»Lassen Sie nur, Herr Lörcher! Bitte keine Umstände! Ein bisschen Milch und dann geht es schon!« Claudia schüttete sich einen Schluck von der Kondensmilch in die Tasse. »Oh! Das war wohl nichts! Anscheinend ist die Milch sauer!« Tatsächlich war die Milch in der Kaffeetasse zu weißen Flocken geronnen, die auf dem dunklen Kaffee schwammen.

»Das wird ja immer besser!«, schlug Lörcher die Hände über dem Kopf zusammen. »Aber warten Sie, hier habe ich noch eine ganz neue Milchflasche!« Er nahm die Flasche prüfend in Augenschein und musterte das Haltbarkeitsdatum auf dem Etikett. »Also, die ist noch mindestens einen Monat haltbar! Das tut mir jetzt aber wirklich furchtbar leid, Frau Meyer!« Es war dem Weingutbesitzer anzusehen, dass ihm die Sache wirklich furchtbar peinlich war – für Horsts Geschmack fast ein bisschen zu übertrieben peinlich!

»Da komm, nimm meinen Kaffee!« schob Horst seiner Frau die Tasse zu. Die braune Brühe mit Milch zu verfeinern, nein, das war nicht nach seinem Geschmack und pur war der Kaffee ihm wirklich zu bitter, viel zu bitter!

»Aber ...«, noch ehe Lörcher seinen Protest formulieren konnte, hatte Claudia die Tasse zu sich gezogen. »Ist schon in Ordnung, Herr Lörcher! Der Horst trinkt halt keinen Kaffee mit Milch, ich nehme ihn gerne!« Sie riss den Plastikdeckel des Fläschchens auf und goss die Kondensmilch in den Kaffee. »Oh! Schon wieder!« Verwundert sah Claudia auf. »Ich glaube, wir haben da ein Problem! Entweder liegt's an der Milch oder ...«

Der Kaffee!! Der bittere Schluck! Eine riesige eiserne Pranke quetschte in diesem Augenblick der Erkenntnis Horsts Brustkorb zusammen. Was wäre wenn?!!! Ihm wurde von einer Sekunde auf die andere speiübel. Mühsam rang er nach Atem. Der Kaffee! Also doch! Lörcher! Die überstürzte Flucht des Kellermeisters! Die Leiche im Weinberg! Die Durchsuchung des Weingutes! Der Tod beim Ritterspiel! Weihnachten! Die Kinder – alleine als Vollwaisen! Rache, billige Rache! Nein!

Horst erhob sich mühsam und schwankend! Sein Kopf schmerzte, ihm war schwindlig. Und dennoch, er konnte, nein, er durfte den anderen jetzt nicht davon kommen lassen! Wo war er? Aha! Da! Mit einem Aufschrei stürzte er sich auf Lörcher, der ihn mit der Kaffeekanne in der einen und der angeblich verdorbenen Kondensmilchflasche in der anderen Hand ungläubig staunend anglotzte. Er packte den Weingutbesitzer mit beiden Händen am Hals und drückte zu, so fest er konnte. »Du Schwein, du verdammtes, elendes Schwein!«, würgte er keuchend hervor, während er seinen Griff immer mehr verstärkte. Erstaunlich, wie viel Kraft sich doch noch in seinem von dem Gift geschwächten Körper befand! Genug, um es dem anderen heimzuzahlen! Wenn schon, dann würde er ihn wenigstens mitnehmen in die ewigen Jagdgründe! »Das hast du dir so gedacht, du Drecksau, du gemeine!« Lörchers Gesicht färbte sich lila, die Augen des Weingutbesitzers traten aus ihren Höhlen.

»Horst!« Eine donnernde Stimme drang an sein Ohr und ließ ihn zusammenzucken. Protnik! Wieso hatte der nun plötzlich seine Hände in Horsts Schultern gekrallt und versuchte offenbar mit Gewalt, ihn von dem feigen Giftmörder zurückzustoßen? »Horst!«, donnerte es wieder durch seinen Kopf und im selben Moment verspürte er einen stechenden Schmerz oberhalb der Hüfte, der ihn wie ein Klappmesser zusammenfahren ließ.

Aufheulend löste Horst seinen Griff um Lörchers Hals und presste die Hände auf die schmerzende Stelle. Gleichzeitig fühlte er, wie er mit unnachgiebiger Gewalt auf die Eckbank zurückgedrückt wurde, von der er vorhin in wilder Panik aufgesprungen war. »Horst, was soll der Scheiß!« Mit hochrotem Kopf stierte Protnik in seine Pupillen. »Bist du denn ganz und gar übergeschnappt, Horst?«

Es vergingen mehrere Sekunden, bis Horst fähig war, den Schmerz einigermaßen zu unterdrücken und langsam und kontrolliert Luft holte. Luft holen! Langsam und kontrolliert! Einatmen – ausatmen! Es ging! Das Bewusstsein strömte warm und zögernd in sein Gehirn zurück. Allmählich begann er, seine Umgebung wieder kontrolliert und sicher wahrzunehmen. Der Anschlag war also fehlgeschlagen! Links von ihm saß Lörcher, den immer noch hochroten Kopf erschöpft in den Nacken gelegt, den Kragen weit offen. Rote Striemen zeichneten sich an seinem Hals ab. Mühsam schnappte er nach Sauerstoff. Gegenüber Claudia, kopfschüttelnd, ratlos. Und vor ihm Protnik, mit besorgtem forschenden Blick. Sachte tätschelte er ihm die Wange. »Mensch, Horst, alter Schwede! Hast du dich wieder eingekriegt?«

Horst schluckte schwer und trocken. Hilflos schüttelte er den Kopf und zuckte die Achseln. Was um alles in der Welt war nur geschehen? In welche Situation war er da geraten? Es fiel ihm schwer, unendlich schwer, sich einen Reim auf das Geschehen zu machen, das noch keine zwei Minuten hinter ihm lag.

»Horst!« Protnik rüttelte jetzt energisch an seiner Schulter. »Horst! Bist du in Ordnung?« Auch Claudia war aufgestanden und näherte sich ihrem Mann mit dem prüfend-forschenden Blick der erfahrenen Ärztin. Claudia? Wieso Claudia? Hatte die nicht am meisten von dem vergifteten Kaffee abbekommen? Müsste in Wirklichkeit also nicht sie ...? Wieder begannen die Gedanken in seinem gemarterten Schädel zu rasen, verrückt zu spielen! Warum er und nicht Claudia? Oder sie alle beide! Wo sie doch wesentlich mehr als er ...

»Junge, Junge!« stieß, Horst mühsam hervor. »Was ... was soll denn das schon wieder gewesen sein ...?« Er hielt inne und wieder rang er nach Atem. Offenbar hatte Protniks Schlag direkt seinen Nieren gegolten und wie es schien auch genau dort getroffen. Noch immer brannte die Stelle wie Feuer und jeder tiefe Atemzug brachte ihm die Quittung in Form von stechenden Schmerzen ein, die durch seinen Unterleib jagten.

»Mensch, Horst, du bist ausgeflippt, einfach so!« Missbilligend schüttelte Protnik den Kopf. »Du hast anscheinend zu viel getankt und bist dann durchgedreht wie eine Rakete ohne Steuerung! Da schau mal«, er deutete mit dem Daumen seiner rechten Hand auf den erschöpft auf seinem Stuhl hängenden Lörcher hinüber. »Du hättest den beinahe abgemurkst – um ein Haar!«

»Aber der Kaffee ...«, würgte Horst mit zusammengebissenen Zähnen heraus. »Der Kaffee war doch vergiftet ...« Wieder schien sein Magen zu rebellieren, der pure Gedanke an das widerliche braune Getränk ließ seinen Pulsschlag in die Höhe jagen.

»Der Kaffee war völlig harmlos! Affenscheußlich zwar, aber harmlos!« Besorgt musterte ihn Claudia zum zweiten Mal durchdringend. »Und wenn da etwas gewesen wäre, dann hätte es doch zuallererst mich erwischt! Schließlich habe ich mindestens die doppelte Menge geschluckt wie du und ich bringe – im Vergleich zu dir – zumindest«, damit warf sie ihm einen spöttisch-abschätzenden Blick zu, den er im Moment ganz und gar nicht vertragen konnte, »höchstens halb so viel auf die Waage wie du! Ich müsste also bereits wesentlich näher bei den Engelein stehen als du!« gab sie ihrem Resümee auch noch den letzten Schliff.

»Wer den Schaden hat ...«, knurrte Horst missmutig, während eine neue Flut von Schmerzen durch seinen Unterleib jagte.

»... spottet jeder Beschreibung!«, ergänzte der grinsende Protnik in aller Seelenruhe. Nicht zu glauben, dass dieser Kerl, der da vor ihm stand, als könne er kein Wässerchen trüben, mit einem derartigen Dampfhammer ausgestattet war, der ganze Legionen von Gewaltverbrechern mit einem einzigen Schlag ins Reich der Träume befördern konnte!« »Aber jetzt«, und damit nickte Protnik zu Lörcher hinüber, der es in der Zwischenzeit immerhin geschafft hatte, sich wieder einigermaßen senkrecht auf seinem Stuhl zurechtzurücken, »jetzt solltest du langsam deinen Canossagang antreten!«

»Ich? Wieso denn?« Entrüstet starrte Horst dem Freund ins Gesicht und wollte empört auffahren, als ein Messerstich, der von seiner Leber auszugehen schien, ihn eines besseren belehrte. »Hab ich etwa was in den Kaffee getan oder der da drüben?«, bellte er wütend.

»Ach, du heilige Einfalt! Horst!« In gespieltem Entsetzen hatte Claudia die Hände gefaltet und bedachte ihren Mann mit einem tadelnden Stirnrunzeln. »Jetzt begreif doch endlich: Da ist nix und da war nix! Aus! Ende der Fahnenstange!«

»Aber ... aber ...« Nein, Horst konnte und wollte das so nicht akzeptieren. »Da muss doch irgendwas – denkt doch bloß einmal an die Milch! Die gerinnt doch nicht von alleine! Da war etwas im Kaffee, und zwar etwas, das da nicht hineingehört!« Missmutig schüttelte er den Kopf. Nein, so schnell ließ er sich nicht einen Dummkopf schelten. Ganz so einfach war die Geschichte nun weiß Gott auch wieder nicht! Lörcher, der alles andere als gute Erinnerungen an die Polizei hegte: Hier hatte er seine ersten Opfer fast schon im Sack gehabt ... Oder was hieß da »erste Opfer«? Immerhin waren da ja schon der arme Erich

Neubauer und dann Ehrenberger, der Kellermeister bei Lörcher gewesen war. Ausgerechnet Lörcher ...

Wie auf ein Stichwort begann Lörcher zu husten. Dann erhob sich der Weingutbesitzer mühsam und breitete hilflos die Arme aus. Leise und stockend begann er zu sprechen: »Also ich verstehe das Ganze nicht! Ich habe die Kaffeemaschine heute Nachmittag erst entkalkt. Normalerweise macht das ja meine Frau, aber die hat sich nicht wohlgefühlt. Seit den Aufregungen in den letzten Wochen, die ihr schwer zu schaffen gemacht haben, ist es einfach mit ihrer Gesundheit nicht mehr zum Besten gestellt. Kein Wunder, wenn Sie daran denken, was uns alles widerfahren ist ...« Er machte eine kurze erschöpfte Pause. »Also ... ich weiß auch nicht, wie das passieren konnte, aber ich kann mir keinen anderen Reim darauf machen, als dass da noch etwas von dem Entkalkungsmittel zurückgeblieben ist. Und das, obwohl ich die Maschine viermal durchgespült habe – doppelt so oft wie es hätte sein müssen!«

In Claudia dämmerte der Hauch einer Erkenntnis. »Ach, Herr Lörcher, könnte ich die Maschine einmal sehen?«

»Kein Problem!« Lörcher zuckte die Achseln und schlurfte zur Tür hinaus, um wenige Augenblicke später mit der Kaffeemaschine in den Händen wieder zurückzukommen. »Da bitte, sehen Sie selber! Es ist eigentlich noch ein recht neues Modell! Aber nachdem ich es ein paar Wochen nicht mehr in Betrieb gehabt habe, da dachte ich mir ...«

»Schon gut«, wurde er von Claudia unterbrochen, die mit Kennerblick die Kaffeemaschine in Augenschein nahm. »Aha, so eine ist das, mit extra Wasserfilter!«, sagte sie schließlich und stellte die Maschine auf den Tisch, bevor sie sich zu dem Weingutbesitzer hinüber wandte. »Haben Sie den Filter vorher herausgenommen?«, erkundigte sie sich interessiert.

Lörcher verstand nicht. »Welcher Filter denn? Zum Entkalken muss man doch kein Filterpapier oben rein machen, oder?«

»Nein, das meine ich nicht! Ich meine den Wasserfilter!«

»Wasserfilter? Tut mir leid, da komme ich nicht mit!« Lörcher schien nun vollkommen ratlos zu sein.

»Männer!«, schnaubte Claudia verächtlich und ließ sich Zeit mit ihrer Schlussfolgerung, die von den anderen mit Spannung erwartet wurde. »Obwohl, ich gebe zu, das ist mir auch schon mal passiert.«

»Was ... passiert? Jetzt mach schon!« brummelte Protnik ungehalten.

»Na das mit dem Wasserfilter! Das kommt davon, dass man heutzutage meint, man müsse die Gebrauchsanweisung erst gar nicht lesen, wenn man sich eine neue Kaffeemaschine kauft. Eine sei wie die andere – denkt man ...« Wieder machte sie eine Pause.

»Claudia! Bitte!« Auch Horst riss allmählich der Geduldsfaden.

»Immer mit der Ruhe! Du musst grade drängeln! Erst ausflippen und dann sich erklären lassen, was eigentlich passiert ist«, warf Claudia ihrem Mann schnippisch vor die Füße. »Also, diese Maschine hat einen sogenannten Wasserfilter. Das ist zwar überflüssig wie ein Kropf, aber die Hersteller meinen, wenn sie das einbauen, können sie den Preis gleich wieder in die Höhe schrauben. Das sei für Gegenden mit verunreinigtem Trinkwasser besonders ideal. Dieser Filter reinigt das Kaffeewasser noch einmal extra, so ein Blödsinn! Als wenn es in Deutschland unsauber und unkontrolliert aus dem Wasserhahn käme, wo Trinkwasser bei uns fast reiner ist als Mineralwasser! Aber das ist eben ein neues Verkaufs- und Preisargument, und schon hast du es an der Backe, ehe du dich versiehst!« Claudia warf einen triumphierenden Blick in die Runde. »Genau dasselbe ist mir auch mal passiert: Ich habe genauso wenig wie der Herr Lörcher gewusst, dass ich so eine Kaffeemaschine mit extra Filter gekauft hatte. Und dann beim Entkalken ist nichts mehr gegangen. Die Maschine hat hinterher genauso geröchelt wie vorher!«

»Ja genau, das ist mir auch aufgefallen! Das hat sich gerade so angehört, als sei die ganze Entkalkerei für die Katz gewesen«, warf Lörcher erregt dazwischen. »Ich habe mich noch gewundert, weshalb die solche Töne von sich gibt und deshalb extra noch zweimal durchgespült ...«

»Das nützt alles nichts, solange Sie noch diesen Wasserfilter drin haben. Da hat sich die ganze Chemie von dem Entkalkungsmittel nämlich festgesetzt. Man muss den Filter vor dem Entkalken nämlich entfernen, so steht's in der Gebrauchsanweisung! Wenn man sie vorher gelesen hat ...«, setzte sie mit leichtem Lächeln noch dazu.

»Ach so, jetzt verstehe ich!« Protnik hob den Zeigefinger und deutete auf die Kaffeemaschine. »In Wirklichkeit ist da also gar nichts entkalkt worden, sondern das ganze Zeug ist im Filter hängen geblieben! Ein Teil davon hat sich schließlich abgesetzt. Das war der bittere Geschmack und deshalb ist die Milch auch sofort geronnen, sozusagen als Indikator für diese chemische Verunreinigung!«

»Sozusagen!«, nickte Claudia.

»Zitronensäure! So was Ähnliches ist das doch beim Entkalken, nicht wahr?«

»Genau!« Wieder nickte die Ärztin.

»Und das verträgt sich nicht mit Milch!«

»Exakt!«

»Kann aber in dieser Dosierung für Menschen nicht weiter schädlich sein ...«

»Davon gehe ich aus«, pflichtete Claudia ihm bei. »Das heißt«, damit warf sie einen belustigten Blick auf den staunend vor ihr sitzenden Horst. »Bei manchen dringt es anscheinend irgendwie ins Aggressionszentrum durch und blockiert das zentrale Nervensystem ...«

»Ha, ha«, fauchte der so gefoppte Kommissar säuerlich. »Und falls es doch anders herum gewesen wäre? Dann hätte es geheißen, wir hätten wieder mal zu spät reagiert! Also wie man's anstellt, es ist anscheinend immer falsch, was man macht!« Ärgerlich schüttelte er den Kopf und erhob sich, ohne den Schmerzen nachzugeben, die schon wieder durch seinen Unterleib rasten.

»Ja, äh ... dann äh ...« Lörcher rang – sichtlich verlegen – nach den richtigen Worten. »Dann äh ... dann muss ich mich wohl entschuldigen für meine Ungeschicklichkeit!« Die Sache mit dem Kaffee schien ihn wirklich zu beschäftigen.

»Schon gut, Herr Lörcher«, besänftigte Claudia. »Es ist ja nichts passiert und es war ja auch keine Absicht im Spiel! Ich denke, dass sich da eher jemand anderes entschuldigen muss!« Ein tadelnder Blick, in dem gleichzeitig eine eindeutige Aufforderung beinhaltet war, traf Horst mitten in die Augen.

»Tja, Herr Lörcher! Tut mir aufrichtig leid! Da ist wohl tatsächlich der Gaul mit mir durchgegangen. Es war anscheinend doch alles zu viel in den letzten Wochen und Monaten. Ich entschuldige mich hiermit auch in aller Form für meinen Angriff. Ich hoffe, Sie nehmen es mir nicht allzu krumm!« Er streckte die rechte Hand aus und bot sie dem Weingutbesitzer dar.

Lörcher starrte die Hand nachdenklich an, bevor er sie ergriff und mit wenig Begeisterung drückte. Das war durchaus spürbar und sollte es wohl auch sein. »Na ja, es ist ja schließlich und endlich nichts passiert! Schwamm drüber, wenngleich es mir andererseits auch zeigt, dass die Kuh für mich noch längst nicht vom Eis ist! Wenn selbst mir doch eigentlich wohlgesonnene Polizisten hinter jeder meiner Handlungen gleich Schlimmes vermuten ... nichts für ungut meine Herrschaften, aber ich glaube, ich bin im Augenblick sehr sehr müde! Wenn Sie mich bitte entschuldigen würden.« Ohne eine Antwort abzuwarten, machte Lörcher auf dem Absatz kehrt und schlurfte mit gesenktem Kopf zur Tür der Probierstube hinaus.

Eine Zeit lang herrschte betretenes Schweigen bei den Zurückgebliebenen. »Na dann, schöne Weihnachten!«, stieß Protnik schließlich zwischen den Zähnen hervor und bedachte Horst mit einem nachdenklichen Blick. »Und was nun? Das dürfte das letzte Mal gewesen sein, dass der uns vertraut hat. Also, wenn er es selber nicht war, als Zeugen und Mitrechercheur können wir ihn jetzt glatt vergessen! Vielleicht sollten wir deshalb doch die Mittelalterschiene wieder deutlicher verfolgen ...«

»Alles, was ich verfolge, ist die Spur zurück nach Hause und dann ins Bett! Ich möchte von der ganzen Scheiße nichts mehr hören und nichts mehr sehen. Mir langt's!« Horst war nach dieser üblen Blamage die Lust vergangen, überhaupt noch irgendeine Spur weiter zu verfolgen. Zumindest bis Neujahr wollte er jetzt seine Ruhe haben, komme was da wolle ...

»Na, alter Schwede! Geht's wieder mit den Nerven?« Grinsend streckte Protnik seinem Freund die Hand zum Gruß entgegen, als sie sich am Haupteingang der Polizei-Fachhochschule trafen. »Psychologische Aspekte der Verbrechensbekämpfung« – so lautete der Titel des einwöchigen Fortbildungslehrganges an der renommierten Fachhochschule für das Polizeiwesen in Villingen-Schwenningen, zu dem sich die beiden über ihre jeweiligen Direktionen angemeldet und zu dem sie erstaunlicherweise auch die Genehmigung erhalten hatten.

Eigentlich hatte sich Horst ja auf das Wiedersehen mit seinem alten Kumpel gefreut, aber dass der ihm gleich die peinliche Geschichte unter die Nase reiben musste, die ihm vor gut drei Monaten bei der Weinprobe im Hause Lörcher widerfahren war, das passte ihm ganz und gar nicht in den Kram. »Ein Wort noch und ich trete dir zwischen die Beine, dass du heute Abend Eiersalat in der Hose hast, das schwöre ich dir, du Kanaille, du elendige!«, stieß er böse hervor, während Protnik lachend mit einer demütigen Geste die Arme hob. »Ist ja schon gut! Komm, hör auf! Ich freue mich doch, dass du da bist!« Sprach's und donnerte versöhnlich seine Rechte auf Horsts Schulter, dass der, unvorbereitet wie er war, leicht in die Knie ging.

»Schon gut, schon gut, du Elefantenbaby! Jetzt musst du mir deswegen nicht gleich das Schlüsselbein zertrümmern«, lachte Horst wieder entspannt und massierte die Stelle, die Protnik mit seinem Dampfhammer getroffen hatte.

»Komm, wir gehen in die Cafeteria, ich lade dich ein. Für einen Kaffee reicht's noch, bevor die Geschichte hier losgeht!«, winkte ihn Protnik hinter sich her.

»Der Sputnik in Spendierhosen, da schau an!«, staunte Horst nicht schlecht, der die mehr als schwäbische Sparsamkeit seines Freundes und Kollegen schon oft genug erlebt und erlitten hatte. »Na dann, nichts wie los!«

»Und ihr seid tatsächlich keinen Schritt weitergekommen?«, schüttelte Protnik wenig später in der Cafeteria der Fachhochschule erstaunt den Kopf, während er nachdenklich in seinem Kaffee rührte.

»Keinen Millimeter, ehrlich!« Horst verzog gequält das Gesicht. Ein Zuckerschlecken waren diese Ermittlungen wirklich nicht. In Gedanken zählte er die ganzen Stolpersteine noch einmal auf. Da war erstens noch immer das Verdikt, dem Todesfall von Kaltenberg als in Wirklichkeit raffiniertem Mord nachgehen zu dürfen. Dann zweitens die Sache mit dem toten Kellermeister, dessen Tod man Lörcher, dem mehr schlecht als recht überführten Weinpanscher, so gerne in die Schuhe schieben würde. Doch dafür mangelte es letztendlich dermaßen an Beweisen, dass sich der Staatsanwalt, der an sich kein Kind von Traurigkeit war, schon mehrfach geweigert hatte, eine dementsprechende Mord- oder Tötungsanklage gegen Lörcher zu formulieren. Und schließlich drittens: die Weinpanscherei! Auch da bewegte sich Unterhauser immer noch auf äußerst dünnem Eis und in gefährlichem Fahrwasser dazu ...

»Das einzig Positive an dem Fall ist, dass der Unterhauser da so langsam ganz gewaltig die Nase hineinklemmt, und er scheint es immer noch nicht gemerkt zu haben!« Horst lächelte leise, während er die Kaffeetasse aufnahm und vorsichtig den heißen Kaffee schlürfte. Komisch, dass ihn seit den Vorgängen im Weingut Lörcher jedes Mal ein merkwürdig-beschämtes Gefühl beschlich, wenn er den Kaffee nur roch ...

»Wie meinst du das mit dem Unterhauser?« Auch Protnik gierte geradezu danach, ihren ehemaligen Vorgesetzten endlich einmal in Schwierigkeiten verstrickt zu sehen.

»Na, es ist so, dass neulich bei uns in Heilbronn einer von diesen englischen Weinpäpsten zu Besuch war und einen Vortrag über den württembergischen Weinbau und seine Qualität gehalten hat. Komisch eigentlich, dass es immer ausgerechnet Engländer sind, die uns sagen wollen, wo es langgeht! Wo in England doch überhaupt kein Wein wächst!« überlegte Horst nachdenklich. Dieser Gedanke war ihm noch gar nie gekommen. Da kam so ein merkwürdiger Kerl dahergeschneit mit einem noch merkwürdigeren Gelächter, in das er alle fünf Minuten mehr oder minder kontrolliert verfiel, und alle Welt meint, sich an den Aussagen dieser Nase künftig orientieren zu müssen. Wo doch gerade auch Geschmack eine ganz individuelle Angelegenheit war, und schon gar keine rein britische! Ausgerechnet die Engländer!

Protnik riss ihn aus diesen tiefschürfenden Gedankengängen. »Ja, was denn nun? Was hat er so Wichtiges gesagt?«, drängelte der Kollege.

»Dass der württembergische Wein nichts taugt, aber das haben wir ja schon öfter von ihm gehört! Gleichzeitig gibt er einen baden-württembergischen Weinführer heraus und verdient sich damit dumm und dämlich, obwohl er uns gleichzeitig in Grund und Boden schreibt. Ich wette, der hat 90 Prozent der Weingüter, die er verrissen hat, weder besucht noch ihre Weine jemals probiert! So wenig Ahnung, wie der in diesem Machwerk von der baden-württembergischen Geografie beweist. Die haben ihn halt nicht genug gesponsert, und schon ist es passiert! Und dann kaufen meine dummen Landsleute auch noch dieses Buch und unterstützen den Kerl zu allem Überfluss! Unglaublich!«

Wieder schüttelte Horst gedankenverloren den Kopf und wieder drängelte Protnik. »Na, und? Lass doch den Kerl reden, was er will! Ich finde im Gegenzug ja auch, dass das englische Bier nichts taugt! Guiness? Pfui Teufel! So ein bitteres schwarzbraunes Gesöff! Das ist doch alles nur Show und Mache. Das ist jetzt grade in und deshalb meint jeder, er müsse es auch trinken! Und dann tun alle noch so, als würde es ihnen schmecken ...«

»Genau! Aber so ist der Lauf der Dinge, heute mehr als früher! Und das wird immer schlimmer! Einer reißt das Maul auf und gibt den Ton an, worauf ihm die halbe Menschheit hinterherläuft, wie die Lemminge. Tja«, Horst trank aus und stellte anschließend die Kaffeetasse zurück auf den Tisch. »Und deshalb ist die Weinszene bei uns im Unterland gerade auch so durcheinander. Der Kerl hat nämlich die Finger mitten in die Wunde gelegt. Das kann er ja bestens, das muss ihm der Neid lassen. Die Geschichte mit dem Lörcher und der Untersuchungshaft wegen Weinpanscherei hat er genüsslich zelebriert und dann auch noch Andeutungen gemacht, dass das Landeskriminalamt seit Monaten ermittle und kurz vor einem entscheidenden

Donnerschlag stünde. Weiß der Henker, wie er das mit dem Unterhauser erfahren hat! Auf jeden Fall ist die Kacke grade ganz schön am dampfen und eine Krisensitzung jagt die nächste ...«

»Und der Unterhauser mitten drin? Das wäre zu schön um wahr zu sein«, strahlte Protnik. »Hat der denn den Braten schon gerochen?«

»Schwierig zu sagen – aber nach dem, was ich bisher so gehört habe, eher nicht! Auf jeden Fall ist gestern nun auch der Oberbürgermeister zusammen mit dem Landrat bei unserem Ede erschienen und hat ihm gründlich den Rost runter gelassen! Er solle gefälligst dafür sorgen, dass wieder Ruhe in der Branche einkehre und dass die Ermittlungen, wenn überhaupt, in aller Stille geführt würden. Der Weinwirtschaft sei jetzt schon ein unermesslicher Imageschaden entstanden, von den finanziellen Auswirkungen noch gar nicht zu reden!«

Protnik nickte. »Verstehe! Da ist dann auch schnell Schluss mit lustig, wenn's ums Geld geht, logisch! Da geht es um Einnahmen, um Steuern, um das touristische Image und um alles Mögliche. Schön, wenn unser Unterhauser das nicht rechtzeitig kapieren würde ...«

»Ich fürchte, die Schlinge zieht sich bereits um seinen Hals«, grinste Horst und setzte eine verschwörerische Miene auf. »Gestern Abend habe ich dann aus einer absolut sicheren Quelle noch etwas viel Besseres erfahren: der Weinbaupräsident, der ja aus unserer Gegend kommt und deshalb auch unmittelbar von der Geschichte betroffen ist, der hat sich bei der Landwirtschaftsministerin persönlich beschwert. Der war extra selbst in Stuttgart im Ministerium – das sind ja auch Parteifreunde – und die Ministerin hat ihm versprochen, ihrerseits dem Innenminister Dampf zu machen und die ganze Angelegenheit sogar im Kabinett zu besprechen. Ich sage dir, wenn diese Lawine erst mal richtig rollt – und sie scheint sich schon in Bewegung zu setzen – dann kann sich unser Freund schon mal nach einem Posten als Nachtportier in Walddorfhäslach oder in Muggensturm umschauen ...«

Die beiden lachten dröhnend, bis Protnik nach einem Blick auf seine Armbanduhr aufsprang. »Ach du meine Güte! Wir kommen zu spät! Das Seminar hat schon vor einer Viertelstunde begonnen!«

»Na dann, auf in den Kampf Torrero«, klatschte Horst in die Hände, bevor er noch einmal kurz innehielt. »Halt, da fällt mir noch etwas ein, Michael!«

»Und das wäre?«

»Die Geschichte mit dieser merkwürdigen Mittelaltergruppe – wie hieß sie noch: Druidenfeuer, nicht wahr? Ist dir da eigentlich wieder etwas in letzter Zeit über den Weg gelaufen?«

Protniks gute Laune war mit einem Schlag wie weggewischt. Er schüttelte ernst den Kopf. »Nein, rein gar nichts! Das mit dem Feuerzeug muss wohl doch ein Zufall gewesen sein, obwohl mir das lange nicht in den Kopf wollte. Ich habe natürlich trotz allem weiter recherchiert, aber irgendwie komme ich einfach nicht ans Ziel. Der Verfassungsschutz hat die Brüder zwar seit einem Hinweis von mir mal unter die Lupe genommen, aber du weißt ja, da kommt fast nie etwas dabei heraus, und so war es auch! Außer Spesen nichts gewesen! Die Jungs seien halt ein bisschen sonderbar, harmlose Spinner aus einer längst vergangenen Zeit, so hat es einer vom Verfassungsschutz ausgedrückt und mir dabei tief in die Augen geblickt! So ein bisschen Fantasy halt, das solle man doch nicht gleich überbewerten, hat er gemeint und mitleidig geguckt, der Arsch! Dabei bin ich mir felsenfest sicher, dass da wesentlich mehr ist, aber ich komme und komme einfach nicht weiter ...« Protnik ballte die Fäuste und schnaubte unwillig.

»Na, dann freu dich schon mal auf Ende Mai. Da ist ja bei uns im Deutschhof in Heilbronn wieder das große Mittelalter-Spektakel. Und rate mal, welche Musikgruppe diesmal dabei ist! Du wirst es nicht glauben ...«

»Nein!« Fassungslos schüttelte Protnik den Kopf. »Diese Chaoten – mitten in Heilbronn?«

»Wieso nicht?« Horst breitete die Arme aus. »Sieh mal, das mit dem braunen Hintergrund ist eine Theorie, der nur wir nachgehen. Wenn nicht mal der Verfassungsschutz fündig wird. Und ansonsten sind die Kerle natürlich wahnsinnig spektakulär, ein gefundenes Fressen für jeden Veranstalter, der eine ordentliche Fete bieten will. Wenn dann da und dort einer von den Besuchern ausflippt, was können da schon die braven Spielleute dafür, die doch nur ihr Bestes gegeben haben, nicht wahr?«

»Ihr Bestes! Dass ich nicht lache!«, knurrte Protnik. »Na gut, auch recht: dann sehe ich die Kerle mal wieder in Aktion. Die treten sonst ja fast nur in Ostdeutschland auf, da stehen sie anscheinend auf besonders sicherem Boden. Also«, er klatschte in die Hände, »dann melde ich mich schon mal bei euch für Ende Mai zu Besuch an, natürlich nur, wenn's recht ist!«, setzte er mit einem forschenden Blick hinzu.

»Aber sicher«, log ihm sein Freund geistesgegenwärtig lächelnd vor. »Ihr beide seid wie immer herzlich willkommen, das weißt du doch!« Vielleicht hatte der Himmel in dieser Zeit ja noch ein Einsehen mit den Meyers und die arme Uschi erkrankte tragischerweise an Ruhr oder Cholera ...

»Du Papa, da war ein Anruf vorhin für dich!« Fabian deutete auf den Notizblock neben dem Telefon, als Horst an diesem Abend nach Hause kam. »Ein Sven oder so ähnlich! Der wollte dich sprechen!«

Horst zuckte ratlos die Schultern. »Was für ein Sven? Ich kenne keinen Sven, zumindest nicht näher. Höchstens den Skispringer, aber der ruft sicherlich nicht bei uns daheim an. Hat er eine Nummer hinterlassen, unter der ich ihn zurückrufen kann?«

Fabian verneinte. »Nein, das hat er nicht, obwohl ich ihn danach gefragt habe«, setzte er noch voller Stolz, dass er an diese Rückfrage gedacht hatte, hinzu. »Er hat gemeint, er würde sich wieder bei dir melden!«

»Na, das habe ich gern!«, brummte Horst unzufrieden. »Da malochst du den ganzen lieben langen Tag im Büro still vor dich hin und kaum kommst du nach Hause, geht's schon weiter! Der Kerl hätte mich dann doch in der Direktion anrufen können! Irgendwann ist schließlich auch mal Feierabend!« Horst reagierte mit zunehmendem Alter verdrossener auf die immer häufiger lange nach Dienstschluss geführten Telefonate, die genauso gut den ganzen Tag über hätten stattfinden können. »Dienst ist Dienst und Schnaps ist Schnaps!«, pflegte er in solchen Momenten immer zu rezitieren. Aber das war eine der zahlreichen unangenehmen Begleiterscheinungen der seit einigen Jahren landauf, landab herrschenden Handy-Manie, wo mittlerweile jeder meinte, den anderen zu jeder Tages- und Nachtzeit unbedingt noch mit irgendwelchen unnötigen

Informationen füttern zu müssen – gerade so, als hinge Leben und Tod davon ab. Telefonate, wie jene, die er ab und zu mitbekam, wenn er von Heilbronn aus mit dem Zug nach Stuttgart fuhr, und die er nur noch mit ungläubigem Kopfschütteln verfolgen konnte: »Hey Schatz, ja, ich bin's! Ja, ich sitze jetzt im Zug! Mir geht es gut! Ja, wir sind jetzt schon hinter Besigheim, in drei Minuten müsste ich in Bietigheim am Bahnhof sein. Ja, der Zug ist halbvoll. Das Essen in der Kantine? Ich weiß nicht, heute gibt es, glaube ich, Maultaschen mit Kartoffelsalat – doch, wirklich! Ja, jetzt fahren wir grade über die Enz! Warte, ich schau mal. Ja, das Wetter ist einigermaßen ...« Und so weiter und so weiter! Die Telefonrechnung wollte er nicht bezahlen müssen, die solche Typen am Ende eines langen Handymonats präsentiert bekamen!

»Also, wann will dieser Sven denn anrufen?«, erinnerte sich Horst wieder an den nachmittäglichen Anrufer.

Fabian hob ratlos die Schultern. »Weiß ich nicht, hat er nicht gesagt! Nur, dass er sich dann wieder bei dir melden würde!«

»Na, bravo! Also wenn der glaubt, dass ich jetzt neben dem Telefon sitzen bleibe, bis er endlich wieder anruft, dann hat er sich aber geschnitten! Pech gehabt!« Er machte eine wegwerfende Handbewegung und klatschte unternehmungslustig in die Hände. »So, Leute! Wie sieht's nun aus? Gehen wir zum Maibaum-Aufstellen nach Haberschlacht, was meint ihr?«

»Aber logisch!«, hörte er Claudia vergnügt von oben aus dem Badezimmer rufen. »Aber nur, wenn es hinterher noch ein Viertele Lemberger gibt, zur Feier des Tages!«

»Eher zwei«, rief Horst zurück. »Und einen Rostbraten noch obendrauf, was sagt ihr dazu?«

»Einverstanden!«, schallte es fröhlich die Treppe herunter. »Komm Nina, jetzt sind wir hübsch genug! Es kann losgehen!«

»Wunderbar – also dann, auf ins Getümmel und ab nach Haberschlacht!« Horst fühlte, wie ihm vor lauter Vorfreude bereits das Wasser im Mund zusammenlief. Das Wetter hatte gehalten, der Abend war lau und mild. Ein richtig schöner Feierabend stand ihnen bevor, der perfekte Auftakt für ein gemütliches 1. Mai-Wochenende! Er breitete die Arme aus und schob die Mitglieder seiner Familie mit sanftem Druck vor sich zur Haustür hinaus. Gerade als er den Schlüssel aus dem Türschloss zog, klingelte das Telefon. Stirnrunzelnd verharrte Horst für den Bruchteil einer Sekunde, dann schüttelte er entschieden den Kopf: »Nein, mein Lieber! Jetzt nicht mehr! Jetzt ist erst mal Feierabend! Morgen ist auch noch ein Tag!« Er steckte den Schlüssel in die Tasche und wandte sich um.

Noch Monate später machte er sich hinterher bittere Vorwürfe und wünschte sich, er hätte in diesem Moment anders entschieden ...

»Also, wenn ich das gewusst hätte, dann wäre ich diese Woche wirklich zuhause geblieben!« Horst stocherte lustlos in seinem Essen herum und sah den Kollegen vom Wirtschaftskontrolldienst fragend an. »Ist es bei euch genauso: absolut tote Hose, oder wie?«

Fritz Müller, ein untersetzter blonder Mitdreißiger, der sich mit Horst und einem weiteren Kollegen in mancher Mittagspause anstelle des Essens schon legendäre Skatschlachten geliefert hatte, wiegte bedächtig den Kopf. »Nicht ganz, du weißt ja, dein heiß geliebter Kriminaldirektor aus Stuttgart lässt einfach nicht locker! Der will unbedingt das Bundesverdienstkreuz, vorher gibt der mit seinen Ermittlungen keine Ruhe. Übrigens ein toller Name für den Kerl: Unterberger! Da geht der regelmäßig die glatten Wände hoch, wenn ich mich versehentlich verspreche ...«

Der Kollege mimte bei diesen Worten die reine Unschuld in Person. »Unterberger!«, lachte Horst. »Das passt tatsächlich, wenn ich an meine Magenschmerzen denke, die ich jedes Mal bekomme, wenn ich den Typen nur von weitem sehe. Aber so wie ich den kenne, will der sicher mehr als nur das Bundesverdienstkreuz. Der will irgendwann mal LKA-Präsident werden, das richtige Parteibuch hat er ja schon dafür.«

»Und das fehlende Rückgrat dazu!«, ergänzte der Kollege. »Beste Voraussetzungen also für eine glänzende Karriere! Der scheint wirklich erst Ruhe zu geben, wenn er die große Sauerei aufgedeckt hat, auch wenn da gar keine vorhanden ist!«

»Glaubst du wirklich?« Erstaunt hob Horst den Kopf. »Es gibt wirklich keinen Anlass für mich, den Unterhauser da in irgendeiner Form zu verteidigen, aber die Spatzen pfeifen es doch schon förmlich von den Dächern, dass es in der Unterländer Weinbranche ein paar schwarze Schafe gibt, die irgendwelche Deals mit italienischen Weinpanschern gemacht haben.«

»Aber ob da gleich die Mafia dahinter steckt, das ist die Frage! Doch anscheinend denkt dieser Kerl beim Stichwort Italien immer gleich an die Mafia, das ist das Schlimme! Und dazu immer nur Lörcher, Lörcher, Lörcher! Ich bin mir absolut nicht mehr sicher, ob es tatsächlich mit dem Lörcher zusammenhängt, aber dieser Unterhauser ist so verbohrt in seine Theorie, dass er uns mehr behindert als unterstützt! Vor lauter Lörcher und Mafia kommst du gar nicht dazu, einmal den einen oder anderen Faden weiterzuspinnen, das ist unser Problem!«

»Verstehe!« nickte Horst. »Das kenne ich noch von früher. Es wird so lange recherchiert, bis der Fall zur Theorie passt, nicht umgekehrt! Das ist sicherlich nicht sehr zufriedenstellend, das verstehe ich! Aber trotzdem«, er seufzte leise und legte die Gabel auf das Tablett. »Wenigstens ist bei euch etwas geboten! Ich würde ja so gerne ein bisschen mitrecherchieren bei euch, aber das hat unser Ede ja verboten! Die reine Schikane! Erst muss ich den Unterhauser beim Weingipfel durch die ›Harmonie‹ schleifen und hinterher darf ich dann nicht weitermachen! Dabei ist bei uns gerade im wahrsten Sinn des Wortes der Hund begraben. Anscheinend sind unsere sämtlichen Mord- und Totschläger grade im Frühjahrsurlaub. Ich hätte wirklich die ganze Woche frei nehmen können oder zumindest diese drei Tage nach dem 1. Mai. Aber nein, auch das hat der Kerl ja nicht zugelassen!«

Der Kollege vom WKD schüttelte leise den Kopf. »Also, ich würde mir das nicht mehr länger gefallen lassen! Das sieht ja allmählich jeder, wie der dich auf dem Kieker hat! Du solltest da wirklich mal den Personalrat einschalten und dich beschweren!«

»Und was soll ich da sagen?« Mit einer unwirschen Bewegung schob Horst das Tablett von sich weg. »Dass der Chef gesagt hat, eine Bereitschaft für den Fall des Falles müsse immer da sein, was ist denn dagegen zu sagen?«

»Dass anscheinend immer du diese Bereitschaft sein sollst, beispielsweise!«

»Ach, komm! Der wird dann sicher eine Statistik aus der Tasche ziehen, die das Gegenteil beweist. Das kennen wir doch schon: Trau keiner Statistik, die du nicht selber gefälscht hast!«

»Na, jetzt aber!«, lachte Müller. »Ich denke, du hast so einen guten Draht zur Isolde ins Sekretariat vom Ede! Die wird dich doch sicher mit den tatsächlichen Fakten füttern.«

»... und damit ihre Verbannung nach Sibirien riskieren! Nein, so weit reicht die Liebe dann doch nicht! Ich muss das anders deichseln!« Horst erhob sich. »Na, wie wär's, noch ein Kaffee gefällig? Ich gebe einen aus!«

»Da schau an, du musst krank sein«, grinste der Kollege spöttisch. »Krank, das wär's doch! Lass dich einfach krank schreiben, ich kann's bestätigen! Denn ich kann mich nicht mehr dran erinnern, von dir jemals einen Kaffee spendiert bekommen zu haben!«

»Jetzt mach aber mal halblang!« Doch bevor Horst seine Verteidigungsrede fortsetzen konnte, wurde er von einer knarzenden Lautsprecherstimme unterbrochen, die in diesem Moment durch die Kantine dröhnte: »Herr Meyer, bitte zum Telefon! Herr Meyer bitte!«

»Na also!« Wieder grinste der Kollege breit. »Das ist der älteste Trick der Welt, wie man sich ins Gespräch bringen kann: Sich einfach ab und zu in der Kantine ausrufen lassen und schon gilt man als vielbeschäftigter wichtiger Mann!«

»Arschloch!« zischte Horst und stupste den anderen mit dem Ellbogen in die Seite. »Na, warte! Außerdem ist gar nicht klar, welcher Meyer denn gemeint ist! Schließlich ist das ja leider fast so ein Allerweltsname wie Müller«, gab er zurück. »Als wenn es bei uns nur einen Meyer gäbe!« Dennoch machte er sich auf zum Tresen der Kantine, auf dem das Telefon stand, zu dem man ihn gerufen hatte.

Schon von weitem erblickte ihn die Kassiererin und streckte Horst den Hörer entgegen. »Da, Herr Meyer, ein Anruf für Sie!« Mit wichtiger Miene deutete sie auf das Telefon. »Scheint dringend zu sein!«

Ein ungutes Gefühl beschlich den Kommissar im selben Augenblick, als er den Hörer ergriff und sich meldete. »Meyer, Mordkommission! Was gibt es?«

*

Eine knappe Minute später kehrte Horst zu dem Tisch zurück, an dem der Kollege saß und ihn neugierig musterte. »Na, was machst du denn plötzlich für ein Gesicht! Hat es dir die Petersilie verhagelt?«

»Nicht nur die!« Der Kommissar legte schwer seine Hand auf die Schulter des Kollegen. »Und ich würde vorschlagen, dass du gleich mitkommst, es gibt nämlich urplötzlich doch Arbeit, und vielleicht berührt das sogar unsere beiden Ressorts! Komm!« Horst nickte mit dem Kinn in Richtung Kantinenausgang. »Ich nehme dich in meinem Wagen mit!«

»Aber worum geht es denn? Ich muss doch wenigstens wissen, was Sache ist«, protestierte der Mann vom Wirtschaftskontrolldienst, während er sich erhob und sein Tablett ergriff. »Was ist denn passiert?«

»Jetzt komm schon!« Ungeduldig schob Horst den anderen vor sich her. »Ich weiß auch nur, dass sie vor ein paar Minuten einen Toten am Wartberg gefunden haben. Mitten in den Weinbergen, dort bei dem alten Weinbergshäuschen aus dem Mittelalter.«

»Ja, und?« Der Kollege blieb stehen und starrte Horst verwundert an. »Was geht mich das an? Das ist doch dein Ressort, oder?«

»Freilich! Schon!« Horst zuckte die Achseln und bedachte Müller mit einem eindringlichen Blick. »Aber ich habe da so ein komisches Gefühl ... Es ist nämlich jemand von einem Weinbaubetrieb, der da tot zwischen den Reben liegt! Und irgendwie scheint der Tote auch recht merkwürdig auszusehen, sagen zumindest die Kollegen, die von einem Spaziergänger alarmiert worden sind! Das kann zwar alles Zufall sein, aber wer weiß, vielleicht haben wir ja auch Glück und finden eine Spur!

Auf jeden Fall, finde ich, kann es nicht schaden, wenn du dabei bist!«

»Na gut, meinetwegen!«, brummelte der Kollege alles andere als überzeugt. »Aber wie auch immer, wenigstens ist das Wetter schön! Und wenn auch nichts dabei rauskommt, dann war's zumindest ein schöner Ausflug an den Wartberg!«

»Du hast vielleicht Nerven!«, schnaubte Horst fassungslos. »Da liegt ein Toter, und der Kerl brabbelt etwas von einem schönen Ausflug!«

*

Langsam richtete sich der orange-weiß gekleidete Notarzt auf und schüttelte ernst den Kopf. »Da war nichts mehr zu machen: Der Mann ist schon seit einer guten Stunde tot, mausetot! Ich habe es schon vorhin Ihren Kollegen gesagt, da ist jede Hilfe zu spät gekommen!«

Nachdenklich starrte Horst auf den zusammengekrümmten Körper des vor ihm regungslos im Gras liegenden Mannes. Mit ausgestrecktem rechtem Arm, den Kopf unnatürlich weit in den Nacken geworfen, lag der in blaue Arbeitsmontur gekleidete Tote zwischen den Rebzeilen. Merkwürdig: die blau-violette Gesichtsfarbe und die weit aufgerissenen Augen, die in stummem Entsetzen in den Himmel starrten. Und dann das Alter des Mannes – auch wenn die Gesichtszüge vom Todeskampf entstellt waren – er war höchstens Mitte 20! Wo hatte Horst dieses Gesicht schon einmal gesehen? Er war sich ganz sicher, dass er den Jungen kannte, aber woher? »Das ist doch nicht normal Doktor, oder? Ein so junger Mann und einfach tot im Weinberg!«

Der Notarzt breitete in einer hilflosen Geste die Arme aus. »Was ist schon normal? Es wäre nicht das erstemal, dass ein junger Mensch auf einen Schlag umfällt und tot ist! Sekundentod nennen wir das Phänomen, und das gibt es leider immer wieder! Obwohl«, dabei wies er mit Kennermiene auf das Gesicht des Toten. »Das war kein plötzliches Herzversagen, der Mann ist an etwas anderem gestorben!«

»Etwas anderem? Was meinen Sie damit?« Wie elektrisiert schaute Horst auf.

»Seine Gesichtsfarbe gibt zu Denken! So sieht niemand aus, der an plötzlichem Herzversagen gestorben ist! Dieser Mann ist erstickt, und zwar offensichtlich ganz langsam. Das ist kein angenehmer Tod, das kann ich Ihnen versichern!« Der Arzt zog die Mundwinkel nach unten und nickte ernst.

»Und wie soll das passiert sein? Haben Sie irgendeine Erklärung dafür?« Kaum hatte Horst die Frage an den Arzt gestellt, da erinnerte er sich plötzlich: Das war der junge Weinbautechniker aus dem Weingut Beitinger! Horst wurde schwindlig, er klammerte sich mit der linken Hand an einem Pfosten der Drahtanlage fest. Der Tote, bei ihm handelte es sich um die rechte Hand von Erich Neubauer! Von Erich Neubauer! Die Gedanken hämmerten schmerzhaft durch Horsts Gehirn! Da war die Spur plötzlich wieder! Er hatte es immer gewusst! Es war kein Zufall gewesen, dass Erich Neubauer bei den Kaltenberger Ritterspielen ums Leben gekommen war. Und der Tod dieses Mannes, der Tod seines Gehilfen, das war ... das konnte ... nein, es musste sich ebenfalls um Mord handeln!

»Haben Sie mich verstanden ... haben Sie gehört, was ich gesagt habe? Ist Ihnen nicht gut?«

Wie durch eine Nebelwand registrierte Horst das besorgte Gesicht des Arztes, der ihm prüfend in die Augen sah. »Nein, nein, schon gut«, machte er eine wegwerfende Handbewegung. »Es geht schon wieder! Mir ist nur gerade eben eingefallen, dass ich den Mann hier gekannt habe!« Damit drehte er sich in Richtung seines Kollegen vom Wirtschaftskontrolldienst, der ihn fragend musterte. »Es war, denke ich, doch richtig, dass du dabei bist. Der Junge da war nämlich angestellt beim Weingut Beitinger, wenn du dich erinnerst, bei eben jenem Weingut, in dem auch der Erich Neubauer beschäftigt war, der diesem angeblichen Unfall in Kaltenberg zum Opfer gefallen ist!«

Müller pfiff durch die Zähne. »Donnerwetter! Dann ist das hier ja oberfaul!« Damit deutete er vielsagend auf den toten jungen Mann vor ihnen.

»Also, meine Herren, wenn Sie sich für meine Vermutung interessieren ...«, ungeduldig meldete sich der Notarzt wieder zu Wort.

»Natürlich! Entschuldigung! Schießen Sie los!« Horst war gespannt, was jetzt kommen würde.

Der Arzt räusperte sich und warf sich bedeutungsschwanger in die Brust. »Ich denke, wir können bei dem Toten von einer allmählichen Lähmung des zentralen Nervensystems ausgehen. Schauen Sie dort rüber!« Mit dem ausgestreckten Arm wies er den Hang hoch auf einen zirka 25 Meter entfernt stehenden Weinbergtraktor, an dem eines jener Tunnelspritzgeräte angebracht war, wie man sie jetzt wieder zu Dutzenden in den Rebhängen sehen konnte. Es war Anfang Mai, das Wetter warm und feucht, die ersten Triebe der Weinstöcke hatten ausgeschlagen, das bedeutete ideale Bedingungen für Infektionen durch Pilzkrankheiten und somit Zeit für die erste Rebschutzspritzung in den Weinbergen. »Der Mann hat offenbar heute Morgen mit dem Gerät dort oben gespritzt, und dabei muss es zu einem Unfall gekommen sein!«

»Unfall? Wie meinen Sie das?« Also doch kein Mord?! Hatte ihm sein Vorstellungsvermögen wieder einmal einen üblen Streich gespielt? Horst war gespannt, wie der Arzt zu dieser Schlussfolgerung gekommen sein wollte.

Der Arzt hob die Schultern. »Unsachgemäßer Umgang mit Spritzmitteln! Eine Sache, wie sie leider – gerade hier in der Gegend – immer wieder vorkommt! Anscheinend kann man da aufklären und warnen soviel man will, die Leute sind und bleiben leichtsinnig! Zugegebenermaßen geht das selten tödlich aus, wenigstens nicht sofort. Aber hier scheint mir die Diagnose eindeutig: Lähmung des zentralen Nervensystems aufgrund von unsachgemäßem Umgang mit Pflanzenschutzmitteln! Die genaue Analyse wird Ihnen dann sicher der Kollege von der Pathologie mitteilen können! Wenn Sie mich jetzt nicht mehr benötigen ...« Er sah die beiden Polizeibeamten fragend an.

»Nein, nein, schon gut! Vielen Dank, Herr Doktor«, Der Kommissar überlegte fieberhaft. Also schon wieder ein Zufall? Erst der »zufällige« Unfalltod in Kaltenberg, dann die Leiche im Reisighaufen, die nach wie vor keinen richtigen Sinn ergab, und nun – zufällig – unsachgemäßer

Umgang mit Spritzmitteln, obwohl der Mann doch sicher schon seit Jahren damit zu tun hatte! Alle drei Toten kamen aus der Weinbranche, zwei von ihnen hatten direkt miteinander zu tun ... Zufall?! Übersteigerte Fantasie?! Raffinierter Mord?! Eine eiskalte Gänsehaut kroch Horst ekelhaft langsam den Rücken hinauf. So verdammt hilflos hatte er sich selten bei einem Fall gefühlt. Wie nahe waren sie an die Lösung der mysteriösen Todesfälle herangerückt? Gab es überhaupt »Fälle«, die einer Lösung harrten? Befand er, Horst, sich womöglich selbst in unmittelbarer Gefahr, ohne es zu wissen? Und, hatte es sich bei der Sache mit dem Feuerzeug und Protniks Auto also doch um eine Warnung gehandelt? Um eine eindeutige Warnung? Er wusste im Augenblick nicht, was er denken sollte.

Müller war es, der die Initiative ergriff: »Du kennst den Mann also, aber wie er heißt ...?«

»... weiß ich nicht! Nein«, schüttelte Horst den Kopf. Das war doch jetzt auch gar nicht so wichtig!

»Mal schauen, ob er Papiere bei sich hat!« Müller beugte sich über die Leiche des jungen Mannes und tastete vorsichtig dessen Taschen ab. »Aha, da haben wir es!« Mit einer triumphierenden Geste zog er eine Geldbörse aus der Gesäßtasche des Toten. »Was haben wir denn da? Na bitte, den Führerschein!« Er faltete den grauen Pappdeckel auseinander und entzifferte langsam die darin aufgeführten Daten. »Du meine Güte! Jahrgang 78! Der Junge war grade mal 23 Jahre alt!« Kopfschüttelnd fuhr er sich mit der Hand über die Stirn. »Armer Kerl! Mit 23 Jahren so zu sterben! Hafner heißt er, Sven Hafner ...«

Zum zweitenmal an diesem Tag spürte Horst, wie hunderttausend Volt auf einen Schlag durch seinen Körper jagten! »Wie?!« Es war mehr ein heiseres Krächzen, das aus seiner Kehle drang. Er riss dem verblüfften Kollegen den Führerschein aus der Hand. »Wie heißt der?« Tatsächlich! Es gab keinen Zweifel mehr, da stand es schwarz auf weiß: Bei dem Toten handelte es sich eindeutig um Sven Hafner, Jahrgang 1978. Horst schluckte trocken, für einen Augenblick wurde ihm schwarz vor Augen. Dieser Anruf vor zwei Tagen! Sven! Das Klingeln des Telefons, als er die Haustür abgeschlossen hatte! Ein gewisser Sven, der sich noch einmal melden wollte! Zufall? Zufall!! Zufall??? NEIN: KEIN ZUFALL!!!! Er ballte die Fäuste. Auch der letzte Zweifel, den er vielleicht noch gehegt hatte, war nun verflogen: Das war berechneter Mord an dem Mann, der ihm anscheinend etwas hatte sagen wollen!

»Ja, um Gottes willen!«, drang in diesem Augenblick eine entsetzte Stimme an sein Ohr. »Das darf doch alles nicht wahr sein!« Vor ihnen stand Fritz Beitinger, der Chef des Weingutes. Leichenblass sank er auf die Knie und schlug die Hände vor den Kopf. »Du meine Güte, was ist denn da bloß passiert?« Der Mann schluchzte hemmungslos, überwältigt von dem schrecklichen Anblick, der sich ihnen darbot. »Was ist ... wieso liegt der Sven denn da ... was um alles in der Welt ist denn da passiert?« Verzweifelt sah er auf und suchte im Gesicht der beiden Kommissare die Antwort, die ihm keiner geben konnte.

Fritz Müller nahm den Weingutbesitzer ernst ins Visier. »Spritzmittelvergiftung! Ihr Angestellter ist mit an Sicherheit grenzender Wahrscheinlichkeit an einer Spritzmittelvergiftung gestorben! Unsachgemäßer Umgang mit Pflanzenschutzmittel!«

»Aber das ist doch ... Das kann doch nicht wahr sein!« Fassungslos starrte Beitinger auf den Toten. Hilflos hob er die Hände. »Der Sven, der hat sich doch ausgekannt! Der macht das doch schon seit fast zehn Jahren! Unmöglich! Nein!« Beitinger erhob sich in einem plötzlichen Entschluss und schüttelte nachdrücklich den Kopf, während er den beiden Kommissaren abwechselnd fest in die Augen sah. »Nein, das ist unmöglich! Dafür lege ich meine Hand ins Feuer! Sven war erfahren und vorsichtig, schon gar nicht leichtsinnig! Sich selber zu vergiften: nein, das wäre ihm nie und nimmer passiert!«

»Es ist aber passiert!«, ließ Müller nicht locker. »Und deshalb haben Sie sicherlich auch Verständnis dafür, dass wir Sie nun in ihren Betrieb begleiten müssen. Das ganze Spritzmittel wird zunächst einmal auf jeden Fall beschlagnahmt, danach sehen wir weiter!«

»Ja sicher, klar, natürlich«, stammelte Beitinger, noch immer sichtlich geschockt von dem schrecklichen Geschehen, das sich hier in seinem Weinberg zugetragen hatte. »Aber ich kann Ihnen jetzt schon sagen, Sie werden nichts finden!«

»Na, hoffentlich!«, raunte Müller mit einem weiteren taxierenden Blick auf Beitinger. Allem Anschein nach glaubte zumindest der Kollege vom Wirtschaftskontrolldienst eher an einen Unfall, an Schlamperei im Weingut, als an einen Mordanschlag. Aber für Mord war schließlich ja auch er, Horst Meyer, zuständig. Mord fiel in sein Ressort!

»Herr Kommissar! Da schauen Sie mal!« Einer der uniformierten Polizisten, die den Fundort der Leiche inzwischen mit rot-weißem Plastikband provisorisch abgesperrt hatten, war hinzugetreten und hielt Horst mit stolzem Finderlächeln ein Handy vor das Gesicht. »Das habe ich zwischen den Weinstöcken gefunden, ungefähr sechs Meter von hier! Scheint dem Toten zu gehören, auf jeden Fall kann es noch nicht lange dagelegen haben, das sieht man genau!«

Doch gerade, als der zarte Schimmer einer Hoffnung in Horst aufkeimen wollte, wurde sie auch schon wieder gedämpft. »Das ist mein altes Handy!« Beitinger deutete mit dem ausgestreckten Zeigefinger auf das anthrazitfarbene Plastikteil.

»Ihr altes Handy?«, echote Horst enttäuscht. »Und wie kommt es dann hierher in den Weinberg?«

»Weil ich es dem Sven geschenkt habe, vor zwei Jahren. ich habe mir ein neues gekauft und dann gedacht, bevor ich es wegwerfe ... Der Sven hatte da nämlich gerade eine Panne mit dem Schlepper gehabt und bis er dann endlich zu einem Telefon gelaufen ist und uns Bescheid geben konnte, hat es ewig gedauert. Da habe ich es ihm für solche Fälle halt gegeben.«

»Aha!« Noch war also nichts verloren! Horst zog ein Papiertaschentuch aus seiner Hosentasche und nahm das Handy vorsichtig in Empfang. »Danke, Kollege.« Prüfend musterte er das Mobiltelefon. »Das ist interessant! Anscheinend hatte er es angeschaltet. Mal schauen, welche Nummer er zuletzt gewählt hat!« Er drückte die grüne Taste des Handys, damit war es ihm möglich, den letzten Anruf nachzuverfolgen, der von diesem Telefon aus getätigt worden war. Es wäre zu schön, um wahr zu sein. Insgeheim hegte Horst die leise Hoffnung, einen solchen Glückstreffer zu landen. Nach dem ganzen Schlamassel, in dem sie bei ihren Ermittlungen bisher steckten!

Doch die Hoffnung trog. Mit einem enttäuschten Aufseufzen ließ Horst das Handy sinken. »Was soll das denn?!« Eine sinnlose Nummernkombination hatte sich im Display des Telefons gezeigt: 3288226 und so weiter, idiotisch! Dennoch drückte er ein zweites Mal die grüne Taste, er wollte einfach ganz sicher gehen. Aber er hatte es ja schon geahnt. Sekunden später bestätigte die blecherne Stimme verbunden mit dem eindeutigen Tonsignal den Nummernsalat: »Kein Anschluss unter dieser Nummer!« tönte es aus dem Hörer. Wäre ja auch zu schön gewesen! Schade!

»Tja, Herr Beitinger! Und jetzt?« Ratlos starrte er den Weingutbesitzer an, der inzwischen seine Fassung zurückgewonnen hatte. Beitinger hob den Kopf und musterte die beiden Kommissare durchdringend. »Also, meine Herren, denken Sie was Sie wollen, aber das ist nicht mit rechten Dingen zugegangen. Schon wieder nicht!« Er hielt kurz inne, wie um durch diese Pause seinen Worten den nötigen Nachhall zu verschaffen. »Sie können gerne kommen und meinen ganzen Betrieb auf den Kopf stellen, aber Sie werden mit Sicherheit nichts finden, was auf einen fahrlässigen Umgang mit Spritzmitteln hinweisen wird. Dafür kenne ich den Sven einfach zu gut. Und im übrigen weiß ich, dass er seit dem Tod von Erich Neubauer nicht mehr zur Ruhe gekommen ist. Er hat immer behauptet, dass das kein Unfall gewesen sei. Wir sind deswegen mehr als einmal aneinander geraten, weil ich ihm gesagt habe, er solle Ruhe geben und unseren Erich nicht in die Nähe von diesem braunen Gesindel bringen, das er offenbar im Verdacht gehabt hat. Der Erich Neubauer und das Opfer eines mittelalterlichen Fememörders, das hätte mir gerade noch gefehlt für das Image von unserem Betrieb. Nein, danke! Ich habe schließlich immer an diesen Unfall beim Ritterturnier geglaubt und wollte deshalb einen Schlussstrich unter dieses Kapitel ziehen, doch der Sven ist hartnäckig geblieben. Und nachdem, was ich nun hier vor mir sehe«, er deutete mit dem Zeigefinger des ausgestreckten rechten Arms auf die Leiche vor ihnen. »Nein, jetzt glaube ich gerade das Gegenteil. Der Sven hat im Lauf der Zeit etwas herausbekommen und deshalb hat er sterben müssen! Und ich habe ihn nicht unterstützt!« Die Augen des Mannes glitzerten tränenschwer, als er sich abwandte. Horst fühlte einen Kloß in seinem Hals aufsteigen und schluckte trocken. Auch er musste erst mal mit der Tatsache fertig werden, dass er höchstwahrscheinlich um Haaresbreite an der Lösung des Falles entlanggeschrammt war. Wenn er doch nur an diesem verdammten Abend des 30. April ans Telefon gegangen wäre! Wenn! Hätte! Könnte! Vielleicht! Es war zum wahnsinnig werden! Wütend kickte er einen Stein aus der Rebzeile und fuhr sich mit einer verzweifelten Handbewegung durch die Haare.

»Nein, Michael! Es ist wirklich zum aus der Haut fahren, aber wir treten auf der Stelle und kommen nicht weiter! Als wenn wir ein Brett vor dem Kopf hätten, aber es tut sich nichts! Weder in die eine noch in die andere Richtung!« In der Tat fühlte sich Horst so ratlos, wie bisher selten im Verlauf seiner Polizeikarriere. Liebend gern hätte er Protnik am anderen Ende der Telefonleitung eine interessantere Auskunft erteilt, aber so?

»Aber was ist denn jetzt mit dem Spritzmittel? Das habt ihr doch feststellen können?«

Protnik mit seiner einfachen, manchmal durchaus auch effektiven, Denkweise witterte ganz offenkundig immer noch unbeirrt einen klassischen Giftanschlag.

Horst verdrehte gequält die Augen. »Sputnik, bitte!«, stöhnte er in den Telefonhörer. »Ich sag's dir jetzt noch einmal: Der Hafner hat tatsächlich eine absolut normale Konzentration von dem Spritzmittel in seinem Tank gehabt, das ist ja grade die unbegreifliche Sauerei. Und dennoch ist er infolge einer Atemlähmung gestorben, ungefähr so, wie die Soldaten früher im 1. Weltkrieg, so hat es uns der Pathologe erklärt. Senfgas, Gelbkreuz hat man es ja auch genannt, Lost. Irgendwas in dieser Hinsicht, die Symptome seien eindeutig.«

»Gelbkreuz!«, schnaubte Protnik durch das Telefon und man konnte sich direkt vorstellen, wie er verächtlich das Gesicht verzog. »Das klingt ja wie im Horrorfilm. Da kommt dann halt irgendwie so eine niedliche kleine Senfgaswolke angeschwebt und batsch, hat es dich erwischt, oder wie? Und dann schwebt sie fröhlich weiter zum nächsten Opfer? Dass ich nicht lache!«

»Das ist weiß Gott nicht zum Lachen, Protnik!« In Horst staute sich allmählich der Unmut an. Für was für Trottel hielt der Kerl denn seine Kollegen in Heilbronn eigentlich?! »Aber das Spritzmittel war es nicht, definitiv nicht! Dennoch sind die Anzeichen einer Senfgasvergiftung eindeutig: Lähmung des zentralen Nervensystems, Atemstillstand, Exitus! Die Menge scheint so dosiert gewesen zu sein, dass es der Arme ja noch ein paar Meter weit geschafft hat, er wollte ja offensichtlich auch noch Hilfe holen mit seinem Handy. Aber erstens hat er nur noch diese sinnlosen Ziffern drücken können, und zweitens war offensichtlich schon sein Sprachzentrum blokkiert. Ein paar Sekunden später war er tot!« Horst schauderte. Bei dem bloßen Gedanken an das schreckliche Ende des jungen Weinbautechnikers spürte er wieder diese Gänsehaut, ekelhaft! »Und das einzige Beweisstück, das uns eventuell weiterhelfen könnte, ist auch verschwunden: der Mundschutz!«

»Welcher Mundschutz?«

»Der Beitinger schwört tausend Eide darauf, dass Sven Hafner niemals ohne Mundschutz im Weinberg gespritzt hat! Noch am 30. April hat er sich nämlich extra eine neue Packung gekauft, als klar war, dass sie in der ersten Maiwoche die Austriebsspritzung würden machen müssen. Die Quittung für den Mundschutz habe ich bei Beitinger gesehen, und die neue Packung war auch tatsächlich aufgerissen! Also, jetzt hör mal genau zu, das ist nämlich meine Theorie: Der Mörder hat den Mundschutz von dem Hafner manipuliert und da dieses hochgiftige Mittel daraufgeträufelt. Da reicht ein winziger Tropfen! Das hat er direkt im Weinberg getan, als Hafner grade mit dem Schlepper beschäftigt war. In ein paar Sekunden ist das erledigt! Der Hafner ist dann auf den Schlepper gestiegen, hat den Mundschutz aufgezogen und keine halbe Minute später war er tot! Der Täter hat ihm dann in aller Seelenruhe den Mundschutz weggenommen und ist mit unserem einzigen Beweisstück davonmarschiert!«

»Das ist ja abenteuerlich! Weil dieses Giftgas ja auch überall nur so herumliegt, oder was? Das musst du erst mal beweisen!« Protnik schien immer noch nicht so ganz überzeugt.

»Was heißt hier beweisen?«, bellte Horst ärgerlich in den Hörer. »Tatsache ist, dass es noch mehr Restbestände von dem Zeugs gibt, als du ahnen kannst! Immer wieder taucht so etwas auf, grade auch in Weinbauregionen. Hier hat man nämlich früher mit abgesenkten Konzentrationen von diesem Gift tatsächlich Ungezieferbekämpfung betrieben. Also so weit aus der Welt ist das alles gar nicht! Denk doch nur mal dran, was da in den Weingütern teilweise in den hintersten Ecke herumliegt: Das sind Spritzmittelreste, bei denen die Zulassung schon seit Jahrzehnten abgelaufen ist! Und so manch schwarzes Schaf unter den Kammerjägern verwendet das Teufelszeug übrigens auch noch. Immer einmal wieder passiert dann ja auch etwas, das hast du doch schon selber mitgekriegt! Aber was nützt es uns, wenn wir den Mundschutz nicht haben und den Täter noch viel weniger!«

»Eben! Aber was ist mit dem Lörcher. Habt ihr das Alibi von dem überprüft?«

»Danke für den Tipp, Herr Besserwisser! Was glaubst du eigentlich, was wir den ganzen lieben langen Tag so alles treiben!« Horst holte tief Luft. Eine Pause, die der andere ausnutzte und gnadenlos in die offene Flanke hieb, die er mit unnachahmlichem Instinkt sofort gewittert hatte.

»Und? Hat er nun ein Alibi oder nicht?«

»Wie man's nimmt!« Wie hatte Protnik diesen Schwachpunkt nur sofort ahnen können?! »Es ist so: Lörchers Frau war verreist und er selber hat erklärt, er habe in der Nacht vorher dermaßen einen draufgemacht, dass er bis lange in den fraglichen Tag hinein einen absoluten Filmriss gehabt hat! Und der Mord ist ja, wie du weißt, am Vormittag passiert!«

»Ja und? Ihr glaubt das so ohne weiteres?«

»Natürlich nicht! Wir haben den Lörcher natürlich noch am gleichen Abend vernommen und er hat sich freiwillig bereiterklärt, einen Bluttest bei sich machen zu lassen, freiwillig wohlgemerkt, denn wir haben dafür keine richterliche Anordnung gehabt!«

»Und? Was ist rausgekommen?«

»Dass er tatsächlich gebechert haben muss wie der Teufel und dass er immer noch jede Menge Restalkohol im Blut gehabt hat. Also, der muss zu gewesen sein wie eine Haubitze, knapp am Rand der Alkoholvergiftung vorbei!«

»Schon wieder Gift!«, staunte Protnik. »Scheint bei euch im Unterland ja allmählich fast zum guten Ton zu gehören, wie? Aber der Lörcher kann sich das Zeug doch auch erst hinterher reingekippt haben und erzählt euch dann die Story von der angeblich durchzechten Nacht.«

»Glaube ich nicht! Irgendwie sagt mir mein Gefühl, dass er nichts damit zu tun hat!«

»Gefühl! Da wird jeder Untersuchungsrichter aber mit den Ohren schlackern, wenn du mit deinem Gefühl daher kommst!«

»Jetzt mach aber mal einen Punkt!«, unterbrach Horst mit barschem Tonfall die Spotttirade des Kollegen. »Es ist nun mal so, dass wir auf der Stelle treten. Auch Lörcher hätte ich schließlich nicht einbuchten können, denn außer einem wachsweichen Alibi haben wir ja nichts gegen ihn in der Hand gehabt. Kein Gelbkreuz, kein Mundschutz, kein Garnichts!«

»Schon gut, ich sag ja schon nichts mehr!« Protnik hatte anscheinend allmählich begriffen, dass er zu sehr in die Vollen gelangt hatte, und versuchte nun, seinen Freund wieder zu besänftigen. »Also, nur noch eines: Klappt das mit dem Mittelaltermarkt nächstes Wochenende?«

»Aber sicher!« Horst war in diesem Stadium des Gesprächs froh, das Thema wechseln zu können. »Kommt die Uschi denn nun mit oder nicht?« Bitte lieber Herrgott, lass diesen Kelch an uns vorübergehen!

Der Himmel half! »Nein, leider nicht! Sie hat Wochenenddienst, weil die eine Kollegin in Urlaub ist und die andere, die sie vertreten wollte, die liegt mit einem gebrochenen Schienbein seit gestern im Krankenhaus!«

»Ach, das ist aber schade!« Es war wieder ein solcher Satz, für den sich Horst am liebsten hätte ohrfeigen mögen, aber nüchtern betrachtet: ohne das Bebele versprach das Mittelalter-Wochenende, aller mutmaßlichen Recherchen zum Trotz, wenigstens einigermaßen vergnüglich zu werden.

»Ja, leider«, tönte es traurig aus dem Telefonhörer. »Aber ich habe die Uschi damit getröstet, dass ich ihr ein Handy gekauft habe. Und da können wir jetzt immer die SMS-Nachrichten hin- und herschießen. Dann ist sie wenigstens immer in Kontakt mit mir, ohne dass es viel kostet!«

»Noch ein Handy-Verrückter! Ich sag's ja immer: Der Untergang des Abendlandes steht kurz bevor!« Horst schüttelte verblüfft den Kopf. Jetzt hatte die Handymanie also auch schon Protnik ergriffen! »Die absolute und ständige Erreichbarkeit: Vor lauter Tastendrücken und SMS abschicken bekommst du doch dann gar nicht mehr mit, was um dich herum vorgeht! Wie bist du denn darauf ...« Horst unterbrach sich abrupt, denn in diesem Moment schoss ihm ein Erkenntnisblitz durch das Gehirn! Ja, das war es! Das konnte, nein, das musste die Lösung sein!!! »Michael, ich muss Schluss machen! Ich melde mich nachher wieder!«

Ohne sich um das erstaunte »Ja aber ...« in der Leitung zu kümmern, warf Horst den Telefonhörer zurück auf die Gabel. Das war es!!!

*

Wenig später wurde er im Büro der Spurensicherung fündig. Da lag sie auf dem Schreibtisch des Kollegen, der draußen am Fundort der Leiche die Spurensuche geleitet hatte: die Akte mit den bisherigen Erkenntnissen aus der

Obduktion und der Untersuchung der Rebzeile, in der der Tote gelegen hatte! Hastig blätterte Horst die Seiten durch. Wo hatten sie denn nur die Ergebnisse der Handy-Untersuchung eingeheftet?

Da! Hier war es! Die letzten Telefonnummern, die von diesem Handy aus angerufen worden waren. Sie alle hatten keine weiteren Erkenntnisse gebracht. Das Weingut, die Freundin, die Eltern – mehr nicht! Doch, der merkwürdige Zahlensalat! Ja! Horst stieß einen Freudenschrei aus, was ihm einen erstaunten Blick des Kollegen am gegenüberliegenden Schreibtisch einbrachte. Egal! Hier auf diesem Blatt war die auf den ersten Blick so wirre Zahlenfolge verzeichnet: 3288226666777333. Absoluter Unfug, natürlich! Horst atmete tief durch. Nur ruhig bleiben jetzt! Nie war er der Lösung näher gewesen als in diesem Augenblick! Bitte, bitte, lass es die richtige Vermutung sein!

»Du, Gerhard!«, wandte er sich an den Kollegen, der ihn nach wie vor mit kritisch gerunzelter Stirn betrachtete. »Kannst du mir mal kurz dein Handy leihen? Ich hab nämlich kein eigenes!«

Die Begeisterung des anderen hielt sich in engsten Grenzen. »Aber wieso denn?«, fragte er irritiert. »Da steht doch ein Telefon auf dem Schreibtisch! Nimm das doch!«

»Das hat aber kein SMS!« Horst trommelte ungeduldig mit den Fingern auf der Schreibtischplatte. »Jetzt gib halt schon her. Keine Sorge, ich schicke keine Nachricht ab, ich muss nur etwas durchchecken!«

Missmutig griff der Kollege in seine Aktentasche und zog das Handy hervor. Horst streckte den Arm aus und machte mit den Fingern eine auffordernde Handbewegung.

»Immer langsam mit den jungen Pferden«, moserte der andere. »Ich muss schließlich erst mal die PIN eingeben, vorher funktioniert es nämlich nicht! Das solltest du ja eigentlich wissen!«

Es wäre auch anders gegangen, eigentlich benötigte er gar keine Verbindung, aber Horst schluckte seine Ungeduld herunter. Er wollte den anderen nicht noch unnötig reizen. Die Tastatur als solche hätte schon vollkommen ausgereicht. Aber gut! Endlich gab das Ding den ersehnten Piepston von sich: Es war eingeschaltet und hatte auch Netzkontakt hergestellt! Also dann! »Nun gib schon«, drängelte Horst, der es kaum erwarten konnte, seine Theorie zu überprüfen. Die einzige Spur, die ihnen weiterhelfen konnte! Wenn es sich um eine Spur handelte!

Die ersten Versuche verhießen nichts Gutes. »Mist verdammter!«, fluchte Horst ein ums andere Mal. Der erste Buchstabe, den er durch das Betrachten der Ziffern auf der Tastatur übersetzen konnte, war ein D. Dann die Ziffer 2: ein A! Die 8: ein T. Noch mal die 8: wieder T. Dann die 2: ein A. Noch mal 2: wieder A! Also, wie hieß das Wort? DATTAA! »Blödsinn! Datta!«

Noch einmal: D – A – vielleicht zweimal hintereinander die 8, das wäre dann ein U? Gut so! Weiter! Die 2, also A. Ergebnis: DAUA. »Scheiße!« Aber er spürte es förmlich, er war nah dran – ganz nah dran! Noch mal: DAU- und jetzt: zweimal die 2! Nicht zu fassen!!!

»Das ... das ... unglaublich! Das darf doch nicht wahr sein!« Fassungslos starrte Horst auf die Buchstaben, die er hastig vor sich auf die Schreibtischunterlage gekritzelt hatte: DAUB! Der Name Daub verbarg sich hinter der

Zahlenkombination auf dem Handy des toten jungen Mannes vom Wartberg. Ausgerechnet Daub, der Besitzer des Rebenhofs, der leutselige Mann, der – doch, natürlich, der immer und überall mit von der Partie gewesen war! Daub sollte der Mörder sein! Tatsächlich Daub? Doch die Zahlenkombination ging noch weiter. Fieberhaft drückte der Kommissar die Tasten: jetzt die 6! Ein M. Dann noch dreimal die 6, nur einmal Drücken ergab keinen Sinn: MM, zweimal auch nicht: MN, aber dreimal: MO – das sah schon sinnvoller aus. Jetzt die 7 – dreimal 7 hintereinander. Wieder versuchte er es erst mit einer Ziffer, einmal die 7: MOP, zweimal auf keinen Fall: MOQ, oder dreimal: MOR ... Aha! Also zwei Möglichkeiten: MOP oder MOR. Horst wischte sich mit dem Handrücken die Schweißperlen von der Stirn. Er fühlte sich wie ein Jagdhund, der endlich die Fährte aufgenommen hatte und nun sein Ziel verfolgte, unbarmherzig, unbeirrbar, bis zum bitteren Ende! Weiter, was jetzt? Dreimal die Ziffer 3. Also, wieder erst mit einmaligem Drücken beginnen: das hieße dann MOPD, nein, das ergab keinen Sinn! Die andere Alternative: MORD! MORD! Ein eiskalter Stich fuhr durch sein Herz, als er die Buchstabenkombination realisierte und ihn die Erkenntnis überwältigte: Mord! Daub – Mord! Wenn das kein eindeutiger Hinweis war! Endlich, ja, das war sie, er hatte die Fährte gefunden! Aber noch zweimal war die 3 auf dem Display des Handys angezeigt worden! Also weiter: einmal die 3, MORDD, sinnlos! Jetzt zweimal: MORDE! Morde! Der Name Daub und der Begriff Morde, das waren die letzten Lebenszeichen, die der Sterbende im Weinberg ausgesandt hatte! Wer weiß, vielleicht hatte er noch weiter schreiben wollen, aber das Gift hatte seinen gepeinigten Körper schon derart geschwächt, dass es ihm nicht mehr möglich gewesen war, sein gesamtes Wissen weiterzugeben. Es musste ein schreckliches Gefühl sein: Erst die Muskelkrämpfe, der Schwindel, dann die Lähmung des Sprechzentrums und schließlich diese unbeschreibbare Atemnot – furchtbar! Die Kraft hatte den jungen Mann verlassen, er war gestorben, ohne weitere Hinweise durchtelefonieren zu können. Vielleicht wäre alles schneller gegangen, wenn sein Handy tatsächlich für eine SMS-Übermittlung tauglich gewesen wäre, aber es handelte sich um ein altes Modell, das hatte Beitinger ihnen ja bestätigt. Das alte Handy des Weingutbesitzers, das er seinem Helfer überlassen hatte, falls der einmal Probleme mit einer der Maschinen im Weinberg hatte. Und dafür hatte es ja allemal getaugt! Nicht auszudenken, wenn das mit der SMS ... Horst ließ sich erschöpft auf den Bürodrehstuhl sinken, schloss die Augen und warf den Kopf in den Nacken! Langsam atmete er ein und aus. Komisch, wie bewusst er sich in diesem Moment darüber war, dass frische Luft in seine Lungen strömte! Das musste wirklich der pure Horror sein, wenn die Atmung versagte, wenn ein Mensch wie der junge Sven Hafner bei vollstem Bewusstsein qualvoll erstickte!

»Alles in Ordnung mit dir?« Die Stimme des Kollegen klang besorgt. Forschend blickte er Horst ins Gesicht. »Hast du irgendwas, ist dir nicht gut?«

»Nein, nein, vielen Dank!« Er setzte sich auf und schüttelte den Kopf. »Ist schon gut! Wenn du wüsstest, wie sehr ich auf diesen Moment gewartet habe!«

Noch immer schien es dem Kollegen schleierhaft, worauf Horst hinaus wollte. Er hatte eine Erklärung verdient. »Da, schau mal, was ich herausgefunden habe!«

Eine halbe Minute später pfiff der Kollege anerkennend durch die Zähne und streckte die Hand zur Gratulation aus. »Donnerwetter! Eine reife Leistung, alle Achtung! Das ist ja ein absoluter Hammer! Jetzt geht's aber richtig rund!«

Doch ganz so einfach entwickelte sich die Sache erstaunlicherweise nicht ...

»Und du hast den Kerl dann tatsächlich wieder einen karrieregeilen Warmduscher genannt?«, prustend vor Lachen hielt sich Protnik die Hand vor den Mund.

»Ja, habe ich!«, gab Horst griesgrämig zu und zuckte resigniert die Achseln. »Ich weiß auch, was jetzt wieder kommen wird, aber was soll's! Der hat mich derart auf die Palme getrieben, dieser intrigante Nichtskönner, da ist mir dann eben der Gaul durchgegangen!«

»Wieder mal!« lachte Protnik. »Dass du dich aber auch nie beherrschen kannst ...«

»Was heißt hier nie! Wenn du wüsstest, was ich tagtäglich so alles runterschlucke, du meine Güte, da wird einem doch irgendwann auch mal der Kragen platzen dürfen, oder?«

»Na ja, schon«, versuchte Protnik den Kollegen zu besänftigen. »Aber du weißt doch, was das für Folgen hat!«

»Kann ich nicht ändern, ist halt so! Aber überleg mal, wie du dich fühlen würdest, wenn du mit den Ergebnissen deiner Recherche zurückkommst und der andere dann ohne lange Überlegung sagt, das sei alles reine Hypothese und nicht beweisbar! Er auf jeden Fall würde deswegen sicher nicht das Risiko eingehen und Daub hochnehmen! Dass nur ja kein Makel an seine blütenweiße Weste kommt!«

»Stimmt ja. Aber andererseits musst du zumindest zugeben, dass dich jeder Rechtsanwalt in der Luft zerpflücken würde, wenn du mit dem Zahlensalat auf dem Handy-Display den Daub als Mörder anklagen wolltest. Ich kann es direkt hören, was der sagen würde: reiner Zufall, sonst gar nichts! Und dagegen kommst du kaum an, schließlich kannst du auch ganz andere Buchstaben herausbekommen, das hast du ja selbst gesehen, und im übrigen hatte dieses Handy ja keine SMS-Funktion. Also, die letztendliche Beweisführung wird schwer damit, das musst du schon zugeben!«

»Zugeben! Zugeben!«, wütend schnaubte Horst durch die Nase. »Bin ich jetzt vielleicht der Verbrecher oder was?«

»Nein, natürlich nicht! Und dass man dieser Spur dann gar nicht weiter nachgeht, das ist natürlich auch unglaublich. Aber komm, jetzt lass uns halt schauen, ob wir weiterkommen!« Damit zog Protnik seinen Kollegen am Ärmel und bahnte sich einen Weg durch die Menschenmenge, die sich an diesem herrlichen Samstagnachmittag im romantischen Heilbronner Deutschhof versammelt hatte, um den mittelalterlichen Markt zu bestaunen und zu genießen, der hier alle zwei Jahre veranstaltet wurde. Gaukler, Wahrsager, Traumdeuter – sie alle hatten sich auf dem Innenhof des ehemaligen Deutschritterorden-Gebäudes versammelt, um die Zeit wieder gut und gerne 500 Jahre zurückzudrehen. »Hast du auch das Bild dabei?«, drehte Protnik sich nochmal zu Horst um, der ihm mit verdrießlicher Miene folgte.

»Natürlich habe ich«, knurrte der. »So verkalkt bin ich nun auch noch nicht. Wo willst du ...« In diesem Moment zuckte er zusammen. Ein schriller Schrei, unmittelbar an seinem Ohr ausgestoßen, drang durch seinen Gehörgang, gefolgt von einem irren, unheimlichen Lachen. Erschrocken drehte der Kommissar sich um und starrte in das warzenübersäte Gesicht einer schwarzgewandeten, hakennasigen Hexe.

»Eine arme verirrte Seele, die nach Rettung ruft! Kommt herbei, edler Recke und lasst euch verzaubern! Die Hexe Kunigunde wird euch mit ihrem Zaubertrank die Kräfte eines Drachen verleihen!« Wieder folgte dieses irre Lachen, während die Hexe ihm einen braunen Tonbecher mit einer undefinierbaren dampfenden Flüssigkeit entgegenstreckte.

»Nein, danke! Mir ist schon schlecht!«, wehrte Horst das Angebot dankend ab. »Aber wenn wir schon so gemütlich zusammenstehen: Kennen Sie vielleicht diesen Mann hier?« Damit zog er das Foto aus der Brusttasche seiner Jacke und hielt es der Hexe vor die Augen.

»Spielverderber«, murmelte diese böse, um sich Sekunden später wieder aufzurichten und mit kreischender Stimme einen neuen Kunden für ihr scheußlich riechendes Gebräu zu suchen. »Bürger von Heilbronn! Hier spricht die Hexe Kunigunde! Kommt alle zu mir, edle Jungfrauen, verehrungswürdige Räte der Stadt und genießet meinen Zaubertrank.«

»Fehlanzeige.« Horst zuckte die Achseln. Es würde sicher nicht das einzige Mal bleiben heute. Aber das war ja zu erwarten gewesen.

»Da drüben, schau mal, die Musiker!« Protnik deutete nach rechts. »Bei denen versuchen wir es einmal. Das sind zwar nicht die Chaoten vom Druidenfeuer, aber immerhin.«

»Die haben letzte Woche abgesagt, habe ich in der Zeitung gelesen. Deshalb haben sie in letzter Minute nun eine unbekanntere Gruppe verpflichtet, die kommt von hier aus der Gegend. Längst nicht so spektakulär, aber dafür sicherlich authentischer und vor allem: keine braunen Spinner wie die anderen!«

»Schade! Denen hätte ich nur allzu gerne mal von Angesicht zu Angesicht auf den Zahn gefühlt!« Protnik war enttäuscht, musterte die buntgekleideten Musikanten aber dennoch anerkennend. »Donnerwetter! Also mit den Kostümen haben sie sich ganz schön Mühe gegeben! Wie heißen die?« Er kniff die Augen zusammen, um die verschnörkelte Schrift auf einem Holzbrett lesen zu können, das vor der Bühne aufgestellt war. »Minnesang ... Minnesang! Auch kein schlechter Name! Ein bisschen brav halt, wie die Musik, aber schön, doch, das muss ich sagen!«

Sie waren stehengeblieben und lauschten den für Menschen des 21. Jahrhunderts so fremdartig klingenden Melodien.

»Irgendwie orientalisch, aber das ist ja fast immer so bei mittelalterlicher Musik!« Protnik klatschte begeistert im Rhythmus mit.

»Multi-Kulti, und das schon vor über 500 Jahren!« Immer wieder war auch Horst fasziniert von diesen tatsächlich teilweise arabisch-orientalisch anmutenden Klängen, die sich mit dem Wimmern des Dudelsacks und dem donnernden Dröhnen der Trommeln auf so eigenartige Weise vermischten. Orientalische Lieder und Weisen, die von den Rittern auf den Kreuzzügen samt mancher exotischer Instrumente nach Mitteleuropa gebracht worden waren und dort jahrhundertelang eine eigentümliche, mitreißende Musikform hervorgebracht hatten.

»Komm, jetzt! Es ist Pause!« Die Musik war verstummt und Protnik drängte weiter nach vorne auf die Bühne, wo die Musiker gerade ihre Instrumente abstellten.

»Einen Augenblick bitte!«

»CDs gibt es hinter der Bühne!«, wurde er von einem grün-gelb gekleideten Musiker aufgeklärt, der gerade den Lederriemen seiner riesigen Trommel löste und diese vorsichtig auf den Holzboden gleiten ließ.

»Nein, vielen Dank, nachher vielleicht! Wir hätten da eine ganze andere Frage.« Protnik winkte Horst ungeduldig zu sich. »Wir suchen nämlich jemanden! Komm, gib mir das Bild!«

Er nahm das Foto und hielt es dem Musiker vor das Gesicht. »Erkennen Sie den Mann?«

Stirnrunzelnd schüttelte der Trommler den Kopf. »Nein, tut mir leid! Aber, weswegen sollte ich ihn auch kennen? Hat er was ausgefressen?«

»Nein, nein!« Protnik vermied es, sich allzu tief in die Karten schauen zu lassen. Das hätte ihnen gerade noch gefehlt, dass sich die Nachricht von einer polizeilichen Recherche auf dem Mittelaltermarkt ausbreitete wie ein Lauffeuer. Dann konnten sie einpacken. »Es ist nur so, dass ich mit dem Mann eine Abmachung getroffen habe, wir wollten uns hier in Heilbronn treffen, der hat so eine schöne Armbrust gehabt, wissen Sie. Ich habe selbst inzwischen Interesse an so etwas ...«

»Aha«, zweifelnd musterte der Musiker die füllige Gestalt des Kommissars, dessen Gebaren ihm ganz offensichtlich etwas seltsam vorkam. »Tut mir leid, aber da kann ich Ihnen nicht weiterhelfen! Aber vielleicht da drüben«, er nickte mit dem Kinn quer über den Platz in die Nähe des Torbogens, wo eine dünne blaue Rauchfahne in den Himmel stieg. »Da drüben ist ein Waffenschmied, vielleicht weiß der etwas über ihren Freund!«

»Das ist eine gute Idee! Vielen Dank auch! Und nachher komme ich noch vorbei und kaufe eine CD, versprochen!« Protnik wandte sich um und beobachtete einen Augenblick lang kritisch das immer dichter werdende Gedränge auf dem Deutschhof. Mit ausgestrecktem Arm deutete er auf eine Gruppe schwarzgekleideter Menschen, die im Gänsemarsch gerade hinter der mit dunklem Baumwolltuch ausgelegten Bühne hervorgetreten waren. Angeführt von einem Priester, der ein großes Holzkreuz vor sich hertrug, verschafften sie sich mit Glöckchengebimmel und laut gemurmelten Gebeten die nötige Aufmerksamkeit der Besucher. »Da, komm, dieser Pestgruppe schließen wir uns an! Wir laufen denen einfach hinterher!«

Horst nickte anerkennend. »Gute Idee!« Man musste es Protnik lassen, sein Sinn fürs Praktische war fantastisch. In der Tat war das die beste Möglichkeit, ohne größeres Geschiebe und Gequetsche den Platz zu überqueren, denn links und rechts von der Gruppe der Pestdarsteller hatten die Zuschauer eine kleine Gasse gebildet.

»Jetzt sind wir sozusagen das dicke Ende«, grinste Protnik. »Frühes 21. Jahrhundert, würde ich schätzen!«

»So schnell kommt man zur Schauspielerei, wenn man ...« Doch bevor Horst fortfahren konnte, fühlte er, wie ihm jemand mit dem Zeigefinger auf die Schulter tippte.

»Suchen Sie etwa mich?«, raunte ihm gleichzeitig eine heisere Stimme ins Ohr.

Verwundert drehte er sich um und blieb im selben Moment wie versteinert stehen. Das konnte doch nicht möglich sein! Spielten seine Nerven etwa verrückt? Er fuhr sich mit der Hand über die Augen, aber die Person vor ihm, sie blieb dieselbe! »Daub!«, stieß er rau hervor. »Daub! Sie wagen es ...«

Der andere lachte verächtlich. »Wagen! Was heißt hier wagen! Ihr sucht mich – und hier bin ich!« Er riss die Arme hoch. Horst zuckte zusammen und fluchte innerlich: verdammt! Weshalb hatte er ausgerechnet heute seine Dienstwaffe nicht mitgenommen! Auch Protnik hatte sich unwillkürlich in Abwehrhaltung postiert. »Etwas schreckhaft, die Herrschaften! Keine Sorge, ich tue Ihnen nichts!« Daub grinste hämisch. »Ja, gell, da glotzt ihr! Übrigens, der da drüben«, er deutete auf den Waffenschmied am anderen Ende des Platzes, »von dem habe ich die Armbrust natürlich nicht gehabt!«

»Das ist ja wirklich die größte Dreistigkeit, die mir je untergekommen ist!« Horst war außer sich. Da schlich der Kerl hinter ihnen her und offenbarte sich den beiden Kommissaren dann auch noch, als sei es die selbstverständlichste Sache der Welt.

»Aber warum denn? Ich habe heute Morgen schon Besuch von euren Kollegen gehabt: unsympathische Leute, das! Da seid ihr mir dann doch viel lieber!« Wieder lachte er sein zynisches Lächeln. »Und siehe da, so schnell habe ich euch gefunden!«

»Gut, Herr Daub«, Horst straffte sich und sah den Weingutbesitzer streng an. »Dann wissen Sie ja, dass wir Sie jetzt festnehmen müssen!«

»So förmlich mit einem Mal!«, spottete Daub. »Und dabei waren wir doch schon so gemütlich zusammen, Horst!« Er presste die Hände zusammen und streckte sie den verblüfften Polizisten entgegen. »Dann dürft ihr mich jetzt auch festnehmen! Wo sind die Handschellen?«

Mist! Der Kerl wollte sie offensichtlich vorführen wie zwei Schuljungen. Aber auch die Handschellen hatte Horst heute Morgen nicht mitgenommen und Protnik, das sagte ihm ein rascher verstohlener Blick in dessen Richtung, Protnik anscheinend genauso wenig. »Brauchen wir nicht«, knurrte Horst. »Sie werden auch so mitkommen! Widerstand ist sinnlos, das wissen Sie ja hoffentlich!«

»Selbstverständlich!«, grinste die Kanaille. »Aber, was mich noch interessieren würde, weswegen wollt ihr mich denn eigentlich verhaften?«

Horst meinte, nicht richtig gehört zu haben. »Weswegen?! Das fragen Sie noch!?«

»Allerdings frage ich das! Die Kollegen heute Morgen waren ja nur wegen eines ganz bestimmten Verdachts da, aber da war nicht viel zu finden. Die haben doch tatsächlich geglaubt, sie könnten bei mir Dutzende von italienischen Tankzügen auf dem Hof beschlagnahmen! Irgendwie hat dieser Unterberger – so heißt er doch, glaube ich – ganz schön kariert geguckt, als er grade mal diesen einen Lieferschein herausgezogen hat! Blöd von mir, dass ich den anscheinend vergessen hatte! Na ja, das wird jetzt zwar einen Mordswirbel geben und ein paar tausend Mark wegen angeblicher Steuerhinterziehung, aber dann hat es sich!«

Horst blieb vor Staunen der Mund offen stehen. »Was hat der Unterhauser da gefunden?« Weshalb wusste er nichts von der Durchsuchung des Weingutes? Da konnte nur wieder dieser Leingartner dahinterstecken, der den anderen einen Tipp gegeben hatte und die Meriten dann alleine einstecken wollte.

»Nun gut, die Lieferbestätigung über 5000 Liter italienischen Weißwein, meine Güte, wenn das alles ist ...« Daub verdrehte die Augen und blickte schicksalsergeben zum Himmel auf.

»So einfach werden Sie mir aber nicht davon kommen, mit Steuerhinterziehung! Das ist nur die Spitze des Eisbergs!«

»Aber die Mordgeschichte, die werdet ihr mir nicht nachweisen können, das ist euch hoffentlich klar!« Daub trat einen Schritt auf die beiden Kommissare zu und nahm sie mit wilder Entschlossenheit ins Visier. »Das hat dieser Unterberger übrigens auch sofort zugegeben!«

»Was hat der?!« Horst meinte, nicht richtig gehört zu haben.

»Ja, ganz richtig: Das mit dem Mord und Totschlag, das sei ja wohl ein Hirngespinst von diesem Meyer, hat er gemeint! Der sehe hinter jedem Maulwurfshaufen einen Mörder lauern!« Spöttisch verzog Daub die Mundwinkel. »Es geht halt nichts über nette Kollegen, nicht wahr?«

»Das darf ja wohl nicht wahr sein!« Horst suchte Protniks Blick, doch auch der schüttelte nur leise den Kopf.

»Tja, da ist wohl nichts zu machen, so leid es mir tut!« Daub breitete in einer entschuldigenden Geste die Arme aus und grinste breit. »Der arme Neubauer, durch einen bedauerlichen Unfall ums Leben gekommen! Blattschuss! Todesstoß!«

»Todesstoß!« Horst wurde es allmählich zuviel. »Und warum?« Er trat einen Schritt auf den Weingutbesitzer zu und packte ihn wütend am Kragen. »Warum hat der Mann sterben müssen? Komm, du altes Dreckschwein, sag es, auf der Stelle, sonst bringe ich dich um!«

»Horst!« Protnik umklammerte seinen Kollegen und riss ihn mühsam von Daub weg. »Das bringt doch nichts!«

»Recht hat er!« Mühsam keuchend lockerte Daub seinen Hemdkragen. »Noch ein Mord, das wäre dann aber wirklich ein bisschen übertrieben, findet ihr nicht auch?«

Es war zum wahnsinnig werden! »Halt mich fest, Michael, sonst vergesse ich mich!« Mit zornrotem Kopf stand Horst da und konnte es nicht fassen, dass ein beinahe überführter Mörder sie beide zum Narren hielt.

»Ja, ja, der Erich!« Ein spöttisches Grinsen umspielte die Miene des Rebenhof-Besitzers. »Ich habe gehört, dass der Arme zum falschen Zeitpunkt in den falschen Keller geraten ist und dann leider nicht hat sagen können, dass er nichts gesehen hätte. Schade eigentlich, aber so soll es gewesen sein! Schade«, er machte eine bedauernde Geste. »Schade, meine lieben Freunde, dass wir leider nicht wissen, wo sich diese Szene abgespielt haben soll, nicht wahr?«

»Schwein!« Horst versuchte, sich aus Protniks Griff zu befreien, doch der drückte im Gegenteil noch fester zu.

»Lass ihn«, zischte er dem Freund ins Ohr. »Und was weiter?«, wandte er sich anschließend an Daub.

»Was weiter? Na ja, der Sven, der hat wohl auch etwas läuten hören, so eine Andeutung von seinem Chef, und dann hat er gemeint, Sherlock Holmes spielen zu müssen, der dumme Junge«, missbilligend schüttelte Daub den

Kopf, um wiederum mit breitem Grinsen hinzuzufügen: »... hört man zumindest!«

Wieder versuchte der aufgebrachte Horst, sich loszureißen, doch Protnik hielt ihn eisern umklammert. »Aber der Ehrenberger? Was war mit dem? Der passt doch überhaupt nicht in die Sache herein!«

»Ach ja – da war noch was! Richtig, der Ehrenberger!« Daub zuckte spöttisch die Achseln, bevor er abschätzend die Mundwinkel nach unten zog. »Mir scheint, der war einfach dazu notwendig, um noch ein bisschen stärker am Ruf von Lörcher zu kratzen: Weinpanscherei verbunden mit Mord und Totschlag, das war ja ganz schön happig, was da dann auch tatsächlich über die famose ›Allianz der Sterne‹ hereingebrochen ist!«

»Eine falsche Fährte? Das sollte nur eine falsche Fährte sein!?« Auch Protnik, der sich im Laufe seines Polizeidienstes für allmählich abgebrüht gehalten hatte, war nun drauf und dran, die Fassung zu verlieren. »Ein Toter, nur um eine falsche Fährte zu legen?!«

»... und dann auch noch im Reisighaufen eines Kriminalkommissars, der einen eigenen Weinberg bewirtschaftet?« Daub lachte meckernd. »Ideen haben die Leute! Fast wie in Hollywood! Unglaublich!«

Horst knirschte vor Wut und Entsetzen mit den Zähnen. »Na, warten Sie, wenn Sie glauben, Sie kommen uns so einfach davon, dann haben Sie sich geschnitten, aber heftig! Wir werden Ihr mieses kleines Weingut durchsuchen von oben bis unten und keinen Millimeter dabei auslassen, das verspreche ich Ihnen. Und wehe«, jetzt schaffte er es, sich zumindest mit dem rechten Arm von Protniks

Griff loszureißen. Er ballte die Faust und hielt sie dem Verbrecher drohend unter die Nase. »Wehe Ihnen, wenn wir auch das kleinste Stückchen Hinweis auf die eine oder andere Sauerei finden werden. Dann nehmen wir Sie in die Mangel, bis Ihnen Hören und Sehen vergeht, das schwöre ich Ihnen!«

»Ich?« Der Besitzer des Rebenhofs tippte sich in gespieltem Erstaunen mit den Fingern auf die Brust. »Halten Sie denn etwa mich für den Übeltäter? Aber ich bitte Sie, meine Herren!« Er breitete die Arme aus und schüttelte zynisch lächelnd langsam den Kopf. »Meine Herren, meine Herren! Total auf der falschen Fährte unterwegs! Ihr solltet euch ein Beispiel an den Kollegen vom LKA nehmen. Die sind nämlich im wahrsten Sinn des Wortes schon viel, viel weiter ...«

Er machte eine wirkungsvolle Pause, während Horst irritiert aufblickte. »Wie, weiter? Wie meinen Sie denn das?«

»Na ja!« Wieder unterbrach sich Daub, der die Situation richtiggehend zu genießen schien. »Die durchsuchen grade nämlich das Weingut meines bedauernswerten Kollegen Lörcher!«

»Wieso das denn? Schon wieder?« Auch Protnik verstand die Welt nicht mehr.

»Ganz einfach!« Wieder dieses ekelhafte Grinsen! »Ich habe da neulich einmal mitbekommen, dass der Lörcher offensichtlich in irgendeinem hinteren Winkel irgendwelche Reste von diesem Giftgas da rumstehen hat, die er halt Stück für Stück für die Ungezieferbekämpfung in seinem Keller noch versprüht. Gelbkreuz nennt man das ja, glaube ich ... Und kaum habe ich das angedeutet, da sind eure Kollegen auch schon losgerast! Hoffentlich habe ich da keinen Fehler gemacht, nicht dass dem Kollegen da womöglich etwas angehängt wird, wo der doch eh schon solche Probleme hat ...«

Weiter kam er nicht. »Drecksau! Du elende Drecksau!« Horst hatte sich endgültig losgerissen und sich auf den wie die leibhaftige Unschuld vor ihnen stehenden Daub geworfen. »Du Schwein, du unglaubliches!« Selten hatte er eine derartige ohnmächtige Wut in sich verspürt, wie nach diesen so beiläufig dahingeworfenen Worten. Protnik schaffte es nicht alleine: Er musste zwei Besucher des Mittelaltermarktes zu Hilfe nehmen, um Daub schließlich mühevoll von dem rasenden Horst zu befreien.

»Nein, der Daub hat keine Anzeige erstattet, das wäre ja auch noch schöner!«, grollte Horst an diesem Abend ins Telefon, während er zuhause auf dem Sofa saß und seine immer noch schmerzende Schulter rieb. Er musste sich einen Nerv verklemmt haben oder war es womöglich gar ein Muskelfaserriss, den er sich zugezogen hatte, als die drei Männer ihn am Samstagnachmittag mit aller Kraft von Daub zurückgerissen hatten.

»Und was ist jetzt mit dem Lörcher?« Protniks Stimme klang besorgt.

»Der Lörcher!« Horsts Stimme klang mitleidig. »Den haben sie nach Weinsberg in die Psychiatrie gebracht, der ist nach der neuerlichen Durchsuchung total durchgedreht. Als der Unterhauser ihm das Lost vor die Nase gehalten hat, das sie bei ihm gefunden haben, da sind anscheinend sämtliche Sicherungen bei ihm durchgebrannt. Er hat den Unterhauser dermaßen verdroschen, dass der jetzt im Krankenhaus liegt: Schlüsselbeinbruch, Nasenbein zertrümmert und anscheinend am ganzen Leib Prellungen! Geschieht ihm ja ganz recht, dem Idioten. Aber für Lörcher kommt's natürlich knüppeldick. Egal, was man ihm beweisen kann oder nicht: Der Mann ist fertig, wirtschaftlich und nervlich, vor allem nervlich. In Weinsberg haben sie ihn erst mal ruhig gestellt. Die ganze Zeit habe er geschrien, die Polizei habe ihm absichtlich Beweismaterialien untergejubelt. Von Staatsterrorismus hat er gerufen, von Verschwörungen, von Existenzvernichtung,

Mafia und so weiter. Ich fürchte, der Mann ist wirklich fertig!« Horst seufzte tief. »Ob der noch jemals wieder auf die Füße kommt? Wirtschaftlich ist er auf jeden Fall erledigt!«

»Und den Daub lassen die tatsächlich laufen?« Protnik konnte es einfach nicht fassen.

»Scheint so. Zumindest was die Mordgeschichte betrifft, das kann ihm keiner nachweisen und nach dem Gelbkreuzfund bei Lörcher natürlich gleich zweimal nicht! Die Staatsanwaltschaft kriegt ihn grade mal wegen der Steuerhinterziehung dran. Gut, da wird's eine saftige Geldstrafe setzen, schließlich leben wir ja in einem Land, wo Steuerhinterziehung härter bestraft wird als Kinderschändung!« Horst hielt kurz inne und überlegte. »Ich würde mal schätzen, so wie die immer zurücklehnen, dass gut und gerne 100.000 Mark fällig sind, doch so wie ich den Daub kenne, hat er irgendwo noch ein Sparbuch versteckt. Das zahlt der doch praktisch aus der Portokasse! Aber sonst, nein, mit der Mordanklage wird das nichts, das kannst du vergessen!«

»Scheiße!«, entfuhr es Protnik. »Dann war also alles für die Katz?«

»Scheint so! Bis auf deine Recherchen in Sachen rechter Szene, die sind ja auch nicht ohne. Da sollte man auf jeden Fall dranbleiben und den Kollegen ein paar Tipps geben.«

»Tipps!«, wurde er von seinem Freund am anderen Ende der Verbindung unterbrochen. »Seid wann glaubst du denn an den Weihnachtsmann? Du weißt doch, wie die mit solchen Hinweisen umgehen: Das seien doch alles ein paar harmlose Spinner, mehr nicht. Die Linken, die wären viel schlimmer. Wo jetzt sogar ein ehemaliger Steinewerfer schon Außenminister spielen dürfe ... das habe ich erst neulich gehört ...«

»Entschuldigung, du hast ja Recht! Die schaffen es immer wieder, ausgerechnet diese Glatzköpfe als harmlose Unschuldslämmer darzustellen, egal wie viel Schaden die für uns auch im Ausland anrichten«, musste auch Horst zugestehen. »Na ja, dann ist mal wieder außer Spesen nichts gewesen, oder Sputnik?«

»Scheint fast so«, seufzte Protnik. »Und was ist eigentlich mit dir? Wann wirst du degradiert und an die Pforte versetzt? Hat dich der Chef nun in die Mangel genommen wegen deiner Auseinandersetzung mit diesem Leingartner?«

»Sei bloß ruhig!«, winkte Horst erschöpft ab. »Das war vielleicht ein Theater, sag ich dir! Wenn ich den Kollegen vom Personalrat nicht dabeigehabt hätte, ich weiß nicht, wie das ausgegangen wäre. So aber habe ich noch eine letzte Chance gekriegt, wie sich unser Ede ausgedrückt hat. Das nächste Mal aber gäbe es eine Abmahnung!«

»Und wie sieht diese letzte Chance aus?«

»Ich muss mich bei Leingartner öffentlich entschuldigen – das war der Vorschlag vom Personalrat!«

»Und damit bist du einverstanden? Ausgerechnet du?!« Protnik verschlug es vor Staunen fast die Sprache.

»Aber sicher«, grinste Horst. »Kein Problem für mich! Das sehe ich ganz locker!«

»Und wie ...«

»Das wirst du demnächst erfahren, alter Schwede!« Horst grinste immer noch. »Jetzt muss ich aber Schluss machen, Claudia kommt gleich nach Hause und wir wollen heute endlich mal wieder gemütlich zu Abend essen, ohne Stress, ohne Mord und Totschlag, ohne alles – ganz einfach nur gemütlich dasitzen!«

»Also gut, ehrlich gesagt geht es mir genauso. Wir bleiben ja in Verbindung. Na dann, tschüss und prost Mahlzeit!« Es klickte in der Leitung – Protnik hatte aufgelegt.

*

»Hoffnungsvolle Wengerter – Traubenblüte gut verlaufen« titelte die Heilbronner Stimme am nächsten Tag als Aufmacher auf ihrer Regionalseite. »Na, dann kann ja nichts mehr schief gehen!«, grinste Horst am Frühstückstisch und faltete gemütlich die Zeitung zusammen. Er würde heute ganz bewusst erst eine Stunde später in die Polizeidirektion fahren, denn da tanzte heute Morgen mit an Sicherheit grenzender Wahrscheinlichkeit der Bär. Und so war es auch: Mit hochroten Köpfen standen dort nämlich genau in diesem Moment »Ede« Zimmermann und Horsts Intimfeind Leingartner vor einem großen weißen Zettel, der unübersehbar am schwarzen Brett prangte. Folgendes war darauf zu lesen: »Hiermit erkläre ich öffentlich, dass ich meinen Kollegen Ewald Leingartner nie mehr einen karrieregeilen Feigling und Warmduscher nennen werde! gez. Horst Meyer, Kriminalhauptkommissar.«

»Also dann, auf in den Kampf, Torrero!« Der Tag in der Direktion würde abwechslungsreich verlaufen ...

ENDE

Schwabenkrimis

spannend, witzig, unterhaltsam

Gunter Haug

Höllenfahrt

Der Heilbronner Kommissar Horst »Hotte« Meyer glaubt im falschen Film zu sein. Ausgerechnet bei der Zugfahrt im Regional - Express von Stuttgart nach Tuttlingen widerfährt ihm Merkwürdiges: Er befindet sich in (fast) derselben bedrückenden Situation, wie vor knapp zehn Jahren eine junge Frau, die zum rätselhaften Opfer einer Bluttat geworden ist. Und was dem unermüdlichen Ermittler damals viele schlaflose Nächte bescherte, ist plötzlich wieder da...

Handelt es sich bei der toten Frau im Zugabteil wirklich um eine Rauschgift - Dealerin, ist sie tatsächlich ermordet worden und was hat das alles mit der Tatsache zu tun, dass ein baden-württembergischer Spitzenpolitiker mehrmals in der Woche im selben Zug nach Stuttgart reist? ... Erinnerungen, die sich vor dem Kommissar auftürmen, der inzwischen selbst regelrecht in der Klemme sitzt.

224 Seiten. 11x 8 cm. Paperback. ISBN 3-926633-49-2. DM 19,80. Unser Extra: Farbiges Lesezeichen.

Schwabenkrimis

spannend, witzig, unterhaltsam

Gunter Haug

Tiefenrausch

Horst »Hotte« Meyer, Kriminalkommissar im Urlaub in Ägypten, glaubt seinen Augen nicht zu trauen: 65 Meter zeigt der Tauchcomputer der verunglückten Taucherin an, die mit allen Anzeichen der Dekokrankheit im letzten Augenblick gerettet wurde. Und wo ist ihr Tauchpartner? War es ein Unfall, war es Leichtsinn oder Mord?
224 Seiten. 11 x 18 cm. Paperback.
ISBN 3-926633-41-7. DM 16,80.

Gunter Haug

Sturmwarnung

Wer kann Interesse am Tod des Polizisten Grundler gehabt haben: die eifersüchtige Ehefrau, ein missgünstiger Kollege, der ständig nörgelnde Nachbar oder etwa gar der Kiesbaron, dem Grundler auf der Spur war? Eine gnadenlose Hetzjagd rund um den Bodensee beginnt! Und mehr als einmal wird der Jäger zum Gejagten!
224 Seiten. 11 x 18 cm. Paperback.
ISBN 3-926633-43-3. DM 19,80.

natürlich aus dem
Armin Gmeiner
Verlag

Ehnried-Hof
88605 Meßkirch
Telefon 07575/9210-10
Telefax 07575/9210-91